KB041204

글루미 선데이

Gloomy Sunday

글루미 선데이

Gloomy Sunday

닉 바르코프 지음

최다경 옮김

문예춘추사

글루미 선데이
GLOOMY SUNDAY

개정판 1쇄 발행	2016년 10월 30일
지은이	닉 바르코프
옮긴이	최다경
펴낸이	한승수
펴낸곳	문예춘추사
편 집	조예원
마케팅	안치환
디자인	이혜정
등록번호	제300-1994-16
등록일자	1994년 1월 24일
주 소	서울특별시 마포구 연남동 565-15 지남빌딩 309호
전 화	02 338 0084
팩 스	02 338 0087
E-mail	moonchusa@naver.com
I S B N	978-89-7604-322-1 03850

Gloomy Sunday

과거에 눈을 감는 사람은
현재에도 눈이 멀었다.

작가의 말

1970년대 초, 내가 부다페스트에 있을 때 한 친구가 물었다.

"'우울한 일요일의 노래'라는 노래 알아?"

나는 당장에라도 감상에 젖어 그 노래를 부를 수 있었다. 베를린에

사시던 부모님께서 그 곡을 피아노로 녹음한 음반을 소장하고 계셨다.

열두 살 때 나는 이 멜로디의 우울함에 깊이 감동받았다. 이해할 수 없

는 그 어두운 슬픔이 환상적으로 다가왔다.

"아직도 그 레스토랑이 있어. 그 노래가 만들어진 피아노도 여전하고."

정오인데도 예약은 필요치 않았다. 메뉴판의 음식들 중 미트롤(고기

를 말아 튀기거나 구운 요리)가 눈에 띄었다. 길쭉한 레스토랑의 무대

위에는 피아노가 놓여 있었고, 복도와 연결된 뒤뜰의 쓰레기통 주위에

는 아이들이 놀고 있었다. 저녁에 외국에서 온 손님들이 피아니스트에

게 녹색 달러 지폐를 건네면 우울한 일요일의 노래가 연주되었다.

헝가리는 인생의 가치가 담긴 감각적 즐거움과 유쾌함을 추구하는

나라다. 집시 음악부터 르네상스 음악들까지, 와인 공장과 아낙들의

부엌, 훌륭한 요리사, 목동이 피워 놓은 모닥불, 어부들이 묵는 오두막이 주는 즐거움. 인생의 기쁨에서부터 타인을 기만하는 즐거움까지…….

전쟁이 끝나기 몇 달 전, 전쟁 동맹국인 독일은 헝가리를 점령했고, 부다페스트를 주둔지로 삼았다. 군사들은 폴란드로 진군하는 것과 전쟁이 끝나면 어떻게 먹고살지를 고민했다. 우월한 게르만족, 승자들은 그러했다.

우울한 일요일의 노래.

즐거움을 증오하고 오직 의무와 질서에 사로잡힌 인간들을 마주하면, 인생의 즐거움을 좇는 사람들은 마치 패배자처럼 보인다. 그러나 그들이 정녕 패배자일까?

이 소설은 그 물음에 대한 답을 찾는 과정이었다.

Gloomy Sunday

우울한 일요일

내 시간은 헛되이 떠도네.

사랑스러운 그림자들,

수많은 하얀 꽃들과 함께 내가 머무네.

검은 슬픔의 의자가 당신을 데려갈 때까지

결코 그대를 깨우지 않으리.

천사는 다시 그대를 돌려주지 않을 거야.

내가 당신 곁에 머문다면 천사는 분노할까?

내가 흘려보낸 그림자들과 함께

내 마음은 모든 것을 끝내려 하네.

곧 촛불과 기도가 다가올 거야.

아무도 눈물 흘리지 않기를

나는 기쁘게 떠나간다네.

죽음은 꿈이 아니리

죽음에서야 나는 당신을 안을 수 있네.

내 영혼의 마지막 호흡으로 당신을 축복하리.

꿈꿀 뿐, 나는 깨어나 잠든 그대를 보는

꿈을 꿀 뿐,

내 마음 깊은 곳에서 나는 소망하네.

내 꿈이 당신을 유혹하지 않기를.

내 마음이 속삭이네.

내가 얼마나 당신을 간절히 갈망하는지.

1

마음이 조급한 사람들에게는 뉴스처럼 간단명료한 정보만 전달하는 식으로 이 이야기를 짧게 소개할 수도 있다.

자보라는 남자가 부다페스트에서 레스토랑을 운영했다. 그곳에서 한 남자가 피아노를 연주하던 중 어떤 멜로디를 떠올렸고, 그것은 곧 녹음이 되어 세상에 널리 알려졌는데 매우 기괴한 반응을 불러일으켰다.

이제 자보와 피아니스트는 죽었다. 다른 많은 사람들 역시 죽었다.

자보의 레스토랑에는 베를린 출신의 비크가 자주 찾아와 식사를 했다. 비크는 언제나 한 가지 음식만을 주문했다. 지칠 줄 모르고 그 음식만을 먹었다. 그 후 비크는 저명인사가 되었고 많은 사람들의 존경을 받았다. 비크는 아직도 살아 있다.

세세한 내용을 제외하면 이쯤에서 이야기는 끝을 맺는다.

자보의 식당은 여전히 건재하다. 하지만 그 식당은 오직 비크
가 주문한 그 음식으로만 기억된다.

전 세계에 널리 알려진 그 노래의 제목은 영어로 '글루미 선데
이'이고, 독일어로는 '트뤼버 존탁Trüber Sonntag', 헝가리어로는 우
울한 일요일의 노래라는 뜻의 '소모루 바사르나프Szomorú Vasárnap'
이다. 그중 헝가리어로 불릴 때가 가장 시적으로 들린다.

자보의 레스토랑은 부다페스트 14구역에 자리 잡고 있다. 하루
종일 손님이 많지만 밤이 되면 더욱 붐빈다. 오후 8시부터는 피
아니스트의 연주가 시작된다. 하지만 더 이상 그때 그 피아니스
트는 아니다.

'우울한 일요일의 노래'를 작곡한 피아니스트 외에도 레스토랑
에서는 많은 사람들이 피아노를 연주했다. 그중 얼굴이 넓적한 피
아니스트는 너무나 무표정해서 손님들은 농담 삼아 그를 '프랑켄
슈타인 건반쟁이'라고 불렀다. 마음씨 좋은 그는 현재 빈에서 연
금 생활자로 살아가고 있으며 그의 손자는 캐딜락 카브리올레를
몰고 다닌다.

14구역의 레스토랑이 사람들로 꽉 차는 밤이면 흥에 겨운 손님

들은 피아니스트에게 우울한 일요일의 노래를 연주해 달라고 부탁한다. 하지만 레스토랑의 손님들이 언제 즐거워할지는 아무도 모른다. 손님들의 기분은 와인이나 브랜디에 좌우된다. 어쩌면 고기압과 저기압의 날씨, 방학이나 휴가에 따라 변하기도 할 것이다. 손님들은 라다 자동차의 부품이 없다며 화를 내기도 하고 직장 상사 때문에 속이 쓰려 하기도 한다. 유산을 물려주기로 한 필라델피아의 숙모가 우물쭈물하다가 마침내 죽었다는 사실에 기뻐할 수도 있을 것이다. 이 모든 것들은 관계가 있는가 하면 무관할 수도 있다. 발라톤이나 케치케메트 지방의 부드러운 와인이 기분을 달래 줄지도 모를 일이다.

그러니 와인 제조업자들과 오래도록 친분을 맺어 두면 좋을 것이다. 좋은 와인을 고르려면 술통이 들어선 창고 정도는 알아둘 필요가 있다. 와인 창고에 갈 때는 술병을 60개 이상 넉넉히 챙겨 가는 걸 잊지 마시길.

물론 그런 와인을 14구역의 레스토랑에 가지고 들어갈 수는 없는 노릇이다. 그런 행동은 상상할 수도, 들어본 적도 없는 불경스러운 짓거리로, 마치 성당에서 기도를 드리다가 불쑥 트림을 하는 것과 마찬가지다.

저녁이 되면 사람들은 신이 나서 피아노 앞에 앉아 있는 남자에게 부탁을 한다. 손님들은 조끼 주머니에 손을 집어넣어 지갑을 꺼내면서 예전의 그 피아니스트가 연주하던 유명한 곡을 쳐 달라고 간절히 애원한다. 세상 모든 사람에게 알려진 그 곡을.

연주를 부탁한 사람이 녹색 지폐를 꺼내들면 피아니스트는 몸을 숙여 인사하고는 숨을 고른다. 그는 세상 사람들이 마치 최후의 쾌락 같다고 생각하는 그 노래를 증오한다. 출세해 보고자 그노래가 만들어진 레스토랑에서 피아노를 치기로 결심했던 그날을 떠올리며 혐오감에 시달린다.

레스토랑은 건물의 1층에 자리 잡고 있다. 그 옆에는 뒤뜰로 연결된 문이 있는데 지금은 가운데 쇠기둥이 세워져 있어서 사람만겨우 드나들 수 있을 뿐이다. 오펠, 바르트부르크, 자포로세, 트라비, 벤츠 같은 자동차는 뒤뜰에 들어갈 수 없다.

정원에서는 아이들이 뛰논다. 정원은 일요일이 아니더라도 흐릿하고 울적하다. 정원을 둘러싼 건물들은 한 번도 페인트칠을한 적이 없는 것처럼 칙칙해서 눈길을 끌 만한 구석이 전혀 없다. 1903년 건물을 지을 당시에는 사람들이 그곳에 페인트칠을 했을것이다. 하지만 무슨 색이었는지 지금 누가 알 수 있겠는가? 층계의 복도에 나 있는 난간은 한 해에도 몇 번씩 회색으로 칠해지곤 했다. 아래층과 위층을 이어주는 외부 철제계단에도 모두 회색 칠을 했다. 사람들은 페인트의 기름 성분 때문에 계단이 녹슬지 않을 거라고 믿었다.

암회색은 집 내부나 벽을 칠하기에 손색이 없다. 집 전면을 칠할 때도 나쁘지 않다. 예전의 노부인들은 젊은 여자들 사이에서 유행하던 화려한 옷들이 촌스럽다고 여겨서 검은색과 회색 옷을 즐겨 입기도 했다.

뜰에서 붉은 공놀이를 하고 있는 소녀들은 머리에 하얀 끈을 맸다. 몇몇은 녹색이나 빨간색의 머리끈을 하고 있지만 엄마들은 하얀색이 보기에 좋다며 딸들의 머리를 흰 끈으로 묶었다.

길쭉한 홀 뒤에 위치한 부엌의 창밖에는 노인들이 앉아 아이들을 쳐다보고 있다. 뜰에서는 달리 할 일이 없기 때문이다. 화요일이나 금요일에는 쓰레기를 수거하러 온 사람들이 직사각형 모양의 양철통을 수레에 담는다. 그러고는 다시 쇠기둥을 지나 정원 밖으로 나간다. 노인들은 가끔씩 하늘을 쳐다보며 고개를 갸웃거린다. 하늘이 푸른지, 혹시나 하얀 구름이 흘러가는지, 푸른 안개가 낀 하늘에서 눈송이가 내려와 정원에 있는 아이들, 그들의 붉은 공과 하얀 머리끈에 내려앉는지를 지켜본다.

정오쯤 되면 부엌일을 돕는 에르제베트가 뒷문을 열고 정원으로 나온다. 그녀는 손님들에게 방해가 될까 봐, 아이들에게 부엌 창 앞에서 놀지 말고 다른 곳으로 가라고 한다. 하지만 정원으로 난 창문에는 창살이 쳐 있고, 레스토랑에 손님이 꽉 차더라도 아이들은 신경 쓰지 않는다.

저녁에 손님들이 즐거워지면 피아니스트는 너무나 증오하는 그 곡을 연주해야 한다. 그가 아는 다른 곡을 연주해서는 안 된다. 손님들은 벌써 그에게 워싱턴 대통령이 그려진 1달러 지폐를 건네주었다. 정원에서는 그 곡이 들리지 않는다. 냄비와 프라이팬이 들썩거리는 소리 그리고 요리사와 웨이터의 욕설이 들릴 뿐이다.

저녁에 이곳을 찾은 손님들은 포도 농장에서 플라스틱 통에 와인을 담는다는 사실을 모를 수도 있다. 너무나 많은 이들이 그런 짓거리를 한다. 하지만 손님들은 와인을 담는 오크통이 무엇인지조차 모르고, 와인의 산지에 대해서도 상관하지 않는다. 심지어 토카이 와인(헝가리 전통 와인)의 종류도 따지지 않는다. 그들에게는 그저 와인이 달콤한가, 시큼한가, 단지 그것만이 중요할 뿐이다. 술을 언제 담갔는지에 대해서도 무신경한 손님들은 오직 맛을 따질 뿐이다. 가재에 어울리는 바다초 혹은 페츠 지방의 리즐링 와인은 8~10도에 보관해야 하고, 소고기와 함께 마시는 모르 지방의 와인은 10도 이하에 보관해야 한다고 알려 주면, 그들은 어두운 표정을 지으며 유대인 레스토랑에 당장 혐오감을 드러낼 것이다.

피아니스트는 워싱턴 대통령이 그려진 지폐를 주저 않고 쳐다본다. 1936년 후부터 이 레스토랑에서 피아노를 치면 꽤 유명해질 수 있다고 생각했기 때문에 그는 이곳에서 일하기로 마음먹었다. 1937년 어느 우울한 일요일에 그때 그 작곡가는 손목을 끊고서 도나우 강에 뛰어들었다고 한다. 어쩌면 가스 밸브 잠그는 것을 잊었거나 약물을 과다 복용했을 수도 있다. 하지만 어차피 죽은 것은 마찬가지다.

지금 일하고 있는 피아니스트는, 피아노에 조예가 깊은 손님들이 세계적으로 유명해진 이 레스토랑에 찾아와 새로운 기대를 나타낼 거라고 생각했다. 하지만 모두들 그 노래만 들으려 하고 그가 작곡한 노래에는 관심조차 갖지 않는다. 밤이 되면 그는 오토바이를 타고 집으로 돌아가며, 자신이 작곡한 곡들은 클래식 콰르텟에나 어울릴 거라고 자인한다.

그때 그 피아니스트가 왜 쓸쓸한 죽음을 택했는지는 아무도 모른다. 하지만 당시 사람들은 그 죽음에 경의를 표했다.

그가 그 유명한 곡의 작곡가인 이유는 오직 하나다. 어느 날 레스토랑이 손님들로 반쯤 찼을 무렵, 어떤 음률이 떠오른 것이다. 재미삼아 손가락을 놀리며 피아노로 그 멜로디를 치기 시작했는데 그 곡이 바로 우울한 일요일의 노래였다. 하지만 그날은 수요일이었다.

그는 머리에 떠오른 멜로디가 마음에 들었다. 그저 좋았다. 군델(부다페스트의 고급 레스토랑)에서 경영 수업을 마치고 자신의 레스토랑을 운영하던 자보는 그에게 다가가 말했다.

"심금을 울리는 곡이군요. 한 번만 더 연주해 주겠어요? 이 노래는 누가 작곡한 겁니까?"

"저예요."

피아니스트가 답했다.

"정말요, 당신이 직접이요?"

"그래요, 자보 씨."

"진짜로요? 정말 아름답군요. 한 번만 더 연주해 줘요. 당신이 작곡했으니 저작권료를 낼 필요도 없잖아요. 마음을 사로잡는 곡이네요."

"고마워요, 자보 씨."

피아니스트는 까무잡잡한 피부에 검은 머리와 밝은 눈을 지닌 평범한 남자였다.

레스토랑의 문을 닫고 자보는 피아니스트에게 와인을 내놓았다. 이제껏 자보는 한 번도 그런 적이 없었다.

"영광이에요, 자보 씨."

피아니스트는 무척 고마워했다.

자보는 자정도 되기 전에 와인에 취했다.

"방금 생각해 봤는데, 밤에는 집시 음악이 레스토랑에 어울리지 않는 것 같아요. 집시 음악보다 피아노 연주가 훨씬 듣기 좋아요.

군델 알죠? 군델에서는 손님들이 식사하면서 항상 피아노 연주를 들을 수 있었죠. 파리에서도 마찬가지예요. 파리의 높으신 분들은 레스토랑에서 바이올린 연주까지 들을 수 있어요. 막심(파리의 고급 음식점)이 그렇죠."

자보가 눈을 반짝이며 계속 말을 이어갔다.

"하지만 미국인 여행객들은 군델에 오면 무조건 집시 음악을 들으려고 해요. '실례합니다만, 여기는 집시 악단이 없나요? 집시 악단이 있어야죠. 헝가리에는 항상 집시들이 있잖아요. 영화에서 봤단 말이에요.' 그래도 군델에 오는 영국인들은 조금 수준이 높아요. 무슨 말인지 알죠? 영국 사람들은 말이 없는 편이지만 가끔씩 수다를 떨기도 하죠. '집시가 없다고요? 재밌네요. 그 사람들이 뭐라도 훔쳐 갈까 걱정되었나요? 영화를 보면 헝가리 레스토랑에는 집시들이 나오던데.'

아, 어떻게 당신한테 설명해야 할까요? 군델의 젊은 사장이 피아니스트를 쫓아내고 집시 악단과 계약을 맺었어요. 바이올린 악장을 꼬드겼죠. 음식의 맛은 떨어지고 주방 담당자들도 느슨해졌지만 그래도 레스토랑은 잘만 돌아가요. 클리블랜드나 필라델피아에서 온 손님들은 소고기 스튜가 아니라 집시 음악만 밝히거든요. 팔라친카(감자와 밀가루 반죽을 부치고 안에 잼과 과일 등을 넣은 음식)보다도 집시 음악을 좋아한다고요. 옛날 주인이 특별히 신경을 쓴 별미죠. 와인 궁합도 잘 맞는 아주 섬세한 요리예요. 한마디로 손님들에게 기쁨을 주는 음식이죠. 그렇지만 필라델피아나 클리블랜드에서 온 사람들은 민물 농어보다 집시 음악을 좋아한다니까요. 무대에서 '차르다쉬'를 연주하는 소리가 들려오면 팔라친카 따위는 아무 소용이 없어요.

그 야심 많은 사장은 레스토랑을 넓히려고 했어요. 동물원 맞은편에서 보면 마치 거대한 대궐 같지요. 말도 안 되는 짓거리예요. 굴라쉬(헝가리식 쇠고기 스튜)를 만들라치면 건너편에 있는 라마들은 도망가려 하고 코끼리들은 서로 코를 잡아당기려고 하겠지요. 잉어들은 무서워서 익사할 거예요. 들장미 소스를 뿌린 야생 돼지 굴라쉬 냄새를 맡으면 멧돼지들이 우울해질 테니 격리시켜야 해요. 동물원장은 냄비에서 나오는 악취를 맡고 전염병이 퍼졌다고 생각해 수의사를 부를 겁니다. 이 모든 일이 피아니스트를 쫓아내고 집시 악단을 고용해 벌어진 일이에요.

이봐요, 한 병 더 마시겠어요? 그러니까 당신은 지금 여기에서 연주해야 한다고요. 그 심금을 울리는 음악을 만들어 낸 바로 여기에서 말입니다."

이 대화는 당시의 실제 상황이다. 자보는 정말 그렇게 말했다.

지어낼 수 있는 이야기들이야 많겠지만 그런 이야기가 지어낸 것임은 금방 알아챌 수 있다. 그런 이야기는 두꺼운 종이로 만든 내용물 없는 상자와 같아서 두드리면 무딘 소리만 난다. 지어낸 이야기에는 내용이 없다.

하지만 지어낼 수 없는 진실한 이야기는 향긋하고 반짝반짝 빛이 난다. 게다가 영양가도 높고 맛이 있어 혀를 대면 살살 녹아 샴페인으로 입가심을 할 수도 있다. 물론 취향에 따라 샴페인은 생략해도 된다. 진실한 이야기는 샴페인처럼 혀끝을 톡 쏘며 생기를 불어넣는다. 순간 사람들은 '아' 하고 탄성을 지르며 신선함을 느끼게 된다. 그리고 이제까지와는 다르게 세상을 보게 해준다. 이야기 속의 진실은 본질적인 부분이고, 진실은 항상 생기를 느끼게 해준다. 놀랍게도 사람들은 진실을 멀리하고 지어낸 이야기의 공허함을 선호한다. 되도록 진실 대신 환상에 머무르고자 한다.

자보는 이미 오래전에 죽었다. 독일인들은 자보를 붙잡아 아우슈비츠로 보내 버렸다. 이스라엘 텔아비브에 사는 조카딸이 자보에게 편지를 보내, 독일인들은 믿을 수 없으니 모든 것을 버리고 루마니아를 거쳐 팔레스타인으로 오라고 했을 무렵이다.

"그들은 돼지 다리를 삶아서 저린 양배추와 완두 퓌레를 섞어 먹는 놈들이에요. 신이 나면 맥주잔을 깨부수고 환호성을 지르는 놈들이죠. 그들은 아기를 연못에 던져 버리고도 눈 하나 깜짝하지 않을 거예요."

자보의 마음을 움직이려고 조카딸은 음식 운운하며 경고했지만 아무 소용이 없었다.

자보는 항상 이렇게 말했다.

"원하는 일을 이루려면 먹고 마셔야 한단다. 유명한 독일의 철학자도 몸과 마음은 서로 연결되어 있다고 했지. 그러니 독일인도 당연히 먹어야 해. 부다페스트 14구역에는 피아니스트가 심금을 울리는 연주를 하는 레스토랑이 있다. 해골이 그려진 철모를 쓴 놈이든, 옷깃에 군인처럼 은색 레이스를 단 놈이든 나는 신경 쓰지 않는다. 아우스트로 다임러나 마이바흐가 아니라 탱크를 타고 쳐들어오더라도, 총칼을 휘둘러도, 하얀 가죽 대신에 질긴 가죽으로 만든 징 달린 장화를 신었더라도 나는 상관없어. 그런데 하얀 가죽 신발은 정말 편하단다. 하루 종일 행군하며 발을 혹사시키는 독일 놈들에게는 편하지 않겠지만 하얀 가죽 신발은 정말 편해.

독일 놈들은 '암갈색 개암나무 열매', '밤 동안 울어대는 기러기' 같은 노래를 목이 쉬어라 불러대지. 베스터발트에 차가운 강풍이 분다고 노래하면서 핏빛 넝마 조각으로 만든 괴상한 깃발을 흔들기도 하고, 핏빛 넝마 조각 말이야. 어쨌든 배가 고프면 사람은 먹어야 해."

자보는 정말 그렇게 말했다. 계속 자보의 말을 인용하겠다.

"언제가 사람들이 레스토랑에 들러 허리띠를 풀고서 머리에 쓴 해골바가지 냄비(나치 제3친위대는 해골과 포개진 뼈 모양을 상징으로 사용했고 군인들은 참호에서 철모를 냄비 대용으로 사용했다)를 내려놓고 테이블에 앉아서 이렇게 말하게 될게다. '굴라쉬 주세요. 디저트나 수프도 주세요. 아, 웨이터, 여기 맥주 6잔!'

사람은 먹어야 한다고. 음식은 영혼과 통하는 것이니까. 군복을 입은 놈의 영혼이라 할지라도."

얼마 후 독일인들은 자보를 '데리러 왔다.' 독일인들은 정말 이런 말을 사용한다. 아무도 따라잡을 수 없을 정도로 그들은 진정한 문화 민족이다. 그들에게는 언어를 다루는 데 탁월한 솜씨를 보여준 괴테의 작품들과 쉴러, 레싱, 헤르더, 빌란드, 클로프슈톡, 렌츠, 하이네의 작품도 있다. 독일인들은 언어에 대해 일가견이 있는 민족이다. 너무나 훌륭한 전통을 지녔기에 그들은 항상 전통을 들먹거린다. 누가 사상과 문학의 민족을 나무랄 수 있겠는가? 다른 나라도 사상에서는 뛰어날 수 있겠지만, 이렇게 아름답고 새로운 언어를 만들어 낼 수는 없다.

그렇게 그들은 자보를 데리러 왔다.

자보가 14구역에 있는 레스토랑에서 체포되기 훨씬 전에 작곡가는 이미 죽었다. 어떻게 죽었는지는 상관없다. 그것은 부검의

나 관심을 가질 일이다. 또한 통계학자들은 장부에 어떻게 기록해야 할지 고심할 것이다.

독일인들이 찾아와 '데리러 왔다'라는 아름다운 말을 사용했다. 자보는 무슨 일이 일어날지 상상했다.

'이제 부엌에 끌려가 감자 껍질이나 벗기겠구나. 돼지들은 그걸 먹고 통통하게 살이 오르겠지. 그 돼지들로 굴라쉬를 만들 수 있을 거야.

굴라쉬는 변호사 세켈리 씨가 너무나 좋아해서 유명해졌어. 그런데도 세켈리 씨의 이름을 따지 않고 세게드(헝가리의 도시명) 굴라쉬라는 이름으로 전 세계에 알려졌지. 사실 신성한 도시, 세게드와는 상관없는 세켈리 씨의 굴라쉬인데도 말이야.

군델의 옛 주인도 그렇게 요리를 만들었어. 마늘 소시지를 잘게, 투명할 정도로 송송 썰었지. 젊은 사장은 세게드 굴라쉬에다가 마구잡이로 마늘 소시지를 집어넣고는 메뉴판에는 세게드 굴라쉬라고 떡하니 적어 놓았지. 물론 사람들은 집시 음악에 빠져서 신경도 쓰지 않고 필라델피아에서 온 사람들은 돈을 주겠지. 돈을 안 주면 음악도 없으니까.'

피아니스트가 연주하는 우울한 일요일의 노래를 듣고 있던 그날 저녁, 자보는 세 번째 와인을 땄다.

"이봐요, 피아니스트 양반, 정말 아름다운 곡이면서도 뭔가 모르게 퇴폐적이야. 말 좀 해봐요."

하지만 피아니스트는 좀처럼 말을 하지 않았다.

"인생에도 뭔가 퇴폐적인 부분이 있거든요. 어떻게 그걸 알아챌 수 있는지 혹시 생각해 봤어요? 냄비를 보면 어떻게 된 건지 재빨리 알 수 있지요. 이 세상의 모든 부패는 말이죠."

자보가 말을 이었지만 피아니스트는 그저 고개를 끄덕이더니 집으로 돌아가려 했다. 너무 늦은 밤이었다. 자보는 피아니스트가 레스토랑 한구석의 플라이엘 피아노에 앉아 연주를 한 지 7개월이 되었지만 예전에는 좀처럼 말을 걸지 않았고 와인을 들라고 권하지도 않았다.

"그러니까 우선 냄비를 확인해야지. 그런 생각한 적 없죠? 당신은 좋은 음식처럼 심금을 울리는 아름다운 곡을 만들 수 있는 사람이니까 이런 말을 하는 거예요. 난 냄비나 프라이팬만 봐도 어떤 음식인지 알아채요. 당신은 멜로디를 통해서 무슨 일이 일어날지 알 수 있겠죠. 당신도 나처럼 예술가잖아요.

프랑스 마르세유에서는 부야베스(프로방스의 전통음식인 해산물 스튜)를 만들어요. 부야베스는 그야말로 세계적인 음식이죠. 사람들은 마르세유에서 만든 부야베스라면 사족을 못 써요. 피아니스트 양반, 살다 보면 소프론(헝가리 서부의 도시) 돼지 갈비와 마르세유의 부야베스는 한 번쯤 들어보게 되죠. 마르세유에서는 부야베스에 어울리는 온갖 동물을 다 잡을 수 있어요. 그래서 마르세유도 유명해졌죠.

옛날 옛적 페니키아인과 그리스인도 마찬가지였어요. 그들은 전 세계를 돌아다니다 집으로 돌아가죠. 앞마당에서는 아내와 아이들이 여기저기를 돌고 온 사랑하는 남편을 맞아 주죠. 그리고 당장 부야베스를 내놓아요. 돛단배를 타고 다니는 남자들은 툴레 지방에 사는 엉덩이 큰 금발 여자들을 좋아해요. 엉덩이를 꽉 꼬집으면 여자들은 도살장에 끌려가는 돼지새끼처럼 꽥꽥거린다고요. 하지만 뱃사람들은 오직 고향의 아내에게만 마음을 줍니다. 마실리아(마르세유의 옛날 이름)에서 아내들은 아홉 살배기 아들을 데리고 앞마당에 나와 그들을 기다리지요. 남자들은 만날 돌아다니느라 아들을 아직 보지도 못했죠.

와인이 좋네요, 피아니스트 양반. 한 잔 들겠어요? 한 잔 마셔요. 내가 낼 테니까. 신이시여, 냄비와 프라이팬을 굽어 살피소서.”

자보는 술에 취해 말했다.

“와인 속에 진실이 있노라 in vino veritas (라틴어 속담). 마르세유의 원주민들은 행복이 와인에서 비롯된다고 생각했다가 나중에는 행복이 곧 진실이라는 사실을 받아들였다. 한편으로 그들이 옳기는 하지만 그저 부분적으로만 옳았을 뿐이죠.

피아니스트 양반, 곡에 어떤 이름을 붙일 거요? 노래에는 이름이 있어야 해요. 그렇지 않으면 무용지물이에요. 이름을 붙여야 반복해서 들을 수 있죠. 그렇지 않으면 아무도 계속 들을 수 없다고요. 축음기에서 아름다운 곡이 흘러나오는 것을 들었는데 이름을 정확히 모르겠다고 음반 가게에 가서 물어 본다고 상상해 봐요. 어떤 음인지도 모르고, 그저 가운데 구멍이 뚫린 검은 원반만 기억한다고 생각해 봐요.

피아니스트 양반, 당신도 웃네요. 노래에는 이름이 있어야 부를 수 있다니까요. 인생도 사람도 마찬가지예요. 이름이 없는 사람을 부를 수는 없죠. 그냥 '어이' 하면 누구를 부르는지 모르니까 다들 그냥 지나쳐 버릴 거예요. 물론 당신이 부른 사람이 돌아볼 수도 있겠지만 그냥 가버리는 게 낫다고 생각하는 사람이 더 많을 거예요. 어떤 게 이로울지 생각해 봐요. 그러니까 당신이 만든 곡의 이름은 뭐라고요?"

그날 저녁 피아니스트는 처음으로 자보의 레스토랑에서 말을 하게 되었다. 그는 늘 말이 없었고 생각에 잠겨 집으로 돌아가곤 했다. 그저 고개를 끄덕이거나 '음음' 하고 중얼거리거나 '아하' 소리만 내뱉을 뿐이었다. 피아니스트는 차츰 바른 말을 하는 자보에게 끌렸다.

"'우울한 일요일의 노래'라고 하면 어떨까 생각 중이에요. 어때요, 자보 씨?"

피아니스트가 말했다.

"훌륭해요. 아주 멋진 제목이군요. 피아니스트 양반, 아름다운 이름이라 듣자마자 당장 어떤 상상을 할 수 있을 것만 같아요. 잿빛 집의 잿빛 뒤뜰, 우울한 일요일…… 외출하기조차 싫은 어느 날, 딱정벌레조차도 희미하게 보이고, 가느다란 날개를 펼쳐 여윈 가슴을 껍질 밖으로 내밀 생각조차 하지 않는 어느 날. 그러니까 피아니스트 양반, 무슨 말인지 알겠어요? 어떤 기쁨도 없는 그런 공허한 공간 말이죠. 피아니스트 양반, 당신의 그 우울한 일요일은 기쁨이 없는, 희미하고 울적한 일요일이에요. 아름다운 제목이라 그 곡에 딱 어울려요. 심금을 울리는군요.

한 잔도 안 마셨죠, 피아니스트 양반? 아니면 커피 마실래요? 내가 만들어 줄게요. 아니지, 이리 와요, 와인 한 병 더 합시다. 우울한 일요일의 노래는 정말 아름다운 곡이에요. 사람들이 좋아할 거예요. 모든 사람들이 쉽게 들을 수 있도록 녹음을 합시다. 단 레이블 위에는 빨간 바탕에 금색으로 우울한 일요일의 노래라고 써야 해요.

그러니까 피아니스트 양반, 나는 진실을 알아낼 수 있다고 믿어요. 냄비를 보면 무엇을 꺼내야 할지, 뭘 넣어야 할지, 그렇게 미래에 대해서 예견할 수 있지요. 음악 작품도 마찬가지겠죠. 당신과 나는 미래를 내다볼 수 있어요. 우리는 무슨 일이 일어날지 알 수 있다고요. 오직 요리사와 작곡가만이 그렇게 할 수 있지요. 그건 쉬운 일이 아니에요. 이런 재능은 오직 요리사와 작곡가만 가지고 있어서 재능이 없는 사람들은 알아채기 힘들죠.

부야베스는 마르세유의 모든 음식에 어울리죠, 무슨 말인지 알겠어요? 부야베스를 먹은 마르세유 남자들은 외국에 나가서 낯선 사람들을 두들겨 패거나, 가슴이 펑퍼짐한 금발 여자들의 엉덩이를 꼬집고 욕보이죠. 그곳에서는 고향에 가지고 가면 비싸게 팔릴 물건들을 싸게 살 수 있어요. 싸구려 물건을 살수록 이득이 되는 거예요.

에스코피에 씨(현대적 전통요리의 거장인 프랑스 요리사)의 혀는 신의 은총을 받았지요. 그 사람은 맛이 무언가 잘못되었다는 걸 당장 알아채죠. 에스코피에 씨는 파리 사람들이 어느 날부터 마르세유의 부야베스에 조개를 넣기 시작했다는 걸 알아냈어요. 마르세유의 부야베스에 조개를 넣는다는 게 뭔지 상상할 수 있겠어요, 피아니스트 양반? 그건 오르간 연주회에서 아코디언이 연주되고 홍등가의 여인들이 음탕한 노래를 흥얼거리는 것과 마찬가지예요. 그런 여자들은 마담 에르제베트(헝가리 작곡가 페렌츠 에르켈의 작품 속 주인공)의 살롱에서 취할 수 있죠. 피아니스트 양반, 나는 지금 적당한 말을 찾고 있어요. 한마디로 문화가 몰락하는 것은 상상할 수조차 없는 끔찍한 일이란 말입니다. 언젠가 사람들이 이 일을 정확하게 설명할 수 있을 거예요. 아마 그때는 모든 것을 확실하게 말할 수 있겠지요.

축복받으신 에스코피에 씨는 글로 이렇게 비판했어요. 이 역겨운 파리 사람들의 식습관은 오래가지 않을 것이다. 그건 천박한 파리 사람들의 유행일 뿐이고 언젠가 없어질 것이다. 알겠어요?" 자보가 젊은 피아니스트에게 말했다.

피아니스트는 죽었다. 자보도 죽었다. 옛 군델의 사장도 죽었다. 그렇지만 여전히 사람들은 자보에 대해 알고 있다. 에스코피에 씨도 죽었지만 그가 했던 말은 기억 속에 남아 있다. 오직 여단장 비크만이 살아남았다. 저녁이 되면 가끔씩 그는 자신의 저택에 손님들을 불러 놓고 부다페스트의 기억을 말한다. 그곳의 음식과 와인을 참으로 좋아했다고. 그 시절에 부다페스트는 정말 훌륭했다고.

비크 여단장은 14구역의 레스토랑에 자주 들렀다. 당연히 비크는 자보를 잘 알았지만 피아니스트에 대해서는 알지 못했다. 피아니스트는 독일군이 쳐들어왔을 때 이미 죽었다. 하지만 그의 작품은 여전히 남아 있다. 비크는 그 곡을 자주 연주하게 했다. 널리 알려진 그 노래를, 노래가 만들어진 그곳에서 부르곤 했다.

비크가 자보의 레스토랑에서 즐겨 먹던 음식이 있다. 우선 아주 얇게 썬 돼지고기 조각을 잘 두드린다. 그리고 마늘이 들어간 버터를 발라 살짝 굽는다. 거기에 레몬즙을 골고루 뿌린 후 다시 굽는다. 그리고 곱게 썬 햄을 얹고 잘게 빻은 단단한 치즈를 뿌린다. 그리고 돼지고기를 잘 말아 살짝 튀긴다. 여기에 사우어 크림을 바르거나 후춧가루를 뿌리기도 하고, 껍질을 깐 토마토를 반으로 잘라 파와 레몬즙을 흩뿌리기도 한다. 토마토에는 소금 간을 하거나 사우어 크림을 매끄럽게 바르기도 한다. 또는 양상추와 함께 내놓기도 한다. 양상추나 잘게 다져 튀긴 당근 또는 숭덩숭덩 자른 호박과 함께 먹는 것도 좋다. 도나우 강변에 있는 시장의 상점에서는 약간 신맛이 나는 호박을 파는데 이것도 아주 맛이 있다.

자보는 레스토랑에 자주 들르는 비크에게 이렇게 말하고는 했다.

"여단장님, 다른 요리도 드셔 보시겠어요? 저, 아직 드시지 않은 음식 중에도 훌륭한 것이 많다고요."

"자보, 말대꾸하지 마! 그냥 미트롤 내와!"

자보는 비크가 상당히 세련된 남자라는 것을 알았다. 장군들은 평범한 재단사의 옷이 아니라 특수 제작한 맞춤 제복을 입었다. 이런 옷은 대번에 알아볼 수 있을 정도로 고급이며 장인의 손에서 나온 최고 중의 최고다. 우단으로 만든 검은 옷깃 위에 새겨

넣은 해골 문양은 은으로 번쩍번쩍 빛이 났다. 비크는 떡갈나무
(독일의 상징) 잎 문양도 똑같은 재질로 만들도록 했다. 이 모든 것
은 세심한 공정을 필요로 했다. 독일의 우단 공장에서는 이런 것
을 만들 수 없었고 빈이나 부다페스트 같은 도시의 소규모 우단
옷 제작자들만이 지난날 오스트리아 헝가리 제국의 고유한 기술
을 지니고 있었다. 그래서 장교들은 군복의 세세한 변화를 재빨
리 알아채는 능력을 중시했다. 당시 국가에서는 군복을 대량생산
하지 않았다.

한번은 어떤 독일 여단장이 자보의 레스토랑에 들렀는데 황제
가 통치했던 시절에 대량생산된 군복을 입고 있었다. 황제는 수
십 년 전에 사라졌는데 그런 옷을 입다니 자보는 매우 이상한 일
이라고 생각했다. 독일인들은 주인 행세를 좋아했기 때문에 자보
는 그 말을 직접 하지는 않았다. 독일인들은 사람들로 하여금 자
신이 종이며, 충실한 하인이자 돼지치기라는 사실을 받아들이게
한다. 독일인들은 허영이라는 햇살을 받으며 일광욕을 즐기지만
곧 그림자가 드리울 거라는 사실은 염두에 두지 않는다. 그들은
자신의 내면에 자리한 야성을 끌어내는 사람들을 용서하지 않는
다. 주인의 야성을 일깨우는 건 참을 수 없는 일이기 때문이다.

자보는 나치친위대가 왜 무시무시한 뼈와 해골을 상징물로 사
용하는지 의아해했다. 아무도 그런 상징을 선택하라고 강요하지

않았다. '젠장, 명령이다. 해골을 네 인생의 상징으로 여겨라' 하고 말하는 사람은 없지만 그것은 이미 기본 강령이며 세계관이었다. 이런 단어가 정말 존재한다! 번역하기 힘든 독일 특유의 단어들이 있다. '세계관Weltanschauung', '동구를 향한 욕망Drang nach Osten(역사적으로 독일은 동구로 팽창 정책을 펼쳐 왔음)', '기습 공격Blitzkrieg'······. 이런 말들은 번역하기가 쉽지 않다. 그저 최고급의 단어라는 사실만 알 수 있을 뿐이다.

비크의 군복도 정말 값지고 귀한 최고급이었다. 손으로 정교하게 만든 해골을 우단으로 제작한 검은 옷깃 위에 규정에 맞게 달았다. 튀지 않으면서 우아한 모습이었다.

자보는 해골이 어떤 의미인지 생각해 보았다.

'해골이라면 사람들이 겁을 먹지. 죽음을 의미하는 상징이나 깃발을 보면 복종할 수밖에 없지. 저녁에 커버를 씌워 놓은 전등 아래 모여 냅킨을 무릎에 깔고 수프를 마시는 어린 자식들, 사랑하는 어머니, 아버지, 곰 인형······ 이 모두에 총을 쏠 수 있다는 것을 표현하려면 해골이 필요해. 총을 쏘는 사람들은 예상할 수 없을 정도로 갑작스럽게, 이곳저곳에 죽음을 가져다줄 수 있다는 사실에 쾌감을 느낀다고. 유리잔이 쨍그랑 깨지면서 찬장은 우당탕 무너져 내리겠지. 할머니는 괴성을 지르며 피를 흘리지만 손자라도 구해 보려고 기어가겠지. 그때 해골은 웃는 거야. 이 모든 일을 그들은 우쭐대며 이야기하지.

괜찮아. 그렇다고 모든 사람이 그런 건 아니지. 전부 그런 건 아냐. 그렇지만 선량한 사람도 해골만 보면 숨어 버리게 되어 있어. 연약하고 상처받기 쉽기 때문에 공포를 퍼뜨리는 그 해골을 매단 사람들의 치마폭에 숨어 버리지. 세상의 불행 앞에 눈물만 흘릴 수는 없는 일이니까.

나쁜 일을 하지 않고 좋은 일만 할 수 있긴 해. 하지만 뭐가 정말 나쁜지 아는 사람은 없다고. 그저 나쁜 일을 하지 않았다고 상상할 수만 있을 뿐이야.

사람들은 십자가를 믿지만, 사실 그것도 죽음을 떠올리는 무시무시한 사형 기계일 뿐이야. 물론 듣기 좋은 말을 떠벌리면 사랑과 기적을 위해 사람들이 함께할 수는 있겠지만 그들은 교수대, 단두대, 권총, 대포를 상징물로 여기지. 그럼 사람들은 뭐든 할 수 있어. 화형장도 만들 수 있고. 그중에서도 사형을 시키는 십자가는 정말 특이하단 말이야. 거기 오랫동안 매달려 죽는 데는 며칠씩 걸리기도 하지. 일요일마다 가족들이 모여 십자가에 매달린 사람들이 마지막 숨을 내쉬려고 애쓰는 모습을 구경하러 갈 수도 있겠지. 몇 시간이 지나면 죽을지 알아맞히는 내기를 할 수도 있고. 물을 적신 스펀지를 입에 대주면 그들이 좀 더 사는 데 도움이 될 거야. 소금물을 적셔 주면 재미를 볼 수도 있고.'

"자보!"

비크가 말했다.

"분부만 내리십시오, 여단장님."

"자보, '알겠습니다'라고 말해."

"알겠습니다. 분부만 내리십시오, 여단장님."

"너희 종족을 추방할 수가 없다니……. 그런데 자보, 여기 음식은 항상 맛이 있어. 특히 저 돌돌 만 미트롤 말이야. 요리법을 좀 적어 줘. 집에 자랑을 많이 했거든. 베를린에 사는 아내도 만들 수 있도록 해줘. 자 빨리 적어, 자보, 빨리 적으라고. 또박또박 적게. 읽을 수 있어야 하니까. 하나도 빠트리지 말고 적어. 재료의 양도."

"분부대로 하겠습니다, 여단장님."

비크는 보통 여단장과는 달랐다. 비크는 거친 얼굴에 부푼 입술을 지닌 또 다른 여단장과 가끔씩 즐거운 시간을 보내고는 했다. 자보는 그들 곁에 서 있다가 대화를 엿듣게 되었는데 다른 여단장의 이름은 슈네프케이고 프라하에서 비크와 비슷한 일을 하고 있다는 사실을 알게 되었다. 슈네프케는 '취합'을 담당하고 있었다. 독일인들이 이런 표현을 한다는 사실에 자보는 또 한 번 언짢아졌다. 독일인들은 이런 표현을 사용하는 엄청난 문화 민족이었다. 슈네프케는 보헤미아와 모라비아(체코의 동부 지역) 지역에서 만든 상품들을 구매하고 비크는 헝가리에서 같은 일을 했다. 자보의 느낌에 그들의 일이 왠지 잘 돌아가지 않는 것 같았다.

두 여단장은 고국이 빈곤해지지 않도록 필요한 물자를 생산하라고 사람들에게 명령한다. 그래야 트럭들도 굴러갈 수 있다. 계산은 나중에 하겠지만 이들은 항상 최고의 품질을 요구한다.

자보는 여단장에게 얼굴의 흉터에 대해 물어보기로 했다. 독일인들은 그런 질문을 특히 좋아한다. 그들은 술에 취하면 단도를 가지고 고의로 몸에 상처를 내기도 하는데 물론 의사가 당장 꿰매 줄 것이다. 상처는 적당히 부풀어 모두가 그것을 볼 수 있다. 사람들은 그가 오펠을 끌고 다니다가 나무에 부딪쳤고 그 바람에 앞 유리 조각이 튀어 자상을 입었다고 생각하게 될 것이다. 하지만 그것은 절대 교통사고가 아니고 고의로 자행한 일이다. 이런 행동들이 엘리트적이라고-이것 역시 독일어 특유의 표현이다-통한다. 웃기고도 멋진 일이다.

비크는 헝가리에 물건을 '집결'시키고 슈네프케는 보헤미아와 모라비아에서 그런 일을 한다. 고국의 국민을 위한 보급 물품들이 줄어들면 독일인들은 겨울에 마지막 남은 외투를 다시 한 번 꿰매야 한다.

저녁이 되면 비크는 자주 그 노래를 연주하게 했다.

"자보, 피아니스트에게 그 아름다운 곡을 연주하라고 말해 줘.

어떤 곡인지는 알지. 여기서 만들어진 그 노래 말이야. 많은 사람들이 들었던 너무나 유명한 작품이야. 그 음악이 만들어진 곳에서 직접 듣는다면 더 진한 감동을 느끼고 제대로 이해할 수 있으니까. 자보, 당신은 음악을 모를 거야, 음악은 심금을 울리지, 곧바로 '정조情操'와 연결되거든. 정조라는 말은 독일인들만 알고 있지. 세계 어떤 민족도 이런 말을 쓰지 않아. 다른 민족보다 우수한, 남쪽이 아니라 북구에서 온 우리 민족만이 이 말을 이해하거든. 알아듣겠어, 자보? 우리는 정조를 알기 때문에 인생에 깊이 빨려들 수 있어. 음악을 들으며 우리는 정조를 갖게 되고 술잔을 두드리며 즐거운 노래를 부르게 되는 거야."

"네, 훌륭합니다. 여단장님."

비크를 위해 피아니스트가 연주를 시작하면 그는 하얀 냅킨으로 입술을 훔치고는 그것을 살짝 휘두른 후 테이블에 올려놓았다. 그리고 의자 뒤로 기댄 채 눈을 감고 정조 속으로 푹 빠져들었다.

우울한 일요일의 노래는 널리 알려진 곡이다. 어느 날 빈에서 온 네 명의 신사가 레스토랑을 찾아왔다. 왜 자보의 레스토랑에 오게 되었는지는 알 수 없다. 그냥 극장에 들렀다가 저녁이 되자 무심결에 자보의 레스토랑에 들른 것일 수도 있다. 작곡가가 처음으로 이 노래를 연주한 지 6주쯤 지났을 무렵 그들은 레스토랑을 찾아왔다. 이날 밤에는 손님이 별로 없었기 때문에 피아니스트가 건반 위로 가볍게 손을 놀려 만들어 내는 피아노의 음들이 또렷하게 울렸다.

작곡가에게 자보가 와인을 마시자고 청한 그날 저녁, 자보는 이 곡에 감동해 수다를 떨었다. 자보가 레스토랑을 차린 지 몇 년 되지 않았을 무렵이었지만 레스토랑으로 봤을 때는 결코 긴 시간이 아니다.

형편없는 레스토랑은 금방 사라진다. 그럭저럭 괜찮은 레스토랑은 좀 버티다가 사라진다. 하지만 좋은 레스토랑은 정말 오랫동안 운영된다. 이런 레스토랑에 방문한 갑부는 레스토랑의 주인과 계약을 맺고 고향에 비슷한 레스토랑을 차리기도 한다. 모든 것을 깐깐하게 살펴서 세공업자들에게 색깔까지 지정해 주고 전문 제작자에게 의자와 테이블도 만들게 한다. 바이올리니스트와 피아니스트를 고용해 인상 깊었던 원래 그 식당의 분위기를 그대로 옮겨 놓는다. 계약서에는 수천 마일 떨어진 곳에 지을 똑같은 레스토랑에 와인 매니저까지 고용해야 한다고 쓰여 있다. 와인 매니저는 원래 그 레스토랑에서처럼 세심하게 와인을 저장하고 관리한다.

갑부가 원래 레스토랑에서 저녁 식사를 하며 바이올리니스트의 연주에 감격했을 때, 우연히 그의 웃옷 소매가 터져 있었다면, 수천 마일 떨어져 있는 레스토랑에서도 바이올리니스트는 소매가 터진 웃옷을 입어야 한다. 그가 흑인이거나 중국인 혹은 일본인이라도 그러해야 한다. 헝가리인도 마찬가지다.

군델보다 유명하고 세련된 레스토랑을 만드는 것에 대해 자보는 생각해 보지 않았다. 특히 비크가 찾아오고부터 그따위 생각은 하지 않았다. 신이라 할지라도, 보탄(게르만 신화에 등장하는 신)이라 할지라도 비크보다 불편한 사람을 알지 못할 것이다. 독일인들은 참 희한한 표현들을 쓴다. 그들은 신이라는 단어를 입에 올리는 것을 오만하다고 생각한다. 그건 유대인이나 하는 짓거리라고 독일인은 유대인을 폄하한다.

빈에서 온 신사들은 기분이 좋아 보였다. 자보는 피아니스트에게 가서 작게 말했다.

"리큐르를 탄 커피를 내가고 나서 그 곡을 연주해요. 알겠죠? 커피를 내가면 누가 청하지 않아도 당장 피아노를 쳐요. 주시에게 윙크하라고 일러둘게요. 윙크를 하면 연주하라고요."

"알겠어요."

피아니스트가 대답했다.

피아니스트는 주시의 윙크를 기다리며 테이블에 앉아 있는 신사들을 주시했다. 신경을 나눠 쓰느라 피아노에 집중할 수 없어 그는 우울해졌다.

주시는 착한 사람이었다. 원래 이름은 율리우스지만 로마 이름을 기억할 사람은 드물다.

주시는 쟁반을 들고 돌아와 마치 모래알이 눈에 들어간 것처럼 눈을 깜빡였다. 곧 피아노에서 우울한 일요일의 노래가 흘러나왔다. 빈에서 온 신사들은 막 식사를 마치고 흡족한 기분에 젖어서 피아노에 귀를 기울였다. 처음에는 믿기지 않는다는 듯한 불쾌한 표정으로 듣고 있었다. 그런 표정을 어떻게 묘사해야 할까?

중국에서 들여온 합성수지로 만든 분꽃에 대해 알고 있을 것이다. 이것은 조개처럼 생겼는데 종이로 된 앞면에는 풀을 발라 놓았다. 이 꽃을 빨간 수도꼭지에서 내려 받은 따뜻한 물이 든 컵에 넣는다. 파란 수도꼭지에서는 깨끗하지만 차가운 물이 나오므로 그런 물을 사용하면 안 된다. 따뜻한 물이 훨씬 낫다.

따뜻한 물을 컵에 받아 조개 모양의 꽃을 집어넣는다. 그러면 접착제가 서서히 녹으면서 꽃잎이 벌어진다. 꽃은 물을 한껏 빨아들여서 둥둥 뜨기 시작한다. 녹색 줄기에 달린 꽃잎은 연보랏빛이나 시뻘건 색 또는 흉측한 노란색이다. 사람들은 이걸 보고 '아' 하고 놀라움을 내비친다.

빈에서 온 신사들에게 주시가 리큐르가 섞인 커피를 내간 후 피아니스트가 노래를 연주했을 때, 바로 이런 상황이 벌어졌다. 남자들은 충분히 먹고 마시느라 지쳤다. 머리가 텅 비고 혀는 말라 있는데 그 유명한 노래가 들려오는 것이다. 중국에서 만든 분꽃의 연보랏빛 이파리와 시뻘건 이파리가 벌어지듯 메마른 혀에는 다시 침이 돌고 생각이 살아났다.

배부른 상태에서는 도저히 작동하지 않던 감각기관인 귀로 멜로디가 흘러들었다. 빈에서 온 신사들은 이제 음악을 듣기 시작했다. 커피와 살구로 만든 리큐르도 한몫했을 것이기는 하지만, 두 맛의 환상적인 조합이 어떤 청각적인 효과를 냈다고 볼 수는 없다.

피아노 연주가 끝나자 신사들은 박수를 치며 자리에 앉은 채로 피아니스트에게 절하는 시늉을 했다. 피아니스트는 자리에서 일어나 무대에서처럼 인사를 했다.

"브라보!"

빈에서 온 신사들이 소리쳤다.

자보는 주방 문간에서 이 광경을 만족한 듯 지켜보고 있었다. 자보는 연습이라도 한 것처럼 아무 일도 아니라는 듯 손님에게 다가갔다.

"저 피아니스트가 친 곡이 도대체 뭡니까?"

손님 중 하나가 물었다.

"아, 우리 피아니스트요? 심금을 울리는 곡 아닙니까? 저 피아니스트는 정말 천재예요, 여기에서 일한 지 오래되었지요. 아까 그 곡은 피아니스트가 직접 작곡한 것입니다."

"노래의 제목은 뭡니까?"

손님들 무리에서 제일 힘 있어 보이는 남자가 말했다. 다른 남자들은 양복감 그러니까 평범한 옷감으로 만든 조끼를 입었지만, 그는 은회색 조끼를 입고 있었다.

"우울한 일요일의 노래랍니다. 영광스럽게도 제가 이름을 붙일 수 있었죠."

"오, 일요일에 정한 이름이에요?"

"아니요, 아닙니다."

"그렇군요."

나머지 남자들이 빙긋이 웃었다.

빈에서 온 신사들은 상체를 기울여 서로에게 속삭였다. 그런 후에는 등을 기대고서 가끔씩 고개를 끄덕이며 커피를 마셨다. 그러다가 이내 또다시 허리를 굽혔다. 은회색 조끼를 입은 남자가 자보에게 눈을 찡긋해 보였다.

"네네, 손님."

"당신과 저 피아니스트, 나중에 식사라도 함께합시다. 그럴 수

있겠지요? 피아니스트에게 한 번만 더 연주해 달라고 해주시
오."

"물론입니다. 말씀대로 하겠습니다. 피아니스트에게 당장 말하
지요."

자보는 피아니스트에게 다가가 속삭였다. 그러자 피아니스트
가 고맙다는 듯 손님들에게 인사했고 자보의 표정도 환해졌다.
자보는 뭔가 중요한 순간이 찾아왔다는 느낌이 들었다.

비크가 레스토랑에 들어섰을 때 뭔가 중요한 순간이 다가왔다
는 예감은 오지 않았다. 수상하고 괴이한 일이었다. 아마도 그동
안 자보에게 무슨 일이 벌어졌는지를 알아차리는 본능이 사라졌
는지도 모르겠다.

사람은 나이가 들면 청장년기와는 다른 감정을 가지게 된다.
같은 사람이라도 나이에 따라 상당한 차이가 있다. 흔히 어린 나
이에 조숙하면 잘 변하지 않는다고 하는데 그것은 큰 착각이다.
그럴 수는 없다. 사람은 죽을 때가 되어서야 더 이상 변하지 않을
정도로 성숙하게 된다. 옹알이하던 어린 시절에서 멀어질수록 서
서히 노화하면서 완숙해지는 것이다.

자보는 아직 그런 상태에 이르지는 않았다. 하지만 비크가 처
음으로 자보의 식당을 방문했을 때 자보가 그저 배고픈 한 여단

장이 자신의 음식을 즐기러 왔다고 생각하지 않고 '죽음의 사자'가 들어섰다고 느꼈더라면 좋았을 것이다. 물론 죽음의 사자에게라도 자보는 여러 메뉴를 추천했을 것이다. 적당한 전채요리와 와인들 그리고 후식까지.

자보라면 이 군복쟁이 죽음의 사자의 즐거운 저녁을 위해 접시와 대접을 내놓고 컵과 찻잔, 은도금을 한 식기들, 풀 먹인 냅킨까지 준비했을 것이다. 이런 손님들에게는 각별히 주의를 기울여 대접하는 편이다. 사람들이 꺼리는 직업을 가졌다는 이유로 최상의 식사를 제공하는 것을 마다해서는 안 된다. 그런 직업을 가진 사람들도 보기 좋고 향미가 있는 따뜻한 음식, 특히 농어로 만든 수프를 좋아할 것이다.

자보는 손님 모두를 특별히 대접하는 것을 당연하게 여기고 그런 음식을 추천했다. 간혹 주방에서 일하는 사람들에게 내일이면 상할 토끼 고기를 넣은 만두를 내가라고 명령하는 식당이 있다. 오늘 당장 자두 와인에 칠면조 꼬치구이를 팔아 치워야 하는 것도 같은 이유에서다. 자보도 그런 사실을 잘 안다. 웨이터들은 유산을 물려줄 부자 숙모를 죽인 것 같은 미소를 띠고 눈알을 굴리며 테이블 사이를 돌아다닌다. 자신들의 말에 귀 기울이는 손님에게 허리를 굽히고서, 요리사가 100년에 한 번 만들까 말까 한 음식을 만들었으니 그 음식을 맛보라고 말한다. 그러고는 토끼

고기 만두를 전채로 추천하고 자두 와인에 칠면조 꼬치구이를 먹어 보라고 권한다. 돼지고기는 먹으면 안 된다면서 여러 이유를 댈 것이다. 웨이터들은 소중한 손님과 그의 선량한 일행들에게 죄책감을 느끼겠지만, 레스토랑 주인에게 고용된 신세라 자기 의견을 솔직히 말할 수는 없다. 그저 "자, 이제 하얀 치즈를 바른 크레페를 드셔 보시지요. 두 개요? 좋습니다." 하고 응할 뿐이다.

그런 저녁에는 집시들이 생기 넘치는 연주를 하며 레스토랑에서는 예고도 없이 들이친 죽음의 사자에게 브리스(송아지, 양 등의 췌장이나 흉선)를 대접할지도 모른다. 부엌에서 일하는 사람들은 이미 브리스가 상했다는 사실을 알고 있겠지만 그럴 때는 마늘을 잔뜩 퍼부으면 된다는 사실도 잘 안다.

언제나 상황을 정확히 가늠하기는 어렵기에 '아마도'라는 말이 존재한다.

늙은 졸탄의 이야기를 통해 그 사실을 확인할 수 있다. 죽음이 임박했을 때 졸탄은 비통하지만 기품 있는 표정을 지은 채 하얀 베개를 베고 누워 있었다. 촛불이 불안하게 깜빡였고 벽에 비친 그림자는 흔들거렸다. 졸탄은 치아 하나 없는 입을 열어 영원한 정적으로 빠져들기 전에 온 힘을 다해 마지막 소원을 말하려 하고 있다. 하인들은 성호를 긋고 딸들은 손수건을 깨물고 있다. 늙은 졸탄은 곧 미망인이 될 아내 카티에게 힘들여 말한다.

"무도회에 갈 때처럼 타프타로 만든 화려한 옷을 입고 금으로 된 장신구를 걸쳐요. 반짝이는 보석들로 치장하고 입술은 붉게 칠해요. 그리고 파리에서 들여온 향내 나는 파우더를 뺨에 발라 요."

카티는 졸탄의 한마디 한마디에 놀랐다. 바이올리니스트들이 왈츠에 맞춰 연주를 하고, 외눈안경을 쓴 연미복 차림의 신사들 이 시장에서 돼지의 무게와 값을 재듯, 여자들을 평가하는 그런 무도회를 방문할 때처럼 옷을 갈아입으라니, 카티는 놀라 말했다.

"여보, 주름을 넣은 타프타를 입으라고요? 입술을 붉게 칠하라 뇨?"

졸탄은 몸을 일으켜 화가 난 듯 말했다.

"언제나처럼 예쁘고 아름답게 치장하라고요."

"그렇지만 여보, 죽음의 사자가 곧 들이닥칠 텐데 치장을 하 라뇨?"

카티는 눈물을 흘리며 울먹였다.

졸탄은 화가 나서 몸을 일으키며 소리를 지른다. 집 안의 모든 사람들은 졸탄의 분노를 알고 두려워했다. 졸탄은 외친다.

"죽음의 사자가 '아마' 당신을 데려갈지도 모른단 말이오!

그렇게 죽음의 사자가 '아마도' 등장할 수도 있는 것이다.

죽음의 사자가 어떤 모습으로 레스토랑에 들어설지, 졸탄의 방을 방문할지, 다른 곳에 들를지는 아무도 알 수 없다. 그러므로 비크가 레스토랑을 방문했을 때 자보가 그 훌륭한 제복을 입은 남자에게 어떤 음식을 대접해야 기분을 돋울 수 있을지에 대해 고민한 것은 이해가 되고도 남는다.

여단장 비크가 자주 레스토랑에 들러 항상 미트롤만을 고집하며 다른 음식들은 거절했을 때 자보는 사람들이 군복을 걸치면 이성을 잃는다고 생각했다. 아무도 그렇게 하라고 시킨 적이 없지만, 군복만 입으면, 최고급의 군복을 입더라도 이성을 잃는다.

"황송합니다, 여단장님. 분부만 하십시오. 늘 드시던 음식을 드릴까요?"

"자보, 그렇게 웅얼거리지 말라고. '어떤 음식을 드시겠습니까? 웨이터, 여기 메뉴판 가져와. 오늘은 맥주를 마시겠습니까?' 하고 크고 똑똑하게 말해 봐. 사람들은 그렇게 말한다고. 당신은 이리 굽실 저리 굽실, 손에 키스라도 할 지경이야. '영광입니다. 분부만 하십시오.'라니."

순간 자보는 한 헝가리 의용군의 이야기를 떠올렸다. 그는 울적한 마음에 면도도 제대로 하지 않고 가운처럼 군복을 걸친 채도시를 어슬렁거렸다. 새로운 계급장을 단, 빈 출신의 소위를 못본 듯 아무 말도 걸지 않고 지나쳤고 그저 호르토바지에 있는 가난한 어머니와 활기 찬 아가씨에 대해 생각할 뿐이었다. 광활한 초원, 거위 떼, 밀짚으로 만든 집들, 들판과 개울의 냄새, 고향의 아늑함을 그리워했다. 그때 계급장을 단 심술궂은 소위가 외쳤다.

"웅얼거리지 말고 인사 제대로 하지 못해?"

그러자 헝가리 의용군은 화들짝 상념에서 깨어났다. 그리고 소위를 향해 천천히 몸을 돌렸다. 주머니에서 손을 뺀 후 하늘색과 은색이 뒤섞인 그의 계급장을 바라보았다. 그의 코안경 너머로 따가운 눈초리가 번뜩였다. 이제 의용군은 가슴에 왼손을 얹고 잘못했다는 듯 고개를 끄덕이며 상체를 구부려 인사한다. 교회 제단에서처럼 복종의 제스처를 취하다가 머뭇거리며 이렇게 말하는 것이다.

"죄송합니다, 소위님. 저더러 어쩌란 말입니까?"

굽실거리며 마치 손에 키스라도 할 모양새로 "황송합니다, 분부만 하십시오."라고 말한다며 비크에게 핀잔을 들을 때마다 자보는 이 의용군을 떠올렸다. 자보는 무심코 "비크 여단장님, 저더러 어쩌라고요?" 하는 말이 입에서 튀어나올까 봐 조심했다.

죽음의 사자, 빈에서 온 오스트리아 헝가리 제국 군대의 소위, 집시 악단장, 동물원의 라마, 나치친위대의 여단장은 심기가 불편해져서는 안 된다는 법이 있는가? 아니, 삶에 기쁨을 불어넣지 못하는 세계관이 머리를 지배한다면 심기가 불편해지는 것이다.

피아니스트는 같은 곡을 두 번이나 연주했고 빈에서 온 신사들은 크게 감동했다. 마지막 손님이 떠나자 자보는 문을 닫고 주방에서 일하는 사람들에게 잘 가라는 인사를 했다. 주시와 이스트번도 돌려보냈다.

빈에서 온 신사들과 합석한 피아니스트는 왠지 가슴이 갑갑했다. 하지만 자보는 이날 저녁 무언가 일이 잘 풀릴 것만 같은 기분이었다. 불확실하지만 무언가 좋은 일이 일어날 거라는 예감이 든 자보는 샴페인을 공짜로 내놓으며 사람들에게 직접 따라주었다.

그러는 동안 은회색 조끼를 입은 남자는 피아니스트를 향해 말하며 크게 웃었다.

"당신이 작곡한 우울한 일요일의 노래는 정말 굉장한 곡이에요. 심금을 울리네요. 그러니까 와인에 취한 빈 사람들이 흥에 겨워 부르는 곡 따위와는 달라요. '포도나무 벌레(1930년대에 유명했던 작곡가 칼 페르더의 대표곡)'처럼 마음을 우울하고 산란하게 하는 노래가 아니라고요. '빈 기질(요한슈트라우스의 곡으로 빈 시민들의 의기를 드러내는 발랄한 왈츠)'처럼 유쾌한 곡도 아니고요. 그 노래는 꼭 뱀파이어들의 합창 같지요."

피아니스트는 그렇다는 시늉을 하며 한숨을 내쉬었고 은회색 조끼의 남자는 낄낄거렸다.

"그러니까 이 풍자 곡은 당신의 열정을 느끼게 해주는 음악이라는 말씀입니다."

그는 자신의 재담을 모두에게 이해시키려는 듯 떠벌렸다.

"네, 그렇습니다."

피아니스타가 답하자 이어서 또 다른 남자가 말했다.

"당신의 노래는 정말 독특하네요."

"네. 이 노래는 제게 익숙하고 오래된 고통을 의미합니다. 이제껏 간직한 우울함입니다. 우울함은 점점 커져만 갔고 이제는 너무 익숙해져서 떨쳐버릴 수 없어요."

피아니스트는 조용하고 내성적인 사람이라 중얼대듯 말했다. 빈에서 온 신사 중 한 사람은 '우울함'이라는 표현은 생략하고 '익숙하고 오래된 고통'이라는 말을 받아 적었다. 언젠가 써먹기에 좋은 말이라는 생각에서였다. 그는 무엇이 중요한지를 잘 아는 사람이었다.

자보는 창고에서 좋은 샴페인을 골라 왔다. 1928년은 특별한 해이기 때문에 이제 7년이 된 1928년산 샴페인을 택했다. 물론 1929년산 샴페인도 나쁘지는 않았지만 시간이 가면 더 잘 익을 술이었다.

자보는 냅킨과 곱게 먼지가 앉은 병을 내왔다. 신사들은 '오' 하고 감탄사를 내뱉었다. 하지만 그들이 몇 년산 샴페인인지를 알고서 평가를 하는 것인지, 그저 감탄하는 것인지는 모를 일이다. 그런 상황에서는 '오' 하고 습관적으로 감탄하게 마련이다. 어쩌면 당혹해서 '오' 하고 소리를 질렀을지도 모른다.

하여튼 자보는 예상했던 반응을 이끌어 내자 곧 샴페인의 철사를 풀었다. 1928년산 샴페인 병의 목을 냅킨으로 감싸 쥐고 코르크 마개를 뽑자 부드러운 소리를 내며 병이 열렸다.

샴페인을 이렇게 따는 것은 매우 특별한 일이다. 자동차 경주자나 축구 선수들, 전쟁 중의 군인들은 천장에 대고 대포에서 물을 머금은 화약을 발사하듯 마개를 뽑는다. 약탈을 일삼는 군인들도 샴페인 창고를 발견하면 다음 살상을 위해 그런 행동으로 분위기를 고조시킨다. 지인들이 찾는 세련된 레스토랑의 교양 있는 손님들이라면 그렇게 샴페인을 따지 않을 것이다. 하지만 어문학자나 사회학자들이라면 혹은 보험조합에서 임금을 받을 수 있게 된 의사라면 샴페인을 요란하게 딴다. 또한 가난하고 의지할 데 없는 환자들의 정신을 이리저리 헤쳐 엉망으로 만들어 놓을 심리학자들 역시 샴페인을 요란하게 따는 것을 최고라 여길 것이다.

자보는 우아하고 가는 잔을 테이블에 올려놓고 샴페인을 따랐다. 너무나 훌륭한 향이 진동했다. 자보는 샴페인 잔을 들고 모두의 안녕과 축복을 빌었다. 겸손한 식당 주인이라면 손님들처럼 세련되게 행동한다. 자보는 군델의 젊은 사장에 대해 소개하려다가 그만두었다.

자보는 비크에게 샴페인을 서비스로 대접한 적이 없다. 자보에게 본능이라 할 만한 무언가가 꿈틀거리기 시작했던 것이다.

빈에서 온 신사들은 샴페인의 훌륭한 맛과 향을 칭송했고 은회색 조끼를 입은 남자는 한참 후에 중요한 말을 꺼냈다.

"자, 여러분. 내 소개를 잠깐 해도 될까요. 저는 린트스트룀 음반 회사의 기획자 노바크입니다. 슈비츠, 이분들께 내 명함 좀 드리라고."

그는 무뚝뚝하게 말하며 조끼 주머니를 더듬었다. 노바크가 명함을 들고 다니지 않기 때문에 옆에 앉은 슈비츠가 노바크의 명함을 항상 챙겨 다녔다.

"신경 써줘서 고마워, 슈비츠. 자, 솔직하게 말하죠. 저는 이 피아니스트의 작품에 정말 감동했어요. 작품의 이름을 지어 준 주인 양반에게 이 멋진 작품을 헌정했다죠?

아침부터 저녁까지 음악에만 몰두하는 사람들이 있지요. 음반을 파는 방법과 적절한 값을 매기는 법, 판매망을 동원하는 법을 잘 아는 사람들이죠. 홍보부를 통해 여러 기획안을 만들 수도 있고 훌륭한 예술가와 평론가들을 다룰 줄도 압니다. 그중에는 기인들도 있어요. 내 말을 믿어도 돼요, 기인들. 그러니까 진정한 예술가란 어떤지 아십니까?"

노바크는 자기가 묻고 자기가 대답했다.

"진정한 예술가들은 머리털이 **뻣뻣**합니다. 그들은 대개 군 복무도 하지 않고 이발소에 가지도 않거든요. 그리고 밤이 되면 찻집에서 시간을 보내기 일쑤예요. 아침이 되어서야 집에 돌아가 낮 동안에는 잠을 자죠. 이발소가 문을 닫을 때쯤 다시 외출을 한답니다."

"그래서 턱수염도, 머리털도 **뻣뻣**하죠."

또 다른 남자가 말했다.

"그럼, 맞는 말이야."

노바크가 맞장구를 치며 잔을 쳐들고 샴페인을 베푼 주인의 안녕과 아름다운 밤을 위해 건배했다.

"이런 매력적인 곡을 알게 되다니 정말 너무나 기쁩니다. 이런 격정적인 곡을 갑작스레 듣게 되는 것은 정말 희귀한 일이니까요. 우연히 레스토랑에 들렀는데 이런 곡을 듣다니, 정말 믿기 힘든 일이군요. 음악은 일용할 양식이다 보니, 여기저기서 쿵쾅대는 소리나 재빠른 오보에 솔로, 힘찬 팀파니 소리에 무감각해지기도 하지요. 그렇지만 우리 귀가 듣느라 지쳐 아무리 음악의 매력에 무뎌지고 그 세밀한 음조를 인지하지 못한다 해도 우리는 올바른 판단을 내려야 합니다. 특히 오늘 이 자리에서는 꼭 그래야 합니다.”

다른 남자들도 모두 신이 난 듯 고개를 끄덕이며 동의를 표했다.

“정말 영광입니다. 당신도 뭐라고 말 좀 해봐요.”

자보는 피아니스트를 쳐다보았다.

피아니스트는 생각에서 깨어나 귀에 들렸던 마지막 말을 기계적으로 되풀이했다.

“네, 정말 영광입니다.”

그저 그렇게 말하는 것으로 충분했다.

“우리의 직업이 가끔 방해가 되기는 하지만 이 작품이 훌륭하다는 것쯤은 알 수 있어요. 이제 이 작품을 녹음하는 것이 어떨까 설득하게 되는군요.”

자보는 이 말에 감동되어 빈에서 온 신사들이 샴페인을 마주했을 때처럼 ‘아’ 하고 탄성을 질렀다. 자보가 외친 ‘아’ 뒤에는 보이지 않는 작은 물음표가 붙은 것만 같았다. 반대로 빈에서 온 신사들이 샴페인을 보고 외친 ‘아’ 뒤에는 느낌표가 붙은 것이 거의 확실했다.

노바크는 계속해서 말을 이어 나갔다.

“이제 두 분의 의견을 듣고 싶습니다. 자, 말씀해 주시죠.”

자보는 일어나서 주변의 빈 잔에 샴페인을 채웠다. 고맙다는 말이 네 번 연달아 들려왔다. 자보를 포함한 모두의 눈들 중 반은 술을 따르는 샴페인을 향했고 나머지 눈들은 피아니스트를 향했다.

결정적인 순간에는 중요한 말이 나오게 마련이다. 하지만 결정적인 순간이 언제란 말인가? 그 순간에 말해지는 것들이 중요한가? 아니면 그 순간이 어떠한지에 대해 부지불식간 튀어나오는 말이 중요한가? 물론 의견은 분분하다.

오히려 중요한 순간이 지난 후에야 사람들은 그 순간이 중요했다는 것을 알게 된다. 즉 차후에 중요한 순간인지를 알게 된다. 중요한 말을 자신도 모르게 내뱉는 순간은 초침이 미동하는 다른 많은 순간들과 같을 뿐이다. 모두 알다시피 초침의 움직임은 매 순간 같다. 그렇지 않다면 정확한 시간을 알 수 없다.

그렇게 중요한 순간에 말해지는 것들은 사실상 "아이쿠", "빌어먹을", "엿 먹어"처럼 너무나 천박해서 어떤 의미를 지니기는 힘들다. 사실 중요한 순간에는 말을 하지 않는다.

부다페스트에서 자보의 레스토랑에 자주 들렀던 비크는 자보가 다른 음식을 추천해도 항상 미트롤만을 고집했다.

고급 군복의 오른쪽 가슴에 금으로 된 나치 문양을 달고 다니던 여단장 비크는 '특수조치(나치친위대의 살해)'를 취해야 할 명단에서 자보의 이름을 발견하고서 마치 자신이 지시하기라도 한 듯, "아" 하고 외치고서 잠시 후 "그렇군" 하고 말했다.

비크는 이미 자보가 알려준 미트롤 요리의 조리법을 베를린에 있는 아내에게 전했다. 자보는 이제 더 이상 경제적 가치가 없었다. 비크는 항상 유익에 따라 행동하는 사람이었다. 독일 제국의 입장에서도 자보는 더 이상 경제적 가치가 없었다. 비크는 제국 보안국 소속 경제 분과의 헝가리 대표로서 부다페스트를 방문했을 때 '심사 업무'를 담당했다. 심사 업무라니…… 신이시여, 독일인들의 말을 축복해 주소서. 당신이 아니라면 그들로부터 어찌 말을 지켜 내겠습니까!

비크의 책상에는 추방해야 할 사람들의 명단이 놓여 있었다. 비크는 명단을 쭉 훑어보며 자보도 마침내 유대인 절멸 정책에 따라 쫓아내야 한다고 생각했다. 또한 자보의 금니가 현금으로 얼마나 나갈까 하는 데 순간적으로 생각이 미쳤다. 그러나 금니는 별로 가치가 없다. 비크는 오스트리아 헝가리 제국 시대, 아우슈비츠 공국에서 얻은 경험으로 독일 은행들이 그의 상부 조직과 확고한 현금화 계약을 맺은 사실을 알고 있었다. '확고하다'는 것은 경제적 여건이 바뀌면 특정 시기의 계약에도 변동을 가한다는 뜻이다. 나중에 사람들은 이 계약을 '물가변동 특약조항(인플레이션 같은 시세 변동에 따라 물가를 조정하는 특약)'이라 불렀다. 자보의 레스토랑에 비크와 함께 들르곤 했던 친애하는 여단장 슈네프케도 이 단어를 사용했다. 이런 것들을 전부 이해하기란 힘들다.

튜톤족(고대 그리스 역사에 기록된 어느 게르만족)의 정신사에서 언어를 창조하는 사람들은 강한 영향력을 끼쳤다. 하지만 사상가들은 점점 설 자리를 잃다가 완전히 사라져 멸종했다.

비크는 추방자 명단에서 자보의 이름을 보고서 "아, 그렇군." 하고 외쳤다. 사람들의 금니는 가스실에 처넣어졌다가 상업적 목적으로 계약에 따라 처리될 것이다. 그러면 모든 것이 대체적으로 순조로워진다.

"아, 그렇군." 이 말은 역사적으로 중요한 의미가 지닌 두 가지 표현의 예다. 인생이 돌연히 불안하게 끝맺게 되리라는 비극성을 지니기 때문이다. 자보의 인생이 바로 그러했다.

모두 피아니스트를 쳐다보았고, 자보 역시 한 눈으로 피아니스트를 바라보았다. 마침내 그는 "아, 정말요?" 하고 말했다.

그는 심드렁하지는 않았지만 호기심이 없는 말투로 말했다. 그러니까 어떤 멜로디와 리듬을 담아 말했다. 단지 두 단어로 많은 리듬을 만들어 낼 수도 없고 긴장감 있는 멜로디를 표현할 수도 없는 게 사실이다. 피아니스트는 그저 "아, 정말요." 하고 간단히 말했다. 피아니스트는, 마치 바자회에서 너무 높은 값을 부른 사람들에게 "그건 현실적이지 못해"라고 말하는 듯 비사실적으로 말했다. 피아니스트는 부다(부다페스트의 한 구역) 출신이므로 교양 있는 영국 사람처럼 말하지도 않았다. 그가 부다 출신이 아니라 영국의 바스 사람이었다면 "아, 정말요."라는 말은 방금 들은 메시지가 뻔뻔스러운 거짓말이라는 의미의 세련된 변형일 것이다.

피아니스트는 자신이 음반을 통해 월드 스타가 되고 자기의 작품 또한 세계적으로 널리 알려질 거라는 사실을 전혀 몰랐다. 나중에 생겨난 단어인 '베스트셀러' 혹은 '슈퍼 히트' 같은 단어들은, 낡은 고무호스를 무심결에 밟았을 때 남아 있던 공기가 새어 나오는 소리와 비슷하다. 둔탁한 경고음처럼 힘 빠진 소리.

노바크는 피아니스트도 동의한다고 여겼다. 더 이상 말을 하지 않았지만 자보 역시 같은 의견이었다.

"정말 좋은 생각이에요."

항상 명함을 가지고 다니는 슈비츠가 말했다.

"그러면 함께 작업해 봅시다."

노바크가 말하자 테이블에 앉은 남자들이 고개를 끄덕였다.

"그래요. 무슨 일부터 해야 하나요?"

자보가 먼저 말을 꺼냈다.

"우리는 보통 이렇게 합니다. 계약을 하고 녹음실을 예약하죠. 그러면 피아니스트는 그 곡을 녹음합니다. 우리는 그것들을 복사해서 찍어내고 유통시키죠."

조용했던 스보보다가 대답했다.

"그러면 피아니스트에게는 무엇이 돌아가죠?"

자보가 물었다.

"그건 판매량에 달렸어요. 우선 작곡가인 원작자는 두 번 수익을 배당받습니다."

노바크는 손으로 피아니스트를 가리켰다. 이 말을 듣고 자보는 아무도 눈치 채지 못하게 눈을 반짝이며 자신이 이 일에 적합하며 반드시 끼어들어야 한다고 생각했다. 굴곡진 인생을 살며 체득한 경험을 통해, 지금 이 순간 린트스트룀 음반회사의 신사들로부터 피아니스트를 보호해야 한다고 생각한 것이다. 그리고 실제로 자보는 그렇게 했다.

자보는 구불구불한 금발이었다. 게르만족이 우월함의 상징으로 여기는 샛노란 머리는 아니었다. 비크는 포마드를 발라 짙은 머리를 뒤로 넘기고 다녔다. 가르마를 타지는 않았다. 비크의 얼굴은 둥글었고 눈은 갈색이었다. 보안국에서 보관하는 개인 인적 사항 카드에 비크는 전반적으로 북구 유럽인의 모습을 하고 있다고 쓰여 있다. 또한 C항 4조에는 '정치적 성향: 나치. 세계관: 매우 올바름'이라고 적혀 있다.

자보의 머리칼은 붉은빛과 갈색을 띤 금발이다. 얼굴은 길쭉해서 나치친위대는 절대로 그를 북유럽인으로 분류하지 않을 것이다.

자보는 일생 동안 유대교를 순순히 믿은 적이 없었다. 그렇다고 개혁파 유대인도 아니었다. 부모님 모두 유대인이었으므로 그와 형제들은 당연히 유대인이었다. 만약 자보의 부모가 중국인이나 인도인 또는 북아메리카 원주민이었더라면 자보도 그 나라 사람으로 취급받았을 것이다. 하지만 자보는 분명 유대인이었다.

예나 지금이나 종교적 헌신은 여러 가지 형태로 나타난다. 사람들은 원하는 종교를 고를 수 있다. 가톨릭, 기독교, 개혁파 기독교, 침례교, 장로교, 영국 성공회 등에서 뭐든 선택할 수 있었다.

하지만 자보가 인생에서 원했던 것은 안락하게 꾸민 테이블에 좋은 음식을 내놓아 사람들을 행복하게 만드는 것이었다. 북극에 사는 에스키모, 도나우 강 유역에 사는 지주, 나이지리아의 흑인, 누구든 행복해하고 배부르게 먹을 수 있다면 상관없었다. 자보는 언제나 최선의 방법으로 그들을 대접하고 싶었다.

자보는 종교를 그리 신봉하지 않았다. 그렇지 않았다면 매일 교회의 랍비 주변에서 어슬렁거리거나 독실한 신자들이 먹어서는 안 되는 동물로 만든 커틀릿을 보고 괴성을 질렀을 것이다.

종교적 성향에 대해 자보는 불쾌하게 생각했다. 자보는 혀와 오븐에 대한 환상을 지닌 요리사였다. 어느 한 가지 성향을 택하는 것은 그에게 어울리지 않았다. 이해할 수는 없지만 그는 여러

가지 이유로 다양한 성향들을 용납했다.

유대인 장사꾼이 압축기가 달린 8기통 아우스트로 다임러 자동차를 샀다고 치자. 그가 랍비에게 "이 자동차에 베라카(유대교에서 축복을 비는 의식)를 행해 주실 수 있나요?" 하고 부탁한다면, 독실한 랍비는 화를 내고 욕을 하며 "자동차에 베라카라니요. 그것은 경건한 사람들에게 모욕적인 일입니다." 하고 단호하게 거절하고는 그 장사꾼을 쫓아낼 것이다. 자보는 그 장사꾼과 같은 입장이다.

이제 그는 다른 랍비를 찾아가 압축기가 달린 8기통 아우스트로 다임러 자동차를 새로 장만했으니 베라카를 행할 수 있냐고 묻는다. 랍비는 이상하게 여길 것이다. 본래 자동차를 위해 축복을 빌지는 않는다. 하지만 왜 그래서는 안 되는 것인가? 세상에는 비종교적인 대상들도 많이 존재하지 않는가? 아마 그 랍비는 4주 동안 이 질문에 대해 생각할 것이다.

이제 유대인 장사꾼은 자유로운 사고를 가진 개혁파 랍비를 찾아가 묻는다. "압축기가 달린 8기통 아우스트로 다임러에 베라카를 행할 수 있나요?" 랍비는 흥분해서 말할 것이다. "마력은 얼마나 됩니까? 얼마나 빨리 달릴 수 있죠? 서스펜션은 괜찮나요? 최대 속력은 얼마나 됩니까? 압축기는 어떻게 작동하죠? 엔진에서 어떤 소리가 나나요?" 아마 그는 기계의 세부사항에 대한 정보까지 얻으려 할 테고 장사꾼은 마침내 개방적이고 현대적인 랍비를 찾아냈다며 기뻐할 것이다. 30분쯤 지나서 장사꾼은 그 랍비에게 묻는다. 새로 장만한 내 차에 베라카를 행해 주실 수 있나요?" 그러자 랍비가 대답한다. "저, 죄송한데 베라카가 뭡니까?"

자보는 어떤 성향에 치우치는 것은 반대한다. 성향들에 대해 논쟁하다 보면 속만 아플 뿐이다. 속이 쓰리면 음식을 충분히 즐길 수 없다. 확실하지도 않은 성향을 놓고 다투다 보면 속이 뒤틀려 성질만 돋울 뿐이다. 광신자들은 결코 음식을 편안히 먹을 수 없으며 고작해야 나트륨의 짠맛이나 좋아하는 질 떨어지는 손님일 뿐이다. 자보는 개혁파들의 율령 역시 거부했다. 그들은 구세주를 기대하지도 소망하지도 않는다.

자보는 나트륨 범벅이 된 식사는 상상조차 할 수 없었다. 전채 요리로 수프 대신에 하얀 가루약 조금과 알약을 내놓고, 메인 요리로 소량의 가루약을, 후식으로 알약 반 알을 내놓는다면 어떻게 될까? 그것도 하얀 접시에. 자보가 통조림과 프라이팬을 좋아하는 약사가 되어야 했다면 얼마나 끔찍했을까? 다행히 그는 전문 요리 교육을 받은 레스토랑 주인으로서 지난 수십 년 동안 날마다 음식을 만들어 왔다.

"자, 이제 무슨 말이 남았더라. 그러니까 음악 담당 프로듀서들은 모든 것을 신중히 생각해야 하죠."

은회색 조끼를 입은 린트스트룀 음반 회사의 노바크가 말했다.

'이제 본론을 말하겠군.'

자보는 기다렸다.

"이 작곡가이자 피아니스트는 곡을 썼고 연주를 해서 사람들의 심금을 울렸죠. 그건 분명 사실입니다. 하지만 아직 사람들은 이 곡에 대해 전혀 몰라요. 작곡가이자 연주자가 알려지지 않았으니까요. 서너 시간 전에는 우리도 모르던 사람이에요. 음반 회사의 경영인에게 이 곡은 수많은 무명 음악의 변형일 뿐이지요. 하지만 이 곡은 우리의 흥미를 끌었습니다. 이 곡을 음반으로 만들어 내면 다른 사람도 같은 흥미를 느끼게 되겠지요."

노바크가 말했다.

"라디오 방송을 이용할 수도 있어요. 라디오가 있는 사람들은 모두 들을 수 있죠. 들을 수도 있고 듣지 않을 수도 있고 자기 마음대로 할 수 있어요. 대부분의 사람들은 라디오로 노래를 듣죠. 노래가 마음에 들면 음반 가게에 들러 음반을 사고요. 집에 돌아와 축음기로 음악을 들을 수 있잖아요. 그러면 노래가 나올 때까지 하루 종일 라디오 앞에 앉아 기다릴 필요가 없으니까요.

간혹 곡이 연주되는 순간에 자리를 비워야 하는 일이 생길 수도 있지요. 우편집배원이 초인종을 누르거나 웬 사람이 찾아와

'키쉬 이스트번 여기 사나요?' 하고 물을 수도 있잖아요. 그러면 '아니요. 키쉬는 여기 살지 않아요. 하지만 너지는 셋이나 산답니다. 너지 졸탄은 이 건물 4층에 살고, 너지 잔도르는 뒷 건물 1층 오른쪽에 살아요. 너지 펄은 3층 왼쪽에 살았죠. 하지만 1년 반쯤 전에 죽었어요. 그런데도 펄 부인은 아직까지 문에 명패를 붙여 놓았지요. 우편물이 올지도 모르니까요.' 이러다 보면 라디오에서 노래가 나와도 들을 수가 없지요. 그러니까 곧장 음반 가게로 가서 라디오에서 나온 곡이 담긴 음반을 사는 게 최선의 방법이에요. 그래야 노래를 계속 들으면서 자기 일을 할 테니까요."

자보가 말했다.

"맞습니다. 노래는 우선 라디오를 통해 들을 수 있어야 하죠. 하지만 그게 그렇게 간단한 일이 아니에요. 전 세계에서 하루에도 수백 곡이 넘게 녹음되거든요. 그렇게 많은 곡을 다 방송에 내보낼 수는 없고요."

노바크가 말했다.

"그러면 방송국에 1,000실링쯤 쥐어 주세요. 그러면 노래를 틀어 줄 거예요. 그런 일에는 본래 돈이 좀 들지요. 휘발유에 돈을 치를 생각이 없고 그저 돈을 저축하기만 한다면 멋진 자동차인들 무슨 소용이겠습니까? 물론 훌륭한 마차를 살 수도 있겠지만 귀리를 먹는 말을 매달고 다니는 건 불편한 일이에요. 오늘날에는 자동차가 더 나은 교통수단이지만 휘발유가 없다면 소용없죠."

자보가 말했다.

"1,000실링이라니 그건 큰돈이에요. 게다가 사람들은 그걸 뇌물이라 여길 거요."

노바크가 말했다.

"한 말씀드리자면 사람들은 액수가 적을 때만 뇌물이라고 생각한다고요. 자신이 100실링의 가치밖에 안 된다고 생각하면 격분하지요. 모욕감을 느끼고 악을 쓸 겁니다. 그게 바로 분노한 거라고요. 하지만 적절한 돈을 쥐어 준다면, 그러니까 충분한 돈을 준다면, 모두들 존중받았다고 느끼고 자신의 삶이나 직업이 가치 있다고 생각할 겁니다. 또한 그 소중한 돈만큼 감사를 표해야 한다고 느끼겠지요. 그래서 노래를 틀 거예요. 부하 직원에게 그렇게 시키겠죠. 그러고는 '제가 도울 일이 있다면 꼭 들러 주세요. 그리고 아름다운 부인께 안부 전해 주세요. 사모님은 날이 갈수록 젊어지시는군요. 두 분이 산책하시는 걸 본 사람들은 아마도 우리 시대에 이렇게 행복한 부부가 있을까 하고 부러워할 거예요.' 하지만 100실링을 받는다면 그는 화가 나서 '뇌물'이라고 경찰에게 신고할 거예요. 사람들은 예리하답니다."

"아, 제가 보기에는 당신이야말로 정말 예리하군요."

노바크가 말했다.

"그건 인생 경험 덕분입니다. 네, 모든 음식에는 소금과 양념이 들어가죠. 하지만 적당한 양을 넣어야 해요. 너무 적게 넣으면 아무 맛이 나지 않고, 너무 많이 넣으면 먹기가 힘들어지죠. 미각을 마비시킬 정도라고요. 그러면 예민한 감각이 둔해져서 아무리 좋은 음식도 맛볼 수 없게 돼요. 닭, 거위, 토끼, 오리의 맛을 구별할 수가 없어요. 저린 양배추와 파프리카를 곁들인 생선 스튜를 먹는다 해도 두통약에 잘게 썬 구두창을 섞어 놓은 맛이라고 느낄 거예요."

자보가 말하는 와중에 슈비츠가 끼어들었다.

"저, 자보 씨. 그런데 방금 말씀하신 그 음식이 도대체 뭡니까?"

자보는 중요한 생각을 말하는데 불쑥 방해를 받아 심기가 불편해졌다. 한편으로는 계몽이 필요한 사람에게 도움을 주지 않을 수 없다고 생각했다. 자보는 도나우 강을 따라 걷다가 도와 달라는 외침을 들은 한 남자를 떠올렸다. 강은 노랫말처럼 회녹색이다. 그는 달리던 발걸음을 멈추고 몸을 숙여 격자무늬의 주철 기둥 너머 암흑에 대고 외친다. 소용돌이에 휘말린 사람이 죽음의 문턱에 서 있다는 사실은 모르는 채 "저, 죄송합니다만 저는 오늘 오페레타를 보러 가야 해요. 지금 서두르지 않으면 아내가 뭐라고 할 거예요. 친한 사람들한테 구한 표인 데다가 비싸기도 하죠. 시간을 잘 맞춰야 해요. 1막이 시작하기 전에 문이 닫혀서 2

막 때까지 열리지 않아요. 그러면 복도에 깔아 놓은 시뻘건 카펫 위에서 금으로 만든 벽장식이나 쳐다봐야 해요. 아내는 내게 끝도 없이 욕을 하겠죠. 그러니까 정말 죄송하지만 제가 너무 바빠 도움을 줄 수 없다는 걸 이해해 주세요. 다른 행인한테 도와 달라고 하세요. 정말 죄송합니다. 안녕히 계세요." 하고 어둠에다 외치는 것이다.

자보는 그의 물음에 친절하게 대답했다.

"그러니까 생선 스튜는 말이죠. 가물치 1킬로그램 정도를 준비한 후 뼈를 발라 얇게 썰고 파프리카를 뿌립니다. 그러면 물기가 잘 스며들죠. 그리고 저린 양배추 1파운드를 냄비에 넣고 약하게 끓입니다. 그런 다음 잘게 썬 양파를 기름에 넣고 서서히 끓인 후 파프리카를 뿌리죠. 1시간쯤 지나서 이 양파를 저린 양배추와 넣고 잘 저어요. 이제 가물치 조각도 넣고 천천히 끓입니다. 여기에다 사우어 크림과 허브를 얹은 것을 바로 '저린 양배추와 파프리카를 곁들인 생선 스튜'라고 하죠. 자, 샴페인 한 병을 더 가져왔으면 좋겠는데, 괜찮겠습니까?"

"당연하죠. 감사합니다. 좋은 밤이군요."

노바크가 말했다.

물론 여단장 비크는 한 번도 저린 양배추와 파프리카를 곁들인

생선 스튜를 주문한 적이 없다. 그는 오로지 미트롤만 고집했다. 하지만 자보는 미트롤이 자신의 레스토랑에서 만든 음식 중 최고라고 생각하지는 않았다. 미식가의 입장에서는 평균 이하의 음식이었다. 하지만 무디고 수준 낮은 혀에 어울리는 음식도 메뉴판에 쓰여 있어야 한다. 이런 혀는 교정을 한다 해도 나아지리라는 보장이 없기 때문이다. 비크는 레스토랑에 들러 자보가 관심조차 가지지 않은 어떤 면에 대해 비난하면서 미트롤을 먹는다. 하지만 자보는 압축기가 달린 아우스트로 다임러에 대해서는 잘 알지만, 축복의 기도인 베라카는 잘 모르는 개혁파 랍비처럼 한 가지 성향을 고집하지 않는 사람이었다.

빈에서 온 신사들을 맞이해 창고에서 꺼낸 샴페인을 대접한 그날, 자보와 비크는 아직 서로를 몰랐다. 자보는 무언가 대단한 일이 벌어질 거라고 짐작만 했다.

이날 멀리 떨어진 베를린에서 비크 수출입 회사의 대표는 격식에 갖춰 제4기마사단의 제1기마연대에 들어섰고 군번 478234를 부여받았다. 비크는 강요 때문은 아니지만 사업적 이윤을 얻고 기마병이 되기 위해 엘프리데 안나 루이제와 갓 결혼했다. 비크는 말을 가지고 있었고 사랑하는 아내가 결혼 때 지참해 온 안장도 가지게 되었다. 말과 안장을 소유하는 것은 쉬운 일이 아니어서 기마부대에 들어가는 것 역시 어려운 일이었다. 기마부대는 엘리트 집단으로 말 위에 앉아 발치에서 뛰어다니는 사람들을 내려다볼 수 있었다. 즉 말은 시야와 생각을 폭력적으로 바꾸어 놓는다.

비크는 이 집단에 가입하기 위해 낸 3마르크를 좋은 투자라고 생각했다. 말과 안장을 소유한 사람들만이 가입할 수 있다는 것은 프롤레타리아 계급의 여가생활이 아니라 중요한 사회 활동을 할 수 있다는 뜻이다. 이런 집단에서는 야망을 가져도 된다. 말을 발코니나 주말 농장에서 기를 수는 없는 노릇이다. 승마를 하려면 토지와 자본을 넉넉히 소유하고 수준 높은 교육을 받는 것이 중요하다. 비크는 시립 상업 고등학교 출신이었다.

후일 비크가 사관학교를 졸업했을 때 그의 인적사항 카드에는 다음과 같이 적혀 있었다. '마름. 군인답게 생김. 활달하고 생기 넘침. 진지한 인생관과 의무감. 리더십. 좋은 교육을 받음. 세련된 사교술과 원만한 대인관계.'

자보가 아직 여단장 비크를 만나지 못한 것은 행운이었다. 그리하여 자보는 몇 년 더 살 수 있었고 부다페스트에서 레스토랑의 손님들에게 안락한 저녁을 제공할 수 있었다.

당시 비크는 기병대의 장교로서 용맹하고 물불을 가리지 않고 주어진 임무를 수행해 좋은 평판을 얻었다.

하지만 비크보다는 수백 명의 여인, 아이들, 노인과 젊은이들이 러시아 근방 어딘가에서 전력을 다해 인생을 살았다고 할 수 있다. 일례로 유대인 1,018명이 집에서 불안에 떨며 지내다가 체포되었다. 그러나 그들 중 440명의 아이와 노인들이 집단으로 탈출을 시도했다. 젊고 일할 능력이 있는 나머지 남자들은 선별되어 다른 장소로 이동했다. 발병이 난 사람들, 노인들, 작은 아이와 늙은 여자들만이 집단 탈출을 시도했다. 이들이야말로 전력을 다해 인생을 산 것이다.

그들은 전염병 때문에 총살될 뻔했다. 전염병은 대중에게 치명적이므로 이를 예방하기 위해서 그들은 학살될 위험에 처했다. 오직 위생과 청결, 예방만이 살길이니 전염병에 노출되어 있다면 하루에 일곱 번씩 씻어야 한다고 사람들은 말했다. 하지만 비누도 부족하고 어디에서 그 많은 물을 구할 수 있는지조차 알 수 없었다. 그래서 하루에도 일곱 번씩 사람을 죽여 전염병의 위험을 줄였다. 그것이 빠르고 근본적인 방법이라면서.

통계라는 것도 있다. 사람들은 통계 속에 거짓말, 그것도 비열한 거짓말이 도사리고 있다는 사실을 알면서도 통계의 의미를 보편적으로 받아들인다. 거짓은 그 자체로 부도덕하고 비열한 거짓말은 더욱 나쁜 것이지만 학문적 원칙에 따라 설문조사를 통해 실시된 통계는 진실이다. 많은 사람들이 연금을 보장받으면 일하는 관청에서 이런 설문조사를 한다.

별로 해될 게 없는 나라에서도 인구가 얼마나 되며 국민들 각자가 어떻게 먹고사는지, 신고하지 않은 것을 착복하는지는 않는지 조사한다. 침실은 몇 개인지, 자전거와 냉장고, 냄비(프라이팬은 별개다), 재봉틀은 몇 개인지, 이혼은 몇 번 했는지, 십일조를 냈는지까지 조사할 수 있다. 그래서 통계가 필요한 것이다. 냉장고를 더 가지거나 자동차 도로를 넓히는 것, 이혼 관련법을 바꾸거나 학교를 더 짓고 고속도로를 증설하는 것 이 모두가 통계에 달려 있다. 학교교육을 줄여 산업에 투입될 노동력을 늘릴 수도 있다.

투옥되었거나 집단 탈출을 시도했다는 이유로, 혹은 전염병의 위험이 있다는 이유로 사람을 총살해도 되는지도 통계를 통해 알아낼 수 있다. 집단 탈출을 시도한 포로들만 쏴 죽인다면, 언제가 당국으로부터 전염병을 예방하기 위해서는 무엇을 했냐고 추궁당할 수도 있다. 위생에 대해서는 더 이상 고려하지 않는가? 그렇다면 국민건강은 안중에 없는가? 한편 집단 탈출을 시도하지도 않고 전염병에 걸리지도 않은 사람들은 심부전증, 혈액 순환장애 아니면 다른 병 등으로 죽어갈 것이다.

통계의 규칙은 그 자체로 간단하고 쉬워야 한다. 그래야 사람들이 통계를 손쉽게 다룰 수 있다. 통계의 규칙은 복잡하게 해서는 안 되고 사용법 또한 단순하고 이해하기 쉬워야 한다. 합법적인 것인지, 혹 어떤 규칙이 다른 규칙에 위배되는 것은 아닌지 시시콜콜 따지고 든다면 질서 있는 국가를 만들 수 없다.

자보가 레스토랑의 창고에서 1928년산 샴페인 병을 찾아냈을 때, 저 멀리 베를린에서는 한 중개상이 말과 안장을 가졌다는 이유로 제4기마사단의 제1기마연대에 들어서 군번 478234를 부여받는다. 이런 사실에 대해 자보는 조금도 알 수 없었다.

계단을 오르며 자보는 조심스럽게 샴페인 병을 다루었다. 샴페인 병은 곤봉을 휘두르듯 함부로 다루어서는 안 되고 조심스럽게 테이블로 가져가야 한다. 이때 누군가 자보에게 다가와 "자보 씨, 실례합니다만 지금 베를린에서는 비크라는 중계상이 말을 타고 기마연대에 들어서고 있습니다." 하고 말했다면 자보는 그저 정중하게 고개를 숙여 인사했을 것이다.

그 순간 자보는 피아니스트가 아직까지 말을 거의 하지 않았고 이 훌륭한 샴페인들도 거의 마시지 않았다는 사실을 깨닫는다. 자보는 기분 전환을 위해 피아니스트에게 샴페인 한 잔을 쭉 들이켜 보라고 권했다. 그 순간에는 피아니스트가 가장 중요한 사람이었다.

자보는 테이블 위의 병을 따서 잔에 따른 후 말했다.

"자, 우리의 피아니스트를 위하여!"

빈에서 온 신사들이 잔을 높이 쳐들자 피아니스트도 하는 수 없이 따라 했다. 남자들은 미소를 지으며 즐겁게 외쳤다.

"피아니스트를 위하여!"

피아니스트는 5대 1의 상황에 놓였다. 샴페인의 톡 쏘는 맛이 괜찮았는지 그는 잔을 비웠다.

"네. 이제 아름다운 도시 빈에서 오신 신사 분들의 의견은 잘 알겠습니다. 무엇이 신사 분들의 마음을 감동시켰는지 저보다 잘 이해하는 사람은 없죠. 저도 피아니스트 양반의 황홀한 노래를 듣고 감동했고 너무나 기뻤습니다. 아마 제가 그 음악을 피아니스트와 함께 처음으로 들었다고 할 수 있을 겁니다. 물론 피아니스트 양반은 축복받은 손으로 유려하게 상아 건반을 두드려 세상에 이 멜로디를 처음으로 내놓기 전에 이미 마음속으로 그 노래를 들었을 테지만요."

자보가 말했다.

"네, 대단한 일이에요."

들뜬 슈비츠가 큰 소리로 말했다.

"네, 어마어마한 일이지요."

스보보다가 말했다.

"자, 이제 본론을 말합시다. 물론 라디오 방송국에 돈을 찔러줄 수는 있지만, 그 돈은 작곡가와 연주자의 수익에서 지출됩니다."

노바크가 말했다.

"반만 내면 되지요."

자보가 말했다.

"무슨 말씀이신지?"

"반만 내고 나머지 반은 회사에서 내야죠. 회사가 작곡가와 연주자만큼 이 곡을 내는 데 관심이 있다면요. 형제지간도 아닌데 50대 50으로 나누어 투자해야죠."

자보는 피아니스트를 대신해 싸우기로 결심했다. 피아니스트는 조용하고 겸손한 예술가처럼 앉아 있어 생존 경쟁을 할 힘이 없어 보였다. 하지만 그렇기에 그는 매력적인 멜로디를 만들어 낼 수 있었을 것이다. 사람은 모두 장점과 단점을 가지고 있으며 선한 사람은 타인의 약점을 보완해 주어야 한다고 자보는 생각했다.

"네, 원칙에 따라야죠. 물론 그렇습니다. 선한 사람들은 모든 것을 규칙에 따라 행합니다. 그런 착한 마음을 먹어야지요."

노바크가 말했다.

"건배합시다. 건배."

피아니스트가 술을 다시 채운 후 잔을 들고 말했다.

"건배."

피아니스트가 건배를 외치리라곤 아무도 예상하지 못했기 때문에 모두 놀랐다. 이제까지 그는 말없이 앉아 하얀 테이블보만 들여다보고 있었다. 샴페인의 힘을 빌려 그리고 자보의 싸우는 듯한 말투에 힘입어 이제 피아니스트가 대화를 이끌어 보려 한다고 노바크는 생각했다. 노바크는 사업을 위해 사람들이 예상하기 힘든 수많은 대화를 이끌어 왔다.

"그러니까 우리는 부다페스트의 녹음실을 임대해 이 곡을 음반에 담을 겁니다. 뒷면에는 다른 곡을 실을 수도 있어요. 그러고는 음반에 담은 노래들을 유통시킬 겁니다. 이 노래의 악보를 팔고 전 세계에서 저작권을 확보하는 일도 우리의 임무죠."

노바크가 말했다.

"무슨 말씀이지요?"

피아니스트는 즐거운 듯 큰 소리로 물었다.

"저작권을 얻으면 우리가 당신의 이름으로 이 곡을 전 세계에 팔고 1년에 한 번씩 수익을 배당받을 수 있습니다."

스보보다가 말했다.

"1년에 두 번은 되어야죠."

자보가 말했다.

"네, 알겠습니다. 1년에 두 번이요. 업무상 큰 손실이기는 하지만 예외적으로 1년에 두 번 지불할 수도 있지요. 안 될 게 뭐가 있겠습니까? 네, 4퍼센트로 합시다."

"뭐라고요? 방금 제가 잘못 들은 것 같은데. 몇 퍼센트라고 말하셨죠? 원래는 12퍼센트인 것 같은데요."

자보가 말했다.

"12퍼센트라니 그건 너무 과해요. 유명한 희극 작곡가나 되어야 그 정도의 배당금을 받지요. 아니면 그런 노래를 하는 여가수 정도……."

"하지만 그런 경우에는 오케스트라와 합창단에도 돈을 치러야 하잖아요. 하지만 이번 일은 작곡가 한 사람만 신경 쓰면 되죠. 연습이 필요한 수십 명의 사람을 녹음에 동원하는 것도 아니잖아요. 그들 중에 몇 명이 치통이라도 앓았다간 녹음 전체가 미뤄지겠죠. 그러고는 처음부터 다시 녹음해야 되잖아요. 녹음실도 다시 빌리고, 마이크도 새로 설치하고, 엔지니어도 또 불러야 하죠. 하지만 이번 일은 작곡가 한 명과 그저 한 곡을 녹음하는 겁니다. 뒷면까지 고려해도 겨우 두 곡이에요. 저 양반한테는 12퍼센트가 적당해요. 알려지지 않은 곡이라는 사실을 감안해도 12퍼센트가 알맞죠. 이 일이 정말 보기 드문 기회라는 사실을 느끼지도 예상하지도 못한다면 아마추어들입니다. 당신들은 프로지요. 자, 마지막 조건은 단 한 가지입니다. 음반의 라벨에 '우울한 일요일의 노래는 부다페스트 14구역에 있는 자보의 식당에서 탄생했다'라고 써주십시오."

"그렇게 하겠습니다."

스보보다가 말했다.

"정말 그렇게 할 수 있나요?"

노바크가 물었다.

"물론입니다. 돌아가면 당장 디자이너에게 그렇게 주문할 겁니다. 별로 어려운 일이 아니에요."

스보보다가 다시 한 번 말했다.

"법적으로도 아무 문제없습니다. 그렇죠, 슈밀?"

노바크는 계속 침묵을 지키고 있던 남자에게 물었다.

"법적으로 문제될 것은 전혀 없습니다. 노바크 씨, 계약서 초안을 건네줍시다. 촉박하지 않으니 생각할 시간은 충분해요. 그래야 제대로 일을 마무리 지을 수 있지요."

슈밀이 말했다.

"음반, 악보, 특허권에 대해 각각 12퍼센트입니다. 다른 사항에 대해서는 10퍼센트로 하죠."

자보가 말했다.

"아, 이것 보십시오. 그건 안 됩니다."

노바크는 냉담하게 말했다. 여차하면 1928년산 샴페인 2병의 값을 치르고 보르살리노 모자(이태리의 고급 모자 브랜드)를 들고 나가려고 했다.

"좋아요. 그럼 8퍼센트로 합시다. 모든 사항에 대해서 8퍼센트로 하죠. 4퍼센트보다 두 배로 많은 거지요. 안 될 게 뭐가 있겠습니까? 그리고 라벨에 부다페스트 14구역에 있는 자보의 레스토랑에서 피아니스트가 작곡한 곡이라고 써주세요. 피아니스트는 매일 저녁 이곳에서 연주를 한다고요."

"네. 그렇게 작성할 겁니다. 모든 걸 법적 절차에 따라야지요. 우리는 늘 그렇게 작업하고 있습니다."

슈밀이 말했다.

"우울한 일요일의 노래가 제목입니다."

자보가 말했다.

"네, 그래야지요. '아름다고 푸른 도나우 강', '목장의 노래하는 새'처럼 우울한 일요일의 노래도 좋은 이름입니다."

"이제 모든 걸 합의했군요. 자, 허락하신다면 이번에는 정말 특별한 샴페인을 대접하고 싶은데, 1912년산입니다. 괜찮겠습니까?"

"자보, 너무 과용했어요."

피아니스트는 혀가 꼬부라졌다. 만취된 것은 아니지만 피아니스트는 평상시보다 어눌하게 말했다. 게다가 이제까지 피아니스트는 '씨'를 빼고 '자보'라고 부른 적이 한 번도 없었다. 놀라운 일이었다.

자보는 서둘러 1912년산 샴페인을 가지고 왔다. 병에는 먼지가 수북이 쌓여 있었지만 코르크는 온전한 상태였다. 자보는 조심스럽게 그러나 유난스럽지 않게 병을 열었다. 프로들은 모든 병을 그렇게 다룬다.

샴페인의 거품은 여느 것과 마찬가지였지만, 스보보다는 잔을 입으로 가져갔고 샴페인 병에서 퍼져 나오는 향이 코언저리에 닿았을 때에 "환상적이군" 하고 중얼거렸다.

기분이 좋아진 슈밀 역시 달리는 말처럼 헐떡거리며 들릴 듯 말 듯한 목소리로 말했다.

"정말 훌륭해요, 스보보다."

"꿈속에서나 맛본 그런 샴페인이에요."

노바크가 말했다.

"자보, 당신은 딱정벌레예요."

피아니스트가 분위기에 어울리지 않는 쇳소리로 말했다. 딱정벌레는 헝가리어로 사랑스러운 사람, 마음에 드는 사람을 뜻한다.

"모든 게 순조로운 저녁이군요. 성공적이에요. 매우 뜻 깊은 저녁이에요."

노바크가 1912년산 샴페인이 담긴 잔에서 입을 떼고는 중얼거렸다.

"많은 사람들이 이날 저녁을 두고두고 기억할 거예요. 인생의 모든 순간들이 행복하지는 않지만 이런 순간은 분명 있지요. 바로 그 순간이 중요한 거예요."

피아니스트는 진지하고 낮은 목소리로 중얼거렸다.

"인생에서 이런 일은 흔치 않아요. 노래가 인생의 어느 특정한 순간을 달콤하게 만들어 주고 마치 부드러운 행복의 파도를 탄 듯 사람들을 다른 시간으로 스르르 옮겨갈 수 있도록 하지요. 자갈길 위에서 덜컹거리는 마차를 탄 사악한 마부가 술에 취해 채찍을 휘두르는 것과는 정반대의 일이에요. 이런 노래는 모두에게 유익하지요. 그 노래가 바로 여기, 당신들 앞에서 잔을 높이 들고 있는 사람의 레스토랑에서 만들어졌다고요. 정말 유익한 노래예요."

자보가 빠르게 말했다.

"네, 유익합니다."

모두들 기분이 좋아져 잔을 들고 명랑하게 말했다.

피아니스트는 자리에서 천천히 일어났다. 다른 사람들은 흥에 겨워 눈치 채지 못했지만 자보는 피아니스트가 의자 위에 올라서는 것을 보았다. 하지만 아무 말도 하지 않았다. 잠시 후 손에 거품이 가득 찬 컵을 든 사람들은 피아니스트를 올려다보았다. 아무도 예상치 못한 일이었다. 조용한 성격의 피아니스트는 흥분하여 낯선 목소리로 노래를 불렀다.

"시름을 잊게 하는 와인 옆에서

인생이 내게 행복의 향기를 풍기는구나.

시름을 잊게 하는 와인 옆에서

운명이여, 내 너의 힘에 맞서노라."*

"무슨 노래죠? 어떤 내용입니까? 음식의 조리법에 관한 노래입니까? 말해 주세요. 네? 알려줘요."

슈비츠가 의자 위의 피아니스트를 바라보며 눈물을 글썽거리고 있는 자보에게 말했다. 자보는 감상에 젖어 있었지만 그 질문에 답할 수는 있었다.

"이건 헝가리의 시인 산도르 페퇴피의 시예요. 와인에 대한 노래지요."

자보는 너무나 감동을 받아 목이 잠긴 채 말했다.

"아, 와인이요."

슈비츠가 말했다. 피아니스트는 계속 노래했다.

"놀라지 말라,

내가 주님의 선한 양으로서 말하노니

와인의 신은 내게

가장 사랑스러운 도피처이다."

자보는 의자에 앉아 눈물을 흘렸다.

* 헝가리의 대문호 산도르 페퇴피의 시 〈술꾼borozó〉 중 일부분이다.

시의 전문은 다음과 같다.

술꾼

시름을 잊게 하는 와인 옆에서

인생이 내게 행복의 향기를 풍기는구나.

시름을 잊게 하는 와인 옆에서

운명이여, 내 너의 힘에 맞서노라.

놀라지 말라, 내가

주님의 선한 양으로서 말하노니

와인의 신은 내게

가장 사랑스러운 도피처이다.

이 신에 흠뻑 취하여,

나는 온 세상을 향해 휘파람을 분다.

신은 전갈의 분노로 가득 차

오직 나를 괴롭히려고만 하는구나.

와인은 나에게 가르쳤노라

아름다운 수많은 멜로디를,

또한 나에게 잊으라 가르쳤노라

너희, 그릇된 여인들아!

언젠가 와인 옆에 앉아

죽음이 나를 부를 때,

나는 마지막 한 모금을 마신다

웃으며 무덤으로 가련다!

2

모든 방송사가 나와 카메라와 조명등을 세워 놓았다. 카를 아우구스트 슈네프케 회관의 전망 좋은 여러 곳에 방송 장비를 설치했다. 모두 최고의 장비들이었다. 굵직한 케이블로 전달되는 강한 전류는 회관 근처에 주차하고 있는 중계차로 흘러들었다. 이 이동식 스튜디오의 지붕에는 접시 모양의 안테나가 달려 있어 행사의 순간을 위성을 통해 고국의 안방까지 생생하게 전달했다. 화질이 뛰어난 영상을 전송할 수 있었고 막강한 오디오 시스템도 갖추고 있었다.

연방 대통령은 친히 훈장을 수여하고 축사를 발표할 것이다. 그의 귀족적인 얼굴은 화면을 잘 받아 카메라맨들의 칭송이 자자했다. 그들은 대통령의 얼굴을 콧구멍이 들여다보이는 위치에서 찍지는 않을 것이다.

대통령의 우아한 은회색 머리털이 화면에 잘 받았다. 대통령은 일주일에 네 번씩 남부 대도시에 사는 이발사를 불러 머리를 매만지게 했고 덕분에 이발사는 일주일에 네 번씩 군용 헬리콥터를 타고 왔다 갔다 했다. 이 날아다니는 이발사가 없었더라면 대통령의 멋진 헤어스타일도 대중에게 영향력을 끼칠 수 없었을 것이다.

무대의 표면은 대리석이었고 온두라스에서 공수해 온 이국적인 꽃들로 장식을 했다. 니스 지방의 장미로 치장을 한 관목도 놓여 있었다.

연단은 뒤에서 보면 우주선의 조종석 같았지만 앞에서 보면 견고하면서도 소박한 독일의 떡갈나무라는 것을 알 수 있다. 연단 좌우에는 수많은 마이크, 희미한 조명, 스위치, 메모판들이 숨겨져 있다. 기기들이 대통령의 얼굴을 가려서는 안 되기 때문이다. 연방정부의 언론 관련법에 그렇게 정해 놓았다.

연단의 양 옆에는 수도 경비연대 소속의 두 장교가 엘리트만 입을 수 있는 예복을 입고 서 있다. 마치 동상처럼 꼼짝 않는 것으로 보아 오랜 기간 훈련을 받았을 것이다. 그들은 몇 시간 동안 절대 움직여서는 안 되었다. 두 눈을 부릅뜨고 정확히 좌우로 깃발을 펼쳐 양 손에 꼭 쥐고 있다. 마치 연방 행정부에서 문서로

밀리미터까지 정확하게 알려준 듯하다. 다른 어떤 곳이 아니라 최고 조정실에서 모든 연방 군인에게 그렇게 명령을 내렸다.

회관은 전시용으로 설계되었다. 첨단 기술을 아끼지 않았고 대리석으로 견고하게 지었다. 특히 심혈을 기울여 구축한 최고의 전자 방어 시스템은 불온한 사람의 달갑지 않은 교란을 눈에 띄지 않게 막아 내도록 했다.

보안 검사를 받은 슈네프케 회관 안의 모든 군인들은 하늘색 벨벳 옷을 걸쳤다. 윗옷에는 은색 계급장을 달았고 바지는 검은 벨벳이었다. 장갑은 하얀 견포로 만들었고 검은 에나멜가죽으로 된 신발에는 영국산 구닥다리 은색 버클이 달려 있었다. 영국에서는 세공인들이 존중받지 못했지만 은의 함량이 높은 제품을 많이 생산하도록 지시받았고 국가에서는 이를 350년 이상 엄격하게 통제했다.

라커 칠을 한 상아 의자들은 붉은색 벨벳으로 덮여 있었다. 이 회관에서는 주로 상류사회 사람들만 참석할 수 있는 국가적인 행사가 개최되었다. 록 공연 따위를 하는 것은 상상할 수 없었다. 적어도 영웅들을 추모하는 날, 연방 통일의 날, 고인 추도일, 국가적 장례일은 되어야 행사가 열렸다. 드물긴 하지만 오늘처럼 중대한 훈장을 수여하는 행사도 이 회관에서 거행되었다.

프라이헤르 폰 카라벤 넴시 남작의 지휘 아래 국립 심포니 오케스트라가 연주를 했다. 지휘봉을 휘두르는 남작은 마치 스칼라 극장이나 메트로폴리탄 가극장, 시드니 오페라 하우스에서처럼 어떤 실수도 허용하지 않았다. 발치에 앉아 있는 교양 없는 사람들이 문화적이라고 여기는 것들을 연주해야 월급을 받을 수 있었다.

터키석으로 만든 기둥 바로 뒤, 출입구 앞에는 국가에서 가장 저명한 예술가들이 친구이자 후원자들의 동상을 만들어 슈네프케 회관을 장식해 놓았다. 그 옛날의 그리스 석상과 신전들도 터키석으로 지어졌다. 조각가들은 높이가 4미터 이하인 조각은 만들려고 하지도 않았다.

부다페스트 14구역의 레스토랑에서 일했던 자보는 이미 40년 전, 한겨울에 재가 되어 갈리치아(동유럽 북부, 우크라이나 북서부에서 폴란드 남동부에 걸친 영역) 지방의 길 위에 흩뿌려졌다. 독일군이 엄동설한에 징이 박힌 장화를 신고 가다 미끄러지지 않기 위해서였다. 그들은 얼음 위에서도 굳건히 서 있어야 했다. 미끄러지거나 엉덩방아를 찧는 것은 독일군의 위용을 해치는 일이었기 때문이다.

자보가 재가 되어 아리아인(나치 정권은 인종주의 정책을 펼쳐 아리아 인종의 우수함을 강조함)에게 유용하게 쓰이지 않았더라면, 40년 전에 죽지 않고 아직 살아 있었더라면, 그는 위대한 조각가들이 회관의 앞부분에 만들어 놓은 석상을 보고 놀라서 조용히 중얼거렸을 것이다. "하나님 맙소사, 슈네프케 여단장이잖아!"

모든 선의 근원인 신은 인간이 각각 정해진 시간에 죽도록 한다. 하지만 연약한 인간은 그것이 과연 올바른 시간인지 알 수 없다. 또한 죽어버린 한 인간이 살아남았더라면 음식을 만들어 사람들에게 대접하는 일을 할 수도 있었으리라는 사실도 알지 못한다. 신에게 물어볼 수도 없는 노릇이다. 신에게 괴로운 질문을 쏟아내서는 안 된다. 신의 선함과 현명함을 의심하는 것은 신성모독이기 때문이다. 고귀한 사람들은 너무 일찍 세상을 떠났다.

자보는 매번 미트롤만을 주문하는 비크 여단장과 함께 레스토랑에 들르던 슈네프케 여단장을 잘 알았다. 만약 자보가 살아남아 불경스럽게 "슈네프케 여단장" 하고 외쳤다면 사방에서 커터웨이(모닝코트 따위의 앞자락을 뒤쪽으로 비스듬히 재단한 옷)를 입은 첩보원들이 갑자기 나타날 것이다. 연방 첩보부에서 일하는 사람들은 대체로 그런 옷을 입는다. 그들은 자보에게 다가가 엄격하게 취조를 했을 것이다.

"어떻게 슈네프케 여단장이라는 것을 알았습니까? 당신은 어떤 단체에 소속되어 있습니까? 누가 명령을 내린 겁니까? 교활한 놈들이 비겁하게 산업회장 슈네프케 씨를 암살한 이후부터 공개적으로 그의 직함을 말해서는 안 된다는 걸 몰랐습니까? 국제

볼셰비키당의 스파이 아닙니까? 뭐라고? 슈네프케 씨가 비크 여단장과 함께 당신의 레스토랑에 들렀다고요? 비크 여단장이 항상 미트롤 요리를 먹었다고? 흠, 이 사람은 정신과로 넘겨야겠어. 심각한 상황이야. 언론에 알려지면 안 되니까 신분증을 압수하고 격리 구역으로 보내 버려. 자, 여기 압류한 귀중품에 대한 영수증에 서명하시오."

가끔씩 죽음이 휴식을 선사하기도 한다. 그 사실을 인정해야만 한다. 신이 정한 죽음의 시간을 놓고 다투는 일은 불가능하다. 왜냐하면 신이야말로 높은 위치를 차지한 강자이기에 권력자의 편이다.

린트스트룀 음반회사에서 계약 초안을 자보에게 보내왔다. 노바크는 손으로 쓴 편지를 동봉했다.

"동행했던 신사들을 대표해 뜻 깊은 그날 저녁과 행복한 우연으로 이루어진 만남에 대해 다시 한 번 감사를 전합니다. 이해하기 힘든 일이지만 계약서에 이름을 적는 것을 깜박하는 사람들이 있으니, 계약 주관자라고 쓰여 있는 린트스트룀 음반회사와 피아니스트 간의 계약 초안에 피아니스트의 정식 이름을 써주십시오. 존경하는 마음을 담아, 대리인 노바크로부터."

이날 저녁에도 피아니스트는 소심한 표정으로 레스토랑에 찾아왔다. 그는 사람이라기보다 플라이엘 회사의 피아노에서 음을 만들어 내는 기계 장치인 듯했다. 그 외에는 어떠한 사람도 이 악기에서 그러한 음을 낼 수 없었다. 자보는 얼마 전 이 소심한 남자가 레스토랑의 의자 위에 서서 산도르 페퇴피의 시를 열정적으로 노래한 것을 떠올렸다. 오직 음악가만이 그렇게 리듬을 섞어 머뭇거리면서도 확고한 음조를 낼 수 있다. 그런 장면을 영화에서 보았더라면 자보는 아마 유치하다고 생각했을 것이다. 그런 유치한 장면들은 주요 TV 프로그램 제작자들의 프로덕션이 위치한 할리우드나 바벨스베르크 같은 도시에서 생산된다.

"이봐요, 빈의 신사들이 계약에 필요한 서류들을 보내왔어요!"

자보는 어두운 양복을 입은 피아니스트에게 말했다. 그는 남자 화장실과 설거지하는 곳 사이에 서서 검은 바지에 두르는 허리띠 단추를 채우려고 무진 애를 쓰고 있었다. 하얀 셔츠가 삐져나와 단추를 채우기가 곤란했다. 옷 때문에 불편한 나머지 자보의 친절함에 어떤 반응도 보일 수 없어 피아니스트는 당황스러웠다.

모든 피아니스트의 삶에서 꿈이 이루어지는 순간은 황홀한 것이리라. 아마도 다른 이들에게도 그런 순간은 황홀할 것이리라. 꿈과 소망을 지니지 않은 사람이 있겠는가? 하루 종일 꿈을 꾼다 하여 백일몽이라는 말도 있지 않은가?

"곧 갈게요, 자보."

피아니스트는 마침내 셔츠 자락을 바지에 쑤셔 넣고 옷을 정돈했다.

이제 피아니스트는 계약을 체결해 더 이상 백일몽에 사로잡히지 않아도 되었고 피아노에 앉아 작업에 전념할 수 있게 된 것이다. 피아노 앞에서 마음껏 멜로디를 떠올리는 꿈을 꾸는 것, 꿈을 꾸는 모든 이들은 감사할 뿐이다.

피아니스트는 이제 유명해져 필라델피아의 기차역에서 자신의 첫 연주회를 여는 꿈을 이룰 수 있었다. 필라델피아에는 부다와 페스트 구역의 사람들을 합친 것만큼이나 많은 헝가리 사람들이 살고 있어 헝가리어를 하는 사람들로 꽉 찰 것이다. 이 식당 저 식당을 전전하는 집시들은 제외한다. 진짜 헝가리 사람들도 이 식당 저 식당을 배회하고 여러 와인창고를 기웃거리지만 그들은 돌아다니면서 바이올린을 연주하지 않고 테이블 앞에 그저 가만히 앉아 기다린다.

필라델피아 사람들은 환호성을 지르며 피아니스트를 어깨에 들어 올리고 시립 연주회장까지 데려갈지도 모른다. 연주회장은 푸른색, 붉은색, 하얀색 꽃으로 장식되어 있고 사람들은 그의 손에 키스를 할 것이다. 미국 대통령은 그에게 명예훈장을 수여하고, 프랑스 대통령은 인디안 종족의 머리 장식을 피아니스트에게 씌워 주고 어쩌면 명예박사 학위를 수여할지도 모른다.

"당신은 정말 친절하세요, 자보."

피아니스트가 말했다.

"나중에 더 이야기해요. 이따가 또 와인 한 병 하자고요."

자보가 말했다.

"고마워요, 자보."

평상시처럼 그렇게 저녁 시간이 흘러갔다. 대부분의 저녁이 다른 저녁과 마찬가지다. 그래서 사람들은 어느 날 저녁은 좀 남달랐으면 하고 바란다. 국가는 혁신을 꾀하며 국기와 국가 그리고 학술서들을 바꾼다. 무엇보다 중요한 것은 지도자와 중간 지도층을 바꾸어 국민들에게 발전을 가져다주는 것이다. 소심한 국민들은 말썽을 일으키면 사형당할 것이므로 감히 그러한 변화를 시도하지 못한다. 불순분자, 염세주의자, 반사회주의자…… 이런 표현을 하는 데 주저하지 않는 사람들이 있다. 이런 조야한 표현들은 비할 데 없는 발명의 제국, 가장 문화적인 국가 독일에서 만들어진 것이다. 이 사실에 의문을 가지는 사람은 끌려갈 것이다.

겸손하고 부지런하며 의무를 충실히 따르는 민족에게는 기상학자가 예상치 못한 폭풍우가 불어 닥칠 리 없다. 그런 일은 일어날 수가 없다. 모든 것들을 미리 예견하고 사전에 알아챌 수 있기 때문이다. 미리 학술논문까지 쓰며 앞으로 닥칠 피할 수 없는 재앙에 대한 도덕적 정당성까지 마련할 수 있다. 하지만 사실 이러한 재앙은 진정한 재앙이 아닐지도 모른다.

모든 것이 추락할지 모르기 때문에 질서정연한 상태를 유지하기 위해 학자들은 야근을 하며 불합리한 것들을 연구해야 한다. 회색빛 머리의 인문 분야 교수들이 유전 연구에 적합한 회색기러기들이 꽥꽥거리는 가운데 저수지에서 수영을 한다. 회색기러기의 예를 통해 우월한 종족은 왜 우월하며 열등한 종족은 왜 열등한지 알 수 있다.

"저는 그저 피아니스트일 뿐, 세상을 더 잘 아는 건 당신이에요. 계약서를 읽어봐 줘요. 당신이 좋은 판단을 내릴 거예요."

마지막 손님들이 떠나고 레스토랑에서 일하는 사람들도 퇴근하자, 자보와 피아니스트만이 테이블에 앉았다. 자보는 빈의 신사들이 보내온 계약서를 꼼꼼히 읽어 내려갔다.

"그저 피아니스트라고 말하지 말아요. 사람은 누구나 무엇일 뿐이죠. 그러니 '뿐'이라는 말은 빼도 돼요. '뿐'이라고 생각하거나 말하는 것은 잘못된 일이에요. 그러니 다시는 나는 그저 피아니스트일 뿐이라고 남에게 말하지 마요. 당신 자신한테도 그러지 말고요.

자, 봅시다. 빈의 신사들은 역시 장사꾼들이에요. 음악적 지원에 필요한 모든 비용 중 60퍼센트는 당신이, 나머지 40퍼센트는 회사에서 부담한다고 하네요. 회사에서 선금으로 전체 비용을 지불하고요. 피아니스트 양반, 방송국 사람한테 돈을 찔러 주는 건 쉬운 일이 아니에요. 선불이라는 사실을 명심해요. 은행에서 돈을 꾸어야 하니 이자도 당신이 계산해야 한다고 노바크 씨가 편지에다 썼네요. 돈이 없으면 돈을 꾸어야죠. 그러면 당연히 돈이 들죠. 이런 건 그냥 일상적인 과정이니 이해를 바란다고 쓰여 있어요."

"언제쯤 녹음하는지는 적혀 있지 않나요?"

피아니스트가 물었다.

"그런 말은 없어요. 내가 보기엔 모든 조건들이 그럭저럭 괜찮아요. 예전에 약속한 대로 1년에 두 번씩 정산한다고 쓰여 있네요. 모든 게 제대로 된 것 같아요. 내 생각에는 다들 이런 식으로 일할 것 같군요."

"자보, 내 매니저가 되어 주실래요? 수고비로 수익의 10퍼센트를 드리면 어떨까요? 많은 예술가들이 10퍼센트를 받는 매니저를 두고 있어요."

"잘 들어요, 피아니스트 양반. 다시는 그런 아픈 말을 하지 말아요. 통찰력과 풍부한 경험을 지니고 다른 사람에게 조언할 수 있다고 해서 수수료를 받을 수는 없지요. 방금 말한 것처럼 10퍼센트나 되는 돈을 받을 수는 없어요. 그건 사람을 상품 취급하는 거예요. 우리는 그런 사람들이 아니잖아요. 이렇게 말해도 좋을

지 모르지만, 당신은 오렌지가 아니고 나는 공사에 쓰이는 철제 들보가 아니에요. 당신은 타이어가 아니고 나는 합성수지로 만든 빗이 아니에요. 저 옷걸이 옆의 현관에 걸어 둔 거울 앞에서 내가 옳다는 눈짓을 보여 주면 그걸로 족해요. 우리는 상품이 아니니까요. 우정의 대가로 돈을 주고받는다는 건 모욕적이지요."

"미안해요, 자보. 그런 뜻으로 말한 건 아니었어요."

피아니스트가 말했다.

"사람들은 가끔씩 멍청한 것들을 따라 하려고 하지만 현명한 것도 충분히 따라할 수 있어요."

"글쎄요. 그렇게 충분하지는 않은 것 같아요."

"아니에요. 그렇지 않아요. 현명한 것들도 충분해요. 다만 멍청한 것들은 이해하기 쉽고 부담도 되지 않아 편안히 따라 할 수 있지요. 큰 소리로 따라 말할 수 있어요. 어쩔 수 없는 일이죠. 멍청한 말을 할 때는 머리를 쓸 일이 거의 없으니까요. 두뇌가 작으면 입과 성대에는 여유가 있어 큰 소리를 지르게 되지만 두뇌가 크면 다른 사람처럼 입을 벌릴 수도 없고 소리 지를 수도 없죠."

훗날 여단장이 된 비크는 나치친위대의 기마연대에서 복무하며 크게 만족했다. 그곳에서는 마음 놓고 큰 소리로 노래를 부를 수 있었고 합창을 하며 지도자를 축복할 수도 있었다. 그렇게 서로의 안녕을 빌기도 하고 큰 소리로 명령을 내릴 수 있었다. 그것이 바로 자유로운 인간의 삶이었다. "지도자를 위해 말을 타자." 라고 젊은이들이 노래하며 검은 승마 바지를 입고 말에 오를 때면 그들의 내면에서는 피의 음성이 들끓었다. 새로운 시대의 시작을 경험하게 된 것은 행운이었다.

비크는 공식 명칭에 노동자, 독일이라는 단어를 포함하는 나치당에 들어갔다. 당시 그는 모리츠부르크 회사에서 수출입에 대한 실무 지식을 배웠다는 사실을 알리지 않았다. 늙은 모리츠부르크는 새 시대가 오자마자 나치친위대의 기마연대에게 끌려갔다. 그들은 모두 금발에 파란 눈이었고 착실해 보였다. 모리츠부르크는 기마연대의 창고에 갇혀 3일 동안 몽둥이찜질을 당했다. 넷째 날에 석방된 그는 새로운 시대란 해로운 것이라는 확신을 얻었고 급행열차를 타고 네덜란드로 훌쩍 떠났다.

비크가 모리츠부르크를 제대로 혼내 주라고 기마연대에 말했다는 사실을 알았다면 그는 경악했을 것이다. 하지만 비크는 자기보다 먼저 기마연대에서 회사 직원을 소환하리라는 사실을 예상치 못했다. 모리츠부르크가 아내와 두 아이를 데리고 네덜란드로 떠나자마자 어느 회사 동료가 그의 재산을 몰수해 벤츠를 몰고 다녔다. 비크가 한 발 늦은 것이다. 그리하여 비크는 기마연대에 들어가야 한다는 결론을 내리게 된다. 그 영악한 집단이 보병

들보다 훨씬 엘리트라는 생각을 하게 된 것이다.

비크는 어렸을 적 학교에서 큰 동물이 작은 동물을 잡아먹고 영양분을 얻는다는 사실을 배웠다.

"강한 동물이 약한 동물을 잡아먹고 살아남는다. 강한 동물이 곧 강한 종족이며 이러한 피의 음성을 거스를 수 있는 사람은 없다. 자연도, 법령도 마찬가지다. 인간은 동물이 아닐 거라고 의심한다면 경고를 받게 될 것이다! 사람도 원숭이에서 파생되었다. 멍청한 질문은 하지 마라. 파생이란 최상의 특성들을 한 단계 높은 생명체로 통합해서 따로 분류해 내는 것이다."

어린 비크는 학교가 아니라 인생을 위해 공부해야 한다고 생각하게 되었다. 원숭이의 강한 형질이 좋은 것이라면 살아가는 데도 도움이 될 것이다. 강하고 재빠른 동물에게 추월당했다면 이제는 자신이 더 강하고 재빠른 동물이 되고자 했다.

젊은 비크는 승승장구했고 정기적으로 상사들로부터 좋은 평가를 받았다. 그는 초고속으로 고위층 지도자가 되었고 특수한 명령을 하달하고 각종 지침들을 만들 수 있게 되었다. 비크는 폴란드에 주둔한 해골 기병연대에서 복무했다. 비록 전쟁을 통해 거의 모든 것의 주인이 될 수 있었지만 그곳에서는 안타깝게도 약탈은 할 수 없었다.

다음은 비크가 저녁 무도회에 대해 내린 주의 사항들이다.

1. "이 지역의 모든 지도자들이 저녁 무도회에 참석할 것으로 예상된다. 이 기회에 사람들을 주시하고 교육할 수 있다고 본다. 특히 병장들이 사람들을 대하는 태도를 지켜보아야 한다. 물론 장교들과 일반인, 그들의 친구들도 훌륭한 군인답게 행동하는지 검증해 볼 수 있다. 젊은이들이 동향 출신의 병장이나 경찰들이 앉아 있는 테이블로 다가가 친구처럼 그들의 어깨를 두드리고, 손가락으로 머리를 튕기며 인사하는 것은 도저히 용납할 수 없는 일이다. 이런 경우에는 소대장이나 사령부의 상사들이 가차 없이 혹독하게 그들을 교육해야 한다. 친구처럼 구는 것은 너절한 감정 때문이며 우리의 세계관과 일치하지 않는다. 그런 태도는 즉시 없애 버려야 한다.

2. 모든 지역의 저녁 무도회가 열리면 지도층을 포함한 모두가 사생활을 보호받기 원하고 군인의 의무를 망각하기까지 한다. 따라서 질서정연한 프로그램과 규율에 따라 무도회를 진행해야 한다. 천박한 책을 읽거나 질 낮은 공연을 해서는 절대 안 된다. 대신 발레나 짝을 지어 춤을 추는 행위는 허용된다. 오직 최고 수준의 것들만 시행해야 한다. 쓰레기들은 매일 보게 마련이다. 저녁 무도회에 폴란드 춤꾼이나 소녀 무용수를 데려오면 엄격하게 벌할 것이다. 우리는 폴란드 민족과 전혀 관련이 없다. 제국의 지도

자께서 지난번 사령부 회의에서 재차 강조하셨다. 이러한 사항을 어길 시에는 관용을 베풀지 않을 것이며 폴란드 여성과의 부적절한 관계 때문에 나치친위대의 위엄을 실추시킨다면 그에 따른 책임을 져야 할 것이다. 처벌의 정도는 이미 공표된 것으로 간주한다.

3. 부대장들도 모든 수단을 동원해 우월한 종족, 독일 국적을 지닌 사람들, 러시아계 독일인 등을 지도하는 데 힘써야 한다. 즉 근방의 독일 국적을 지닌 주민들, 행정 업무 담당자 등도 교화한다. 장교들이 대중을 계몽하고 보호하면 우리에게 어울리는 여인들도 나타날 것이다. 장교들 모두가 지인들을 교화한다면 대환영이다.

4. 부대장과 중대장들은 병장들의 행동과 처신 또한 나무랄 데 없는 의관에 대해 즉각 교육시킨다. 병장들이 봉급으로 충당할 수 있는 한에서 흰 셔츠와 긴 바지를 마련할 것을 강력히 추천한다. 무엇보다 젊은 병장들의 사기를 진작시켜야 한다. 나는 형편없는 두발을 한 몇몇 병장들을 보았다. 이번 주 동안 모든 부대에 이발을 시행하거나 부대장의 감독하에 완벽하게 머리를 자를 수 있는 이발사를 채용할 것이다.
이 지역에서 멀리 떨어진 부대라 할지라도 부대장들은 의관에 특별한 주의를 기울여야 한다. 무장 친위대 소속 군인이 더러운 제복과 셔츠를 입고 처녀들에게 춤을 추자고 권해 성공할 수는 없다고 생각한다. 또한 춤을 추며 여자들을 유혹하는 것은 철저히 금지한다."

　모리츠부르크의 옛 직원인 비크는 이러한 특별 조치들을 직접 만들어내 상사들과 제국 지도자들로부터 칭찬을 받을 수 있었고 제국 경제 분과에서도 한 자리를 얻었다. 비크의 말을 들으며 타자를 치던 여비서가 말했다.

　"방금 하신 말씀은 두덴 사전의 철자법에 맞지 않는 부분이 많습니다."

　비크는 소리를 지르며 벌떡 일어나서는 주먹으로 책상을 내리치는 바람에 서류 펀칭기가 4센티미터쯤 튀어 올랐고 필통 안의 필기구들이 쏟아져 내렸다.

　"두덴 사전은 우리를 불행하게 하는 것이다. 그 점을 항상 기억하시오!"

　"하일 히틀러(히틀러 만세), 드디어 독일이 두덴 사전에서 해방되었군요."

　강제로 일하고 있던 전직 사학과 교수의 비서는 킥킥 웃으면서 대답했다.

그녀는 곧 라벤스브루크 정치범 수용소의 회계 분과로 호송되어 전직하게 되었다(또다시 괴이한 독일어가 등장했다). 한마디로 죄수가 되었다. 수감된 이후 그녀는 하얗고 파란 줄무늬가 그려진 두건을 쓰게 되었다. 당국에서는 여죄수들이 단정하게 보이도록 두건을 쓰게 했다. 두건의 비용은 다른 모든 것처럼 노동으로 벌충했다. "노동이 우리를 자유롭게 한다."는 기본 강령을 따라서.

비크 여단장이 복무하는 동안에 작성한 규정들을 자보가 읽어 보지 못한 것은 애석한 일이다. 그것은 현재 연방 전쟁사 연구소에 고이 보관되어 있다. 그것을 읽었더라면 자보는 모든 것을 정교하게 따져 보는 독일인의 철저함을 알게 되었을 것이다. 독일인들은 모든 것에 대해 철저히 사고하고 계획을 세운 후에야 실행하는 족속이었다.

베를린에서 중앙청의 경제 분과에 배속되어 모리츠베르크에서 배운 지식들을 유용하게 써 먹을 무렵, 비크 여단장은 가끔씩 고위 관료 회의에 초대를 받았다. 철저하고 청렴결백한 행정 관료인 뷔르템베르크의 한 차관은 비크 여단장이 헝가리에서 맡을 꺼림칙한 임무에 대해 신중하게 알려 주었다. 앞으로 비크는 특별히 주의를 기울여 유대인들을 붙잡아 거의 날마다 동구로 보내는 일을 맡아야 했다. 하지만 외국 대사들에게 유대인을 왜 쫓아 버려야 하는지 설명하는 일은 고역이었다.

"네, 알겠습니다. 차관님께서는 경험이 풍부한 관료시고 가장 높은 행정관 중 한 분이시며 외교 문제에도 탁월하십니다."

비크는 직위를 강조하며 인정했다.

"그런데 독일이 이렇게 중차대한 문제에 맞닥뜨렸을 때 연금 생활자로 살아가실 겁니까? 나무 밑에 누워 입만 벌리고 계실 겁니까?"

비크가 덧붙였다.

"독일인들이 조국을 위해 피를 흘려야 할 때 사퇴하고 물러나 연금생활이나 편히 하려는 게 아니요. 그건 분명 무책임하고 나쁜 짓이지. 독일의 문제를 앞에 두고 젊은이들을 전쟁에 출전시키지 않고 나무 아래에서 입만 벌리고 있다니. 나는 결국 불가리아, 루마니아, 프랑스, 네덜란드, 벨기에에 살고 있던 유대인들을 슐레지엔 지방으로 압송하는 데 찬성한다고 서명했네. 하지만 그들에게 일어난 일은 옳지 않다고 생각하네."

차관이 말했다.

비크는 차관을 날카로운 시선으로 쳐다보았다. 비크가 평소 연습해 온 이러한 눈빛은 부하들에게 항상 효과가 있었다.

"차관님, 아우슈비츠에서는 깔끔하고 질서정연하게, 우리 나치의 방식대로 일처리가 되고 있으니 꺼림칙해하지 마십시오. 제가 보증하지요."

"음, 그 말을 들으니 마음이 한결 가볍군. 그런 일에 대해 잘 알고 있는 자네가 말해 주니 마음이 한결 편해. 그러니까 정말 안심해도 되겠지?"

"그럼요, 차관님. 모든 것이 우리 나치의 방식대로 차근차근 처리되고 있습니다."

"그래, 좋아. 그 일에 정통한 자네의 말이니 안심할 수 있겠어. 자네 같은 사람들은 행정 업무 담당자들과는 완전히 다른 시각을 가져야 하지. 그래 마음이 놓여, 자네는 용감하고 이러한 일을 처리하는 데 확신을 가지고 있군."

차관은 일어나 비크의 손을 꽉 잡고서 말했다.

"방문해 줘서 고맙네. 자네는 나의 윤리관에 큰 도움을 주었어."

이렇게 비크는 차관과 친분을 쌓아 갔고 나중에는 나무 아래에서 그저 입만 벌리고 있지 않으려 하는 차관의 열혈 아들과도 인연을 만들어 갔다.

녹음에는 아무 문제 없었다. 기술적으로도 괜찮았다. 녹음을 위해 노바크와 슈비츠, 스보보다가 부다페스트로 왔고 슈밀만이 빈에 머물렀다.

이틀 동안 두 번에 걸쳐 피아노 연주가 녹음되었고, 녹음 기술자는 녹음이 끝날 때마다 피아니스트에게 잘했다는 눈짓을 보냈다. 피아니스트는 스튜디오의 낯선 환경에 처음에는 곤혹스러워했다.

이틀째 날 저녁, 자보는 신사들을 레스토랑에 초대해 특별한 메뉴로 대접했다. 우선 화이트와인으로 만든 차가운 스프에 거품이 일게 저은 노른자, 레몬, 오렌지, 정향을 섞어 내놓았다. 따뜻한 일요일이었기 때문이다.

그러고는 시금치로 속을 채운 달걀을 다시 시금치 위에 얹고 달걀과 사우어 크림, 으깬 치즈를 뿌린 후 구워 내놓았다. 양념을 한 토끼 뒷다리 요리는 조리법이 꽤 복잡했다. 자보는 거기에 어울리는 발라톤 퓌레드 지방의 리즐링 와인을 내갔다. 또한 사우어 소스와 2개의 완숙 달걀, 겨자 약간, 파프리카, 파를 곁들인 양상추 요리를 차갑게 내갔다. 으깬 밤을 채워 넣은 팔라친카에는 따뜻한 초콜릿 소스를 부었고 신선한 딸기를 가미한 치즈크림도 대접했다. 대단한 요리들이었다.

"일을 마쳤으니 잘 먹어야죠."

자보가 말했다. 주방의 요리사들은 믿을 만했기 때문에 자보도 마음 놓고 둥근 테이블에 앉아 함께 식사할 수 있었다. 피아니스트도 함께 식사를 해야 했기에 이날 밤에는 다른 사람이 피아노를 연주했다. 그의 연주도 듣기에 거슬리지 않았다.

피아니스트는 아무 말도 하지 않았다. 그가 조용한 사람인 것은 모두 다 아는 사실이었다. 반면 슈비츠는 매우 활달했다. 노바크는 자보에게 몰래 말했다.

"초대해 주어 정말 감사합니다. 모든 것이 잘 어울려요. 피아니스트가 의자에 올라가 산도르 페퇴피의 시를 읊었던 날 마셨던 그런 훌륭한 와인을 창고에서 가져오세요. 린트스트룀 회사에서 부담합니다."

노바크는 "우리의 린트스트룀에서 비용을 지불하는 조건이라면요." 하고 재차 강조했다.

자보는 그의 제안을 물리쳐야 했다. 멋진 식사를 마무리 지을 훌륭한 샴페인은 손님을 초대한 사람이 대접해야 한다는 게 자보의 생각이었다. 빈에서 온 신사들은 손님이면서 이제는 친구였다.

노바크는 잔을 들고 천천히 말했다. 잔을 들고 점잖게 말해야 할 때가 있는 법이다.

"우리의 성공을 위하여, 피아니스트가 녹음한 곡이 전 세계를 행복하게 하길."

"적어도 한순간은 행복할 수 있기를."

피아니스트는 선잠에서 깨어난 듯 말했다.

"네, 한순간이라도 행복해지기를. 자, 행복을 위해 건배하지요."

노바크가 말했다.

그렇게 자보의 식당에서 음반의 성공을 빌었다. 그 곡의 이름

은 헝가리어로 '소모루 바사르나프'이고 문자 그대로 번역하면
'슬픈 일요일의 노래'지만 독일어나 영어로는 그저 '글루미 선데
이'라고 불린다.

"헝가리어 제목이 훨씬 시적으로 들리죠. 영어나 독일어처럼
그저 글루미 선데이라고 불리면 좀 사무적이고요. 인쇄할 수 있
는 글자가 한정되어 있어서 모든 제목을 라벨 위에 적을 수는 없
어요. 영어로 '부다페스트에 있는 자보 씨의 식당에서 작곡되고
녹음되었다'라고 넣긴 했는데 디자인의 이유로 다른 사항들을 모
두 넣을 수는 없었어요. '유명한'이라는 말도 넣고 싶었지만 그것
은 라벨에 어울리지 않아요. 자리도 충분치 않아서 한계가 있는
법이죠. 독일인들은 자신들이 '영토 없는 민족'이라고 입으로만
주장하죠. 그들은 정어리가 한 깡통에 얼마나 들어갈 수 있는지
도 몰라요. 네덜란드는 독일보다 인구밀도가 훨씬 높지만 네덜란
드인들은 훨씬 친절하고 협동적이고 사교적이라고요. 이방인들
을 쫓아낸다든지 현지화한다든지, 제국으로 합병시키려는 생각
따위는 절대 하지 않아요. 벨기에인, 포르투갈인도 마찬가지죠.
포르투갈인들은 깡통 속의 정어리 문제를 해결했거든요. 꽤 이상
적이고 평화적인 방식으로요."

스보보다가 연달아 말했다. 그는 이날 저녁 거리낌이 없었다.

"스보보다가 확 달라졌는데. 빈에 있을 때는 좀 내성적이었는

데 말이야."

노바크가 슈비츠에게 속삭였다.

빈의 신사들이 떠나고 레스토랑은 문을 닫았다. 종업원들도 돌아간 뒤 자보는 피아니스트와 테이블에 앉아 있었다.

"무슨 일 있어요? 이상할 정도로 말이 없군요."

자보가 물었다.

"그 노래 때문이에요. 노래가 머릿속에서 떠나지를 않아요. 그 노래는 어떤 메시지를 담고 있는데 그걸 이해하지 못하겠어요. 메시지를 이해하지 못하면 저는 불안해져요."

"너무 고민하지 말아요. 언젠가 이해하게 될 거요. 억지로 해서는 잘 안 되는 법이죠. 너무 열중해서 모든 것을 이해하려고 들면 점점 더 이해하기 힘들어져요. 그냥 이해를 포기해 버리면 갑자기 깨달음을 얻을 수 있어요.

이봐요, 피아니스트 양반. 저번에 에스코피에 씨와 마르세유의 부야베스 이야기를 들려줬잖아요. 교양 없는 파리인들이 조개를 집어넣는 부야베스에 대해서, 얘기했지요? 에스코피에 씨는 항상 이해할 수 없는 말을 하는 것만 같았죠. 파리인들이 부야베스에 조개 좀 넣었다고 왜 그렇게 화를 낼까? 왜 부에베스에 비누를 넣고 끓이면 안 될까, 썩은 청어에 따뜻한 초콜릿 소스를 뿌리는 게 왜 안 될까? 나는 나중에야 에스코피에 씨의 말을 이해하게 되었어요. 피아니스트 양반, 그가 말하려고 했던 건 아주 간단해요. 그러니까 부야베스를 만들 때는 오래된 전통 조리법을 따라야 해요. 그래야 세세한 맛까지 느낄 수 있거든요. 오랜 경험을 통해서 나온 조리법은 이미 완벽하고 섬세하거든요.

사람들이 '우와' 하고 새로운 걸 만들어 내고, '에잇' 하고 그걸 버리고 또 '우와' 하고 새로운 걸 만들고 더 빨리 '에잇' 하고 버리고, 그러다가 점점 더 빨리 버리죠. '우와' '에잇' '우와' '에잇' 이해하죠, 피아니스트 양반?"

"솔직히 말하면 아직도 잘 모르겠어요."

피아니스트가 말했다.

"여봐요, '우와우와' 해대서는 결코 완벽해질 수 없다는 말이에요. 부단히 신중하게 개선해 나가야 완성할 수 있지요. 일을 서두르다 보면 대충 하게 되지만 충분히 생각하고 시험해 보면서 수정을 거듭하면 마침내 새로운 무언가를 완성할 수 있다고요. 마치 '우와' 하고 어떤 것을 새로 고안해 낸 것처럼 말이죠. 알겠어요?"

"이제 좀 알 것 같기도 해요. 하지만 갑작스럽게 조개를 부야베스에 넣어 보는 것도 완벽을 위해 한 단계 나아간 것이라고 생각할 수 있잖아요. 그렇지 않아요, 자보? 그럴 수도 있잖아요?"

피아니스트가 우물쭈물하며 말했다.

"하지만 피아니스트 양반, 부야베스는 이미 수백 년을 거쳐 완벽한 상태에 도달했어요. 부야베스는 완성되었고 세세한 부분에 이르기까지 완전하다고요. 피아니스트 양반, 하지만 파리에서는 갑작스레 조개를 '쉬익' 집어넣는다고요. 여름철에 도대체 조개가 어디서 날까 한번 생각해 봐요. 어디일까요? 통조림일까요 여름에는 가엾은 동물들이 운송될 때 햇살을 견딜 수 없어요. 그 조그마한 조개들은 운송되다가, 르아브르 바로 뒤에서 유명을 달리하겠지요. 조개가 죽으면 냄새가 고약해요. 그렇게 죽은 조개 냄새가 새어 나가지 않도록 꽉꽉 쑤셔 넣지요. 그러니 끓였을 때 떠오르지 않는, 뭉친 조개들은 먹어서는 안 돼요."

"아, 그렇군요."

"그럼요, 그렇지요. 더 이상 완전한 상태일 수 없는 부야베스에 통조림에서 꺼낸 조개를 집어넣는다면, 그것은 완벽함을 기만하는 거죠. 그것은 완벽함이 아니라 완벽함에 대한 허상이에요. 진정한 부야베스가 아니고 그저 그럴싸해 보일 뿐이에요. 그것은 부야베스인 듯한 죽은 수프라고요. 알겠어요, 피아니스트 양반?"

"네."

"좋아요, 그렇다면 더 이야기해 보죠. 그렇다면 에스코피에 씨는 도대체 어떤 메시지를 우리에게 전하려 했던 것일까요? 자신은 어렴풋이 알고 있었겠지만 정식으로 메시지를 남긴 건 아니에요. 당신의 노래에 담긴 메시지도 마찬가지죠. 당신은 그저 짐작만 할 수 있을 뿐 노래의 메시지를 정확하게 말로 표현할 수는 없어요. 그런 건 다른 사람이 해야 할 일이죠. 하지만 당신의 머릿속에 어떤 메시지가 맴돌고 있다는 사실을 나는 훤히 알 수 있어요. 최근에 당신은 산도르의 시를 노래했고 나는 눈물을 흘렸어요. 그때 당신은 인간의 노래를 아름답게 만드는 그런 시간에 대해 말했지요. 그 비슷한 말을 했어요, 피아니스트 양반. 방금 전에도 그런 시간에 대해 이야기한 거예요. 그게 메시지일 겁니다."

"그럴지도 모르지요, 자보. 하지만 잘 모르겠군요."

"알게 될 거예요. 에스코피에 씨의 메시지를 살펴봅시다. 그는 정말 섬세한 혀를 가졌어요. 그의 메시지는 '이 땅의 모든 사람들이여, 조심해라. 이제 음식 대신에 음식에 대한 환상이 당신에게 주어질 것이다.' 나는 그렇게 생각해요. 에스코피에 씨는 이것을 메시지로 알릴 수는 없었고 단지 느꼈던 거지요. 언젠가 그런 레스토랑을 찾는다고 생각해 봐요. 배가 고프고 무언가 먹고 싶고 향유하고 싶겠지요. 하지만 더 이상 그럴 수 없어요. 물론 집에서는 식사를 할 수 있죠. 큰 빵을 잘라 먹고요. 감자를 열 개쯤

끓여 부드러운 치즈를 얹어 먹으면 배가 부르겠지요. 하지만 에스코피에 씨가 예견했듯, 레스토랑에서는 당신에게 환상만을 제공할 겁니다. 그것도 다량으로요. 너무 과해서 더 이상 과할 수 없을 정도로요. 가격 또한 엄청날 테지요, 아니 확실히 엄청나게 비쌀 겁니다.

당신은 테이블에 앉습니다. 그리고 주인이 다가와 말하죠. '오늘은 공작 코스 요리를 추천할 수밖에 없군요.' 궁정의 뜰에서 이리저리 헤매고 다니는 그 수탉 같은 놈 말입니다. 너무 심심해지면 엉덩이를 흔들어 긴 꽁지 털을 활짝 펼쳐 부채 모양으로 만들죠. 신사 숙녀들은 부러워합니다. '아 나도 저렇게 아름답게 엉덩이를 흔들 수 있다면' 하고 말이죠. 하지만 공작은 아무 맛이 없어요. 아무짝에도 쓸모없죠. 그저 엉덩이를 흔들면서 꽁지 털을 세울 뿐입니다. 많은 꽁지 털을 지닐수록 더욱 사랑받는 공작이 될 수 있죠. 궁정의 뜰에 있는 딸기나무도, 구스베리 나무도, 까치밥나무도, 공작이 엉덩이를 흔들 때 털이 들러붙어 꽁지를 상하게 하지 않으려면 베어 버려야죠. 나무들을 없애지 않으면 공작들은 마치 크게 웃을 때 이 빠진 자리가 드러나듯 듬성듬성 털이 난 모양으로 보이겠죠. 그건 큰 결함이에요. 하자가 있는 물건에는 아무도 돈을 내려 하지 않을 겁니다. 그런 물건을 만든 사람들 스스로 결점을 없애야 하는 거죠.

이제 지배인은 리라를 들어보라고 말할 겁니다. 리라라는 악기 알죠, 피아니스트 양반? 레스토랑에서 이제는 공작이나 리라를 선택해야 해요. 그것도 엄청난 양으로, 스물세 가지 코스로 말이죠. 하지만 걱정 말아요, 그저 음식에 대한 환상일 뿐이니까. 자, 이제 종업원이 다가옵니다. 모두 어마어마한 접시를 들고 있고 거기에 냅킨도 딸려 나오죠. 종업원들은 다들 탱고 댄서처럼 생겼습니다. 접시, 아니 쟁반 위에는 광이 나게 닦은 어마어마한 덮개가 있고 그 위에는 손잡이가 달려 있죠. 이제 당신과 당신의 친구들 앞에 그것을 놓습니다. 종업원들은 차렷 자세를 취하고 나서 뚜껑을 단번에 엽니다. 자, 접시 위를 보세요, 피아니스트 양반."

"무슨 말인지 알겠어요, 자보. 네, 접시 위를 보고 있어요."

피아니스트가 말했다.

"안경을 갖고 있지 않다면 아무것도 볼 수 없겠군요. 그렇다면 잘 볼 수가 없지요. 하지만 안경이 필요 없을 정도로 눈이 좋거나, 포크로 여기저기 쑤셔대지 않기 위해 안경을 쓰고 있다면 이제 무언가를 보게 될 겁니다. 자, 가재 꼬리가 놓여 있군요. 그것만 있는 게 아니에요. 신선하고 파릇파릇한 녹색 입사귀도 있네요. 여기저기에 딸기잼 자국이 있어 알록달록해 보이는군요. 잼에는 산딸기로 만든 식초가 섞여 있어요. 그 옆에는 윤기가 흐르는 양송이와 여러 자질구레한 것들이 놓여 있습니다. 이게 첫 번째 코스입니다."

"맙소사."

"그저 그럴 수 있단 말입니다, 피아니스트 양반. 이렇게 열아홉 번째 코스가 나옵니다. 자질구레한 것들이 계속 나오지요. 탱고 댄서들이 허공에 대고 번쩍이는 커다란 덮개들을 휘두르는 바람에 당신은 마치 터키 병사들이 나무 피리와 종, 팀파니를 연주하면서 다가온다고 착각할 정도예요. 그 뒤에서 종업원들이 악마를 쫓아내기 위해 행진하며 박자에 맞춰 번쩍거리는 덮개들을 두들깁니다. 알고 있겠지만 악마는 예리한 귀를 지녔고 소음을 싫어하거든요.

"잠깐만요, 자보. 죄송합니다만 왜 열아홉 가지 코스인가요? 공작과 리라는 스물세 가지 코스잖아요?"

"좋은 지적이에요. 달걀을 반숙해 아주 작은 컵에 넣고 끓인 후 그 위에 얼음을 얹었지요. 그 이름은 바로 셔벗입니다. 이제 당신은 샴페인에 담근 느타리버섯, 치레 두 개, 사우어 소스 위에 들상추 두 잎을 얹은 오리 염통을 1896년산 마데이라 화이트와인을 뿌려 내갈 코스 사이사이에 내가 무얼 해야 할지 묻고 싶을 겁니다. 다음 코스에서는 리즐링 와인에 데친 얇은 순무 위에 새우 세 마리를 얹고 그 중간에 얇게 썬 오이와 페르시아 궁정에서 기른 유향 열매를 넣지요. 자, 이제 작은 컵에 넣은 셔벗은 어떻게 하면 좋을지 물어볼 차례입니다. 셔벗은 카나리아 지방의 야생 토마토에 1903년산 셰리주를 섞어 짜낸 것이지요. 오직 1903년산만이 어울립니다. 다른 것은 안 돼요. 그것은 요리의 일부거든요. 이제 당신의 의문이 풀렸길 바랍니다."

"네, 자보."

"그래요, 언젠가 레스토랑에서 이런 일이 벌어질 거예요. 환상이 요리를 대신하고 의식儀式이 맛을 대신하겠지요. 지배인이 다가와 손님들에게 만족스러운지 물을 겁니다. 그들은 그저 모든 것이 흥미진진하고 놀랍다, 현대적이다, 새롭다고 말하겠죠. 지배인은 그들을 교양 있는 사람으로 여길 테지요.

피아니스트 양반, 그것이 바로 에스코피에 씨가 부야베스에 조개를 넣는 파리인들의 악습을 비난하며 우리에게 전하려던 메시지예요. 하지만 이제 쓸모없는 짓이 되어버렸지요. 에스코피에 씨는 언젠가 인류에게 끔찍한 시간이 도래할 것이라고 말하려 했던 거예요. 그 끔찍한 나날이 지나가면 종말이 흉측한 얼굴을 거두고 새로운 표정을 지을 겁니다. 예전에는 거짓말, 사기, 지독한 냄새가 인간을 결정했던 반면 이제 인간은 점점 세련되게 변할 겁니다. 우둔하고 그저 돈을 많이 치를 수 있는 부자에게만 음식을 대접하겠죠. 왜냐하면 그런 사람들이 소위 엘리트들이니까요.

예전의 엘리트들이 인생에 관심을 가지고 참여하려고 했다면 지금의 엘리트들은 그저 공허한 환상에 대한 욕망으로 가득 차 있어요. 겉모습이 실제고, 진실이라고 여긴답니다. 돈이라는 게 머릿속에서 사고를 쫓아냈어요."

"그렇다면 정말 끔찍하네요."

"이봐요, 그것이 에스코피에 씨가 우리에게 주려던 메시지라고요. 당신의 작품 속에도 중요한 메시지가 숨겨져 있다고 생각해요. 아마 삶과 죽음에 대한 것이겠지요. 그러니까 인생의 본질에 대해 생각하게 하는 메시지요."

"하지만 모든 것이 끔찍해요, 자보. 당신이 무슨 말을 하는지는 알겠지만 저는 그 모든 것들이 너무나 경악스러워요. 부조리함 속으로 추락하는 것 아닐까요."

"맞아요! 하지만 그리 불안해할 것 없어요. 주위를 둘러 봐요. 1936년을 사는 우리의 주변은 다채롭지요. 청색 십자가(대량 살상 물질에 대한 비유적 표현), 화살 십자가(헝가리 준군사조직의 상징), 갈고리 십자가(나치 십자가), 이런 십자가를 만드는 사람들이 인간의 아름다운 무지함에 환호하지요. 사람들은 그들에게 야유를 보내는 대신에 복종하고 발에 키스라도 할 지경입니다. 그리고 천상의 호산나를 외쳐대고요. 곧 모두가 노란 십자가(1차 세계대전에서 사용된 수류탄에 대한 비유)를 만들어 인간을 독살하려 들 거예요.

인류를 완전히 몰살시키는 데 실패한다면 어떤 질병을 만들어 낼 수도 있겠죠. 실험실에서 없앨 수 없는 바이러스를 만든다는 것 알죠? 이런 바이러스는 수입이 없는 가난한 사람들에게만 전염이 돼요. 고상하고 위생적으로 사는 부자들과는 상관없어요. 이런 사람들은 두 가지 코스 요리 중간에 샴페인으로 만든 셔벗에 열대 과일의 즙을 뿌려 먹는답니다. 이건 에스코피에 씨가 말한 확실한 정보예요. 나는 그의 메시지를 이해했으니 미래도 예측할 수 있어요. 부야베스에 조개를 넣어 먹는 사람은 계속해서 죽음의 수단과 불치병을 고안해 낼 겁니다."

"그런 걸 경험하고 싶지는 않군요."

"삶을 사는 동안 호기심을 버리면 안 돼요. 절대로 안 돼요! 모든 걸 버려도 되지만 호기심을 버리는 것만은 안 돼요. 그래야 많은 것을 배울 수 있어요."

"무시무시하군요."

"그러니까 더욱 호기심을 가져야 해요."

자보가 말했다.

카를 아우구스트 슈네프케 회관에서는 여러 방송사들의 모니터에 시그널 신호가 들어오고 있었다. 생방송까지 180초가 남았다. 시계가 계속 째깍거렸다. 179, 178, 177, 176…… 조명등이 깜박거리고 카메라맨들은 움직이는 기기들을 단단히 고정하고 아나운서들은 마이크의 위치를 조정했다. 36, 35, 34, 33, 32…… 회관 앞에 서 있는 중계차에서 카메라맨과 아나운서들의 마이크로 소리가 전달되었다. 18, 17, 16, 15, 14……

"자, 모두 준비하세요. 생방송까지 10초 남았습니다."

잠시 후 점잖은 검은 양복에 하얀 셔츠를 입고 은회색 넥타이를 맨 아나운서들이 중계를 시작했다. 그들은 당당하고 듬직해 보였다. 모두 수년 동안 학위를 취득해야 졸업할 수 있는 아나운서 학교에서 공부한 후 기관에 임용된 사람들이었고 시청자들이 만족할 수 있도록 당당하게 말해야 했다.

"신사 숙녀 여러분, 안녕하십니까. 저희는 오늘 카를 아우구스트 슈네프케 회관에서 국가 의례와 관련된 연방 공화국 훈장 수여식을 중계합니다. 별 모양이 그려진 띠와 화려한 월계관도 함께 수여됩니다. 연방 대통령께서 수상자에게 친히 하사하실 겁니다. 대통령께서는 2차 대전이 끝난 불행한 시기에, 통화 가치가 전락한 비참한 상황에서 국가의 경제적 고락을 함께한 분입니다. 수십 년 전 비열한 살인의 희생양이 되었던 기업가를 예우하기 위해 연방 대통령 일행이 회관에 도착하려면 시간이 좀 걸린다고 합니다. 그의 희생을 기리기 위해 모든 공공기관과 준공공기관이 한 주 동안 조기를 걸었습니다.

오늘 저녁 행사의 개막식에는, 국립 필하모니 오케스트라를 수

년간 지휘해 온 프라이헤르 폰 카라벤 넴시 남작이 대기하고 있습니다. 그는 전 세계에 수백만 장의 음반 판매고를 기록하며 큰 반향을 불러일으켰습니다. 남작은 연주 시간을 늘린 편곡으로 환희의 송가를 연주했고 본 출신의 작곡가인 베토벤의 작품에 멜로디를 추가하여 전 세계인을 감동시켰습니다.

이 저명한 작곡가는 이미 회관 안에 자리하고 있습니다. 오케스트라 단원들도 모두 연주를 준비하고 있습니다. 지휘자의 오랜 동반자인 전직 패션모델 로제 당주 부인도 참석했습니다. 그녀는 무려 4년 동안 서구의 패션 저널리스트들에게 가장 섹시하고 아름다운 여성이라는 칭송을 받았습니다. 지금까지 오직 그녀만이 이러한 평가를 받았습니다.

결혼 후 넴시 남작부인은 우리 공화국 역사에 기리 남을 이 엄숙한 날에 연주할 남작의 내조에만 힘을 기울였습니다. 오늘이 국가적 경축일이라는 점에 대해 국내외 아나운서들이 모두 의견을 함께하고 있습니다.

이 행사는 유로비전을 통해 수많은 국가에 중계됩니다. 중계 국가를 일일이 거론하기에는 시간이 부족하겠군요. 수많은 외국 아나운서들이 이곳에 와 함께하고 있습니다.

자, 외국 아나운서들이 자리하고 있는 중계석을 한번 비춰 주시죠. 감사합니다. 아르헨티나의 아나운서입니다. 축구 세계 챔

피언십을 중계할 때 보셨을 겁니다. 아르헨티나에서 가장 인기 있는 아나운서지요. 23번 박스에는 칠레의 아나운서가 앉아 있습니다. 그 옆에는 남아공의 아나운서입니다. 오늘 훈장을 수여할 분은 남아공에서 수많은 사업을 주관하셨지요. 그리고 미국의 아나운서입니다. 텍사스에서도 귀빈이 참석해 주셨습니다. 오늘의 주인공은 텍사스에 넓은 소유지를 갖고 있고 댈러스, 휴스턴, 코퍼스크리스티의 명예 상공회의 소장이기도 합니다. 이러한 영예를 누린 분은 이제껏 아무도 없었습니다.

민속적이면서 회화적인 흰 의상을 입은 흑인들은 모로코 왕국에서 온 유능한 아나운서들입니다. 이스라엘에서 온 두 명의 아나운서들이 중계석에 자리하고 있군요. 우리 국민은 위대한 독일인입니다. 수천 명의 유대인이 자유를 얻도록 도왔기 때문입니다. 이 자리에서 확언하는 바입니다.

우리의 연방 대통령은 잠시 후 도착할 예정입니다.

국립 오케스트라가 환희의 송가를 연주한 후 저녁 7시 33분경에 연방 공화국의 서기가 연단에 등장할 것입니다. 항상 역사의 뒤편에서 지속적으로 영향력을 발휘하는 분이라 할 수 있겠습니다. 그다음에는 폰 브라운 베커 씨가 행사의 개막을 선포하겠습니다.

그 후 식순에 따라 연방 대통령의 축사가 있겠습니다. 오늘 들게 될 연설은 80만 부가 인쇄되어 내일부터 9마르크 80페니히에 상점에서 판매됩니다. 축사 후 훈장 수여식이 거행됩니다. 대통령께서 연방 공화국의 영예로운 훈장을 수상자에게 수여할 것입니다. 훈장은 오직 그분을 위해 만들어진 것입니다. 수여식이 완료되면 슈툼 하이츨러 장군의 지휘하에 바로크 관악 앙상블이 프리드리히 헨델의 작품에서 모티브를 따온 팡파르를 연주할 것입니다.

그다음, 독일의 저명한 작가이자 역사학자인 만골트 박사가 작성한 찬사가 낭독됩니다. 사람들은 기꺼이 만골트 박사를 우리 공화국의 대표 시인이라 칭합니다. 텔레비전 프로그램에서 의사 역할을 맡으며 전국에 알려진 국민 배우, 카를 유르겐 부스터리츠가 찬사의 낭독을 맡겠습니다.

그리고 다시 프라이헤르 폰 카라벤 넴시 공작의 지휘하에 국립 오케스트라가 베토벤의 '에로이카'를 연주할 것입니다. 공작은 이 곡에 새로운 악절을 추가했습니다.

외국 아나운서들이 자리한 중계석에서도 기대감이 넘치고 있습니다. 브라질의 텔레비전 방송사에서는 16명의 대표단을 보냈고 스페인과 프랑스의 모든 방송사는 하나의 팀을 이루고 있습니다. 스위스와 오스트리아는 별도의 아나운서 없이 독일 방송을 그대로 중계합니다.

네덜란드 방송사에서는 대표를 보내지 않았습니다. 오늘 영예를 안으실 분은 런던과 토론토의 수많은 기업과 교류했지만 영국과 캐나다 방송사는 생중계를 하지 않기로 했군요.

하지만 오늘 전 세계가 우리의 손님이라고 할 수 있겠습니다.

오늘 영예를 안으실 분과 카를 아우구스트 슈네프케 회관의 건립을 위해 비극적인 죽음을 맞으신 분은 서로 일생 동안 우정을 나누었습니다.

이제 귀빈들이 착석했습니다. 상공협회, 은행 및 보험사 간부들로 북적이고 있습니다. 우리 공화국의 모든 명사들이 안전 특별 조치하에 착석한 상태입니다. 더욱이 전 연방 수상과 대통령께서도 자리하고 있습니다. 에르바움 전 수상께서는 오직 죽음만이 영예로운 주인공에게 경의를 표하는 것을 멈추게 할 것이라 말씀하셨습니다.

저 멀리에는 추기경, 주교, 대주교들이 보입니다. 바티칸에서는 외교 관계 및 경제 사회 문제의 논의를 위해 추기경들을 보냈습니다.

방금 연방 대통령을 호위대의 푸른 불빛이 시야에 들어왔다고 합니다. 자, 로비에 있는 브뢰너트 씨, 나와 주시죠."

3

우울한 일요일의 노래, 헝가리어로는 '슬픈 일요일의 노래'라는 뜻의 '소모루 바사르나프'가 실린 음반은 느리지만 꾸준하게 팔려 나가기 시작했다.

맑고 더운 여름날이 계속되기 때문일 것이다. 이런 때 사람들은 해변에서 춤추기에 어울리거나 정원 파티에 적당한 음악들을 구입한다. 휴대용 축음기에 맞게 작곡된 음악들, 이를테면 '일요일에 연인과 함께 보트를 타러 가리' 혹은 '풍각쟁이의 스윙', '친구여, 진정한 친구여', '매일이 일요일은 아니지' 같은 노래, 그리고 유럽 전역을 사교댄스 열풍으로 몰고 간 '람베드 워크'(1930년대 후반 영국에서 유행한 사교댄스)에 어울리는 '음악의 마에스트로여', '또다시 행복한 나날들이 여기에', '내가 울적해지면', '새하얀 라일락이 다시 필 무렵', '샌프란시스코, 금문교를 펼치다' 같은 노래들 말이다. 한마디로 우울한 일요일의 노래는 설 자리가 없었다.

14구역에 있는 자보의 식당에서 피아니스트는 꿈에 부풀어 있었다. 어느 날 저녁 식사를 하고 있던 손님이 주시를 보내 말을 전한다.

"당신이 그 환상적인 노래의 작곡가가 맞습니까? 작곡가이자 피아니스트가 이곳에서 오늘 저를 위해 연주해 주신다면 큰 영광이겠습니다. 바로 이곳이 그 노래가 만들어진 곳 아닙니까? 그래서 사람들은 이곳으로 몰려오고 레스토랑은 명성을 얻었지요. 그 노래를 단 한 번이라도 실제로 들을 수 있다면 최고의 초콜릿 팬케이크를 포기해도 좋습니다. 초콜릿 팬케이크는 멜로디의 그늘 속에서 빛이 바랠 테니까요. 물론 이 레스토랑의 초콜릿 팬케이크에 불만이 있는 건 아닙니다. 실례지만, 레스토랑 주인장의 성함이 어떻게 되시죠? 아, 자보라고요, 감사합니다. 저희는 원래이 곡 때문에, 이 작곡가 때문에 레스토랑에 왔습니다. 부디 이해해 주십시오. 물론 음식도 대단히 훌륭합니다만, 아니 놀랍다고 표현해야겠군요. 사람들은 이만한 수준과 세심함을 기대하지는 못했을 겁니다. 군델보다도 훨씬 낫군요."

이쯤에서 다시 이야기에 적극적으로 개입할 수 있을 것이다.

대화, 시간의 경과, 장소, 생각, 기억, 요리, 조리법, 이 모든 것들을 지금까지 진실하게 묘사해 왔으며 앞으로도 그렇게 묘사하려는, 즉 모든 상황에서 양심적으로 행동하려는 사람이라면 말이다.

군델에 대해서……. 자보가 군델에 대한 칭찬의 말을 찾아내지 못한 것은 충분히 이해할 수 있는 일이다. 자보는 군델의 옛 사장이라면 모를까, 젊은 사장에 대해서는 할 말이 없었다.

자보는 자신만의 확신을 가지고 있었고 그것은 어떤 경우에서건 존중되어야 한다. 자기의 견해를 펼칠 권리에 대해서 누가 감히 이의를 제기할 수 있을 것인가? 자보는 군델의 미각이 점차 뒤처지고 있다고 생각했다.

군델이 피아니스트를 해고하고 집시 악단을 고용한 것이 그 이유 중 하나였다. 오하이오 주 클리블랜드에서 온 관광객들, 무엇보다 필라델피아에서 온 관광객들도 큰 이유였다.

부다페스트 동물원 내의 기이하고 수수께끼 같은 질병이 새로문을 연 레스토랑 군델의 음식 냄새 때문이라는 자보의 생각은 환상에 찬 비유로 여겨질 수도 있다. 혹 어떤 사람이 나름대로 관찰하여 허무맹랑하지 않은 의견을 내세우려면 그는 근거 있는 비유를 통해 호소해야만 한다. 현실을 직시하게 하고 날카롭게 재현할 만한 비유로 말이다.

그러나 군델은 그렇게 나쁘지 않았다. 그 사건들이 있은 후 40~50년이 지나 군델을 찾거나 자보의 레스토랑을 찾는 사람들은 더 이상 미각적 차이를 느끼지 못할 것이다. 여전히 군델에서는 집시 악단이 연주를 하고, 자보의 레스토랑에서는 피아니스트가 연주를 한다. 그 점은 바뀌지 않았고 꼭 짚고 넘어가야 하는 차이다.

레스토랑에는 손님이 거의 오지 않았다.

피아니스트는 음반이 잘 팔리지 않아서 매우 우울해졌다. 라디오 방송에서도 자신의 곡을 듣지 못했다. 자보는 때때로 그를 위로했다.

"피아니스트 양반, 지금은 여름이에요. 새들이 숲에서 지저귀면 사람들은 우울한 일요일에 귀 기울이지 않아요. 멍청한 동물들은 자기 보금자리를 짓는 즐거움에 넘쳐 울어댈 뿐인데 말이죠. 어떤 이유에서건 새들은 항상 움직인다고요.

그래서 당신의 노래가 살짝 묻힌 거예요. 새들이 지저귀면 좋은 곡이 들리지 않으니까요. 사람들은 진짜 음악을 느낄 시간을 놓치고 있어요. 하지만 가을이 올 때까지 기다려 봐요. 제비와 철새들이 날아가 버리고 나면 그리고 안개가 덤불 사이로 내려앉으면, 사람들은 저녁 7시부터 집 안의 불을 켜고 머물 겁니다. 이때가 바로 당신의 곡을 위한 시간이죠. 두고 보세요. 내가 말한 대로 될 테니까요."

8월이 지나고 9월도 지나갔다. 그러나 어떤 손님도 피아니스트의 곡을 들으려 하지 않았다.

9월은 여전히 따뜻했고 이런 날씨가 10월까지 계속 되었다는 점을 꼭 언급해야겠다. 그런 여름이 왜 늙은 여인이나 인디언 서머라고 불리는지는 아무도 몰랐지만 그렇게 불리었다. (유럽에서는 늦가을까지 비정상적으로 계속되는 더위를 '늙은 아낙네의 여름'이라고 하고 북아메리카에서는 '인디언 서머'라고 함)

10월 말의 어느 날, 자보는 명망 있고 부유한 사업가 집안인 슈바르츠가에서 여섯 명 자리를 예약하겠다는 전화를 받았다.

자리를 예약한 부사장의 비서는 자보에게 어제 부다페스트 라디오 방송에서 나온 무슨 일요일이라는 곡이, 매일 저녁 레스토랑에서 연주하는 그 피아니스트가 작곡한 것인지를 물었다. 친구들과 함께 레스토랑을 방문하겠다는 부사장은 반드시 작곡가인 피아니스트가 직접 연주하는 곡을 듣고 싶어 한다는 것이었다. 부사장과 그의 친구들 모두 그 곡에 매우 감동받았다고 했다.

"드디어 기회가 왔어요."

6시쯤 레스토랑에 도착해 검은 양복에 하얀 와이셔츠로 갈아입고 점잖은 색깔의 넥타이를 맨 피아니스트에게 자보가 말했다.

"그들이 라디오에서 그 곡이 연주되는 것을 들었다네요. 당신의 곡 말이에요. 방금 슈바르츠가에서 여섯 분을 위한 테이블을 예약했어요. 알겠어요, 피아니스트 양반? 이제 10월 말이에요. 안개가 덤불 사이로 밀려들고 새들은 날아가 버렸으니 이제 당신의 곡이 힘을 발휘할 때가 된 거죠. 곧 슈바르츠 사람들이 올 거예요. 그들이 소유한 공장에는 3만 명의 종업원들이 일하고 있어요. 모두 어마어마한 철강 공장이나 직물 공장이죠. 슈바르츠 씨는 대단한 사업가면서도 관대한 사람으로 유명하고요."

자보가 말했다.

"진짜요? 사업가 집안인 슈바르츠가라고요? 그들이 자리를 예약했단 말이에요?"

피아니스트가 물었다.

"내가 말했지 않소, 피아니스트 양반. 그들은 아직 여기에 한 번도 온 적이 없어요. 이건 우리 레스토랑에 큰 영광이라고요. 부사장이 비서에게 전화를 걸도록 했어요. 비서는 이곳이 우울한 일요일의 노래를 연주하는 그 레스토랑이 맞는지 확인했어요. 게다가 그들은 매우 품위 있는 사람들이에요. 안드리스 거리에 빌라 세 채를 가지고 있죠, 세 채나 말이에요. 굉장한 부를 지닌 사람들이나 살고 있는 동네에 마치 계란에서 껍데기만 살짝 벗겨낸 것 같은 그런 집이에요. 거대하고 힘 있는 집안사람들이니 우리에게도 정말 큰 명예죠."

자보가 말했다.

나중에 비크 여단장이 독일인을 위한 자산 평가와 각종 물품 공급 문제 해결을 위해 부다페스트로 발령을 받았을 때, 그는 사령부와 함께 그 빌라에 살게 되었다. 비크는 약 2,000마리의 기품 있는 말들이 있던 슈바르츠가의 종마소를 나치 기병대가 군사적 목적으로 사용할 수 있도록 장교 한 명을 배치해 두었다. 장교는 수송 업무를 맡아 종마소에서 거주했다. 그곳의 하인들은 시중을 들 때 하얀 장갑을 껴야만 했다. 슈바르츠가에서는 유례없는 일이었다. 슈바르츠가 사람들은 비크 여단장이 도착했을 때 불편한 수용시설에 나뉘어 살고 있었다. 사람들은 그 사실에 난처해하며 손을 가리고 속삭였다. 몇몇은 언급조차 하지 않았다. 사람들은 그들의 이름을 들먹이진 않았지만 무슨 일이 일어났는지는 알고 있었다.

슈바르츠가 사람들은 독실한 가톨릭 신자들이었다. 그들은 이미 2세대 전부터 세례를 받았지만 늙은 모쉐 슈바르츠는 재산을 후손들에게 물려준 후부터 종교를 거부했다.

"내가 곧 당도할 곳에서는 사람들이 종교적 신앙이라고 일컫는 믿음이 더 이상 필요 없다. 그러니까 신앙이라는 표현 자체가 쓸데없지. 그러나 너희는 아직 좀 더 살아야 하니까 그런 것이 필요하겠지. 그것이 너희를 구원하고 또 생존에 도움이 된다면 너희가 원하는 종교에 귀의하렴."

라디오에서 들은 노래에 마음이 끌려 자보의 레스토랑에 자리를 예약한 젊은 부사장도 선량한 가톨릭 신자였다. 그의 가족들은 예부터 부다페스트의 대주교에게 거액의 헌금을 바쳐 왔다. 주교와 추기경들은 신이 그 정성에 기꺼이 보답하시며 슈바르츠가와 그 주변 사람들까지 축복해 주실 거라고 말했다.

늙은 모쉐 슈바르츠는, 그가 아직 회계장부를 볼 수 있었더라면, 아마 이렇게 말했을 것이다.

"땀 흘려 번 돈을 교회에 퍼주다니! 그것도 수입의 4퍼센트나. 차라리 그 돈을 가난한 이들에게 주는 게 낫지. 그들에게 부엌을 지어 주고, 그들이 음식을 먹도록 4퍼센트의 희망을 주어라. 그 아까운 돈을 교회에 헌금했다고? 교회가 새로 주식을 사들이고 수뇌부들을 위해 믿음을 팔아 수익을 남기도록 말이지. 아멘."

사람들은 세대별로 각기 다른 경험을 한다. 인간이란 자신의 착각에 따라 생각하게 마련이다. 후세들은 책을 싸게 팔 것이고 필요하다면 은식기나 양탄자도 싸게 팔아치울 것이다. 피도 눈물도 없이 그들의 황제를 망명지로 보낼 것이다. 지도자, 공화국,

패전 등을 잊을 것이며 파산 또한 잊을 것이다. 모든 것과 헤어질 수 있지만 자신의 착각과는 절대 헤어질 수 없어 붙들고 있다. 그건 떼려야 뗄 수 없는 것이라고 말한다. 누구나 인생을 사는 동안 의지할 수 있는 뭔가를 필요로 하기 마련이다. 바로 그 떨쳐버릴 수 없는 것이 착각이다. 어떤 상황에서도 누구에게서도 떨어지지 않는다. 사람들은 착각에서 벗어나느니 차라리 목숨을 내놓을 것이다. 이 세계는 그것을 확고한 마음가짐이라고 떠받들었다.

슈바르츠가 사람들은 모두 모범적인 가톨릭 신자들이었고 교회 지도층을 위해 금과 예복을 아낌없이 기부했다. 그들은 성당과 관계된 자들에게 좋은 투자 정보를 주었고 대주교의 저택에 큰 이익이 되는 주식을 선뜻 양도했다. 대주교는 기뻐하며 그 사실을 로마에 보고했다.

파시스트라는 표현을 달갑게 생각지 않기에 스스로 갈고리 십자군이라 칭하던 반反 유대주의자들이 아름다운 헝가리에서 유대인을 괴롭히기 시작했을 때도 모든 것이 괜찮았다. 슈바르츠가 사람들에게는 아무도 손을 대지 않았다. 그들은 가톨릭 신자였기 때문이다. 한때 법률고문 비크와 한 패거리였던 이 사람들을 누구도 건드리지 못했다.

유대인들은 모조리 한 종족이었다. 사람들은 그들에게 나치처럼 굴었다. 인종이란 참 특별한 것이어서 피의 목소리를 낸다. 사람들은 피의 목소리에 귀를 기울여야만 했다. 피의 목소리는 뭐라고 말했을까?

"유대인이 좋은 사업을 벌이고 있다면 그를 쫓아내고 당신이 그 좋은 사업을 차지할 수 있다. 그가 다시는 돌아오지 못하도록 집에서 쫓아내라."

피의 목소리는 강력했다.

그 밖에도 그 목소리는 특별 관청을 설치하도록 했다. 이 관청은 제국 통치자에게 직속으로 소속되어 일명 '인종 특별 관청'이라고 불렸다. 그것은 피의 목소리가 명하는 모든 일들을 시행했다.

"감상주의는 집어치우시오. 감상, 여성스러운 것 그리고 유대적인 것도 마찬가지요."

그 모든 것은 밀접하게 연관되어 있었다.

나치친위대 여단장 비크는, 세례는 받았지만 결국 끌려가 버린 슈바르츠가의 부다페스트 안드리스 거리에 위치한 빌라로 이사했다. 그곳에 있던 가톨릭교의 엄청난 유산들을 안전한 곳으로 옮기고는 몰수한 전리품이라고 칭했다. 모든 것이 대단히 고풍스러웠다. 바로크 작품, 아우크스부르크와 뉘른베르크의 작품들, 다양한 잔들이 모두 독일 최고의 수공예품이었다.

칼라이 일로나의 자살에 사람들의 이목이 집중되었다. 그녀는 열아홉 살이었다. 고귀한 헝가리 가문 출신에, 붉은 머리카락을 지닌, 삶에 대한 열정이 가득한 젊은 여성이었다.

자보는 그녀를 그날 저녁 젊은 슈바르츠 씨가 함께한 테이블에서 보았다. 그는 예고했던 것처럼 여섯 명이 아닌, 열두 명의 사람들과 함께 방문했다. 롤스로이스 1대, 마이바흐 2대가 문 앞까지 왔을 때 엄청난 자동차 엔진 소리가 났다.

그들은 모두 젊고 명랑하고 친절하면서도 신사다웠고 냉담하면서도 품위가 있었다. 자보는 이 사람들에게 완전히 마음을 빼앗겨 버렸다. 젊은 슈바르츠 씨는 피아니스트와 대화를 나누었다. 그는 피아니스트에게 감사를 표하며 그 곡을 칭찬했다.

"모든 멜랑콜리 중에서도 기이하고 태연한 쾌활함을 아시겠죠. 슬픔과 쾌활함이 당신의 곡에서 완벽한 조화를 이루고 있어요. 정말 섬세합니다."

고귀한 칼라이 일로나 양은 자보의 음식을 칭찬하며 말했다.

"부다페스트에서 이렇게 완벽한 미각적 균형을 이룬 요리를 즐길 수 있는 곳은 흔치 않아요. 정말 흔치 않아요. 마치 ……처럼."

작가, 연대기 저자, 스케치 화가, 기록가, 그런 사람들이 늘 그렇듯이, 이 자리에서 솔직히 고백한다. 검열하였음을, 말줄임표 부분을 삭제했음을. 저자는 매력적인 칼라이 일로나 양이 자보의 요리 실력과 막 비교하려던 '군델'이라는 단어를 삭제했다. 너무 많은 말은 지나친 법이다.

자보는 허리를 굽혀 이 아름다운 여인의 가늘고 하얀 손에 입을 맞추며 넌지시 말했다.

"평생 들어본 적 없는 칭찬입니다. 들어본 적 있다 해도 이렇게 지적이고 교양 있는 입술에서 나온 칭찬은 아니었지요."

"당신은 정말 매력적인 분이시군요."

칼라이 일로나가 말했다.

그녀는 스스로 목숨을 끊었다. 신문에서는 오랜 우울증이 사인이라고만 보도했다. 그녀는 친구들과 외출해서 식사를 하고는 자정 전에 부모님 댁으로 돌아와 하녀에게 카카오를 한 잔 청하고는 함께 짧은 대화를 나누었다고 한다.

다음 날 아침 그녀는 죽은 채 발견되었고 메모를 하나 남겼다. 부다페스트 경찰청장은 슬픔을 겪은 가족에게 심심한 조의를 표했고, 추기경과 대주교는 위로를 전하기 위해 가족을 방문했다. 국무총리가 편지를 보내는 등 일련의 조문이 이어졌다.

빈의 한 대중신문은 그녀의 시신 옆에 놓인 축음기에서 우울한 일요일의 노래가 실린 음반이 발견되었다고 보도했다. 그 곡은 14구역에 있는 한 레스토랑의 피아니스트가 만든 것으로, 그곳에서 매일 저녁 연주되며, 부다페스트에서 녹음된 이 곡은 그녀가 그 레스토랑을 방문했던 저녁에 연주되었다고도 보도되었다.

더 이상의 내용은 없었다. 오직 한 신문에서만 그렇게 보도했다.

빈에서 한 남자가 대중신문을 보며 앉아 있었다. 그는 신문에서 흥밋거리를 찾는 것이 일이었다. 그는 우울한 일요일의 노래 음반에 대한 기사를 발견하고는 자신이 만드는 대중잡지를 위해 칼럼을 썼다. 그는 몇 푼의 돈을 받고 플리트 거리, 베를린 그리고 파리의 신문에도 같은 글을 기고했지만 이탈리아 대중지에는 보내지 않았다. 그는 정직한 오스트리아인으로서 남부 티롤 지역 때문에 이탈리아 대중신문을 거부했다(티롤 지역은 오스트리아 헝가리 제국의 영토였다가 이탈리아에 병합됨). 부다페스트 대중지에서도 이 소식을 다뤘고 프라하의 신문들도 뒤를 이었다.

튜튼의 거리신문은 이 소식을 제대로 다루고자 했다.

"이 사건의 근본부터 규명해 봐야겠군."

편집장은 곧 부다페스트의 특파원에게 음반과 관련된 사건을 자세히 취재하라고 연락했다.

신문은 예전부터 방향과 정확성에 큰 가치를 두었다. 대부분의 신문들은 고작 24시간의 생명을 유지하고는 곧 잊힌다. 미국의 한 저널리스트는 이렇게 꼬집었다.

"어제 뉴스가 죽은 지 가장 오래된 뉴스다."

사라지면 죽은 것이다. 따라서 신문 기사는 24시간 동안 신선해 보여야 한다. 그 후에는 모든 것이 소용없어지고 그러면 다시 새 소식이 배달되기 때문이다. 기사가 신선해 보이려면 비용과 철저함이 요구된다. 어떤 것도 우연에 기대서는 안 된다.

혹시 1년간의 신문을 훑어보며 대체 그 뉴스의 공동묘지에 진실이 얼마나 실려 있었는지 따져 본다면 극소수만 남을 것이다. 아무리 낙천적이더라도 고작 5퍼센트나 살아남을 것이다. 하지만 낙천적이지 않을 이유가 무엇인가!

예를 들어보자. 질투심에 사로잡힌 남편이 바티칸의 페트리성당 계단에서 부정을 저지른 부인을 쏘아 죽인다. 그 후 그는 대주교에게 용서해 주기를 빈다.

실제로 이랬다. 바티칸이 아니라 밀라노였다. 그곳은 교회의 계단이 아닌 교회에서 30미터 정도 떨어진 광장이었다. 또한 부정을 저지른 사람은 부인이 아니라 남편이었다. 그는 자신의 정부와 싸움을 벌였다. 그가 정부를 한 대 때리자 그녀는 칼을 꺼내 들었지만 휘두르지는 않았다. 사실 대주교는 도시 쓰레기수거반의 청소부였는데, 그 싸움에 끼어들어 그녀의 칼을 빼앗았다. 그 밖에는 모든 것이 보도와 일치했다.

베를린의 거리신문사에서는 부다페스트 특파원에게 전보로 보고할 사항을 보냈다.

"그 곡은 어떤 곡인가?

언제 작곡되었는가?

누구에 의해?

작곡 배경?

언제 첫 번째 녹음이 실시되었는가?

어떻게 녹음이 이루어졌는가?

음반회사의 이름은?

출시 사정은?

언제 라디오에서 방송되었는가?

현재까지 음반 판매량은?

작곡가의 입장

음반회사의 입장

음악 담당 부서장의 입장

칼라이 일로나의 집에서 음반이 발견되었을 당시의 자세한 상황

그녀는 어디에서, 누구에게서 음반을 얻었는가?

누가 그것을 증명할 수 있는가? 증인의 이름은?

신상을 기록할 때 주의할 것: 이름을 정확히 표기할 것, 나이, 신체 특징(신장, 수염상태 등 자세히 기록), 여성의 경우 인터뷰한 날의 옷차림도 묘사할 것. 눈을 실룩거리는 등의 습관이나 특징도 보고 요망."

그 후 부다페스트에서 보고서가 작성되었다. 거기에는 사람들

이 알고 있었던 사정의 1퍼센트 정도가 포함되었다. 그 정도면 상품을 하루 동안 구미가 당길 만큼 싱싱해 보이도록 하는 데 충분했다.

게다가 부다페스트와 주변 지역에서 칼라이 일로나의 자살 이후 3일 동안 일곱 건의 자살이 잇달아 발생했다. 그는 사건을 조사하는 동안 자살이라는 단어 대신 '자기 살해'라고 표기했다. 어쩔 수 없는 경우에는 '자유로운 죽음'이라는 표현도 사용했다. 정확한 정부 지침은 알 수 없었지만 두 가지 방식을 바꿔 가며 사용할 수 있었다!

일곱 사람은 서로 약속한 것도, 아는 사이도 아니었다. 그들은 칼라이 일로나의 자유로운 죽음 이후 하루 만에 그 음반을 구입했고, 집에서 자살할 때 축음기에 그 노래를 틀어 놓았다고 했다. 부다페스트에서 발생한 여덟 번째 자유로운 죽음은 일곱 건의 자기 살해와는 달랐고, 음반이나 축음기와도 관련이 없었다.

베를린 거리신문의 보도로 우울한 일요일의 노래는 널리 알려지게 되었다. 제국의 수도에서 하루 전부터 판매되고 있는 그 곡은 부다페스트에서 매일 2건 이상의 자유로운 죽음을 유발시켰다.

파리, 런던, 프라하, 벨그라드(유고슬라비아의 수도), 바르샤바, 오슬로, 코펜하겐, 로마, 스톡홀름, 마드리드의 대중지들은 부다페스트에서 발생한 우울한 일요일의 노래와 관련된 자살을 연일 보도했다. 작곡가의 사진도 한 장 실렸다.

자보의 레스토랑에 한 사진작가가 찾아와 부탁했다.

"우울한 일요일의 노래의 작곡가 분의 사진을 찍어 달라는 부탁을 받았습니다. 지금 엄청난 유명세를 타고 있는 곡이라서 사람들은 그 예술가의 얼굴을 꼭 보고 싶어 하거든요."

"피아니스트는 8시가 되어야 와요. 그때쯤 레스토랑의 저녁 영업이 시작되거든요. 카메라 플래시가 터지면 손님들께 방해가 됩니다. 죄송하지만 사진은 불가합니다."

자보가 말했다.

"괜찮다면, 피아니스트에게 내일 오전에 레스토랑을 방문할 수 있는지 물어봐 주시겠습니까? 11시쯤이 어떨까요? 그 노래가 탄생한 이 레스토랑의 피아노 옆에서 그를 꼭 촬영하고 싶습니다."

사진기자가 말했다. 그는 내일 아침에 사진을 찍었으면 했다. 혹시 변동이 생길 경우를 대비해 자신의 명함도 남겼다.

"자, 그럼 내일 뵙죠."

자보가 말했다.

저녁에 레스토랑에 들른 피아니스트는 우울해 보였다. 자보는 그에게 사진작가가 예술가의 사진을 찍고자 찾아왔으며, 괜찮다면 내일 11시에 피아노 옆에서 촬영을 하자고 부탁했다고 전해 주었다.

"제가 무엇을 해야 되죠? 사람들이 도대체 왜 이러는 거죠?"

피아니스트가 말했다.

"왜라니요?"

"신문에서 자살 소식들을 보면, 그러면 전 항상 생각해요. 모든 게 나 때문이라고."

피아니스트가 말했다.

"그만해요. 그런 생각은 안 돼요. 여봐요, 여기에 한 손님이 와서 버섯을 곁들인 잉어 요리를 먹고 그날 밤에 죽었어도 내가 요리한 음식 때문에 그가 죽었다고 생각하는 사람은 없을 거예요. 그가 책상 위에 버섯을 곁들인 잉어 요리 레시피를 펼쳐 놓고 있었다고 해도 말이에요. 왜냐하면 그는 그저 아침에 사랑하는 부인에게 레시피를 건네주면서 어제 먹었던 것처럼 잉어 요리를 만들어 달라고 부탁하려고 했을 수도 있기 때문이죠. 그리고 의사가 와서 그가 죽은 건 심장마비 때문이었다고 말하겠지요. 피아니스트 양반, 설마 자보의 버섯을 곁들인 잉어요리 때문에 죽었다고 말하려는 사람이 있다고 믿는 거예요? 마찬가지로 당신이 작곡한 그 곡 때문에 죽은 사람은 없어요. 그렇게 생각해야 해요. 시간이 흐르면 그가 잉어를 먹었는지, 어떤 노래를 들었는지 아무도 기억하지 않아요. 그런 건 아무 상관없단 말이에요. 지나간

일은 지나간 거라고요."

"그건 나도 알고 있어요. 잉어는 많지만 우울한 일요일의 노래
는 오직 하나뿐이에요."

"내가 당신의 말을 자꾸 고치려 드는 걸 용서해요. 노래 또한
수없이 많죠. 잉어만큼 많아요. 헝가리에는 잉어만큼 많은 노래
가 존재해요. 몇 천 곡인지는 중요하지도 않아요. 그러니까 내일
아침에 우리 멋진 사진 촬영을 하자고요. 그러면 다른 생각을 하
게 될 거예요."

다음 날 오전 11시에 사진작가가 레스토랑에 나타났고 피아니
스트도 시간에 맞추어 검은 양복을 입고 왔다. 부다페스트에서는
또 다른 여섯 명이 죽음을 맞이했다. 그중 다섯 명이 우울한 일요
일의 노래와 생의 마지막을 함께했다.

내각 총리가 보고서를 요구했다. 보건부 장관은 차관의 제안을
받아들여 빈의 전문가에게 정신 감정서를 의뢰했다.

피아니스트는 점점 더 우울해졌다. 그는 습관대로 아침 식사
때 신문을 읽었다. "그의 노래가 새로운 희생자를 불러왔다"는
기사 때문에 그는 어느 때보다도 더욱 깊은 슬픔에 잠겼다.

사진작가는 그에게 피아노 옆에서 포즈를 취해 달라고 주문

했다.

"아니요. 오른손을 좀 더 앞으로. 네, 좋아요. 이제 왼손을 편안하게 건반 위에 올려 주세요. 예, 좀 더 앞으로요. 머리는 들어 주시고요. 의자를 제 쪽으로 밀어 주세요, 네네 좋아요. 이제 오른손은 앞으로, 왼손은 좀 더 편안하게, 아주 느슨하게 건반 위에요. 네, 그 정도면 되겠어요. 신이시여, 너무 슬픈 얼굴을 하고 있군요. 선생님, 살짝 미소를 지어 보세요. 제가 당신에게 재미있는 이야기를 해드리면 좋겠지만, 제 유머는 너무 썰렁해서요. 낙농업자가 저더러 생크림을 만들 생각이 없냐고 물었죠. 제가 썰렁한 농담을 세 가지만 늘어놓으면 최고의 생크림도 쉬어 버려서 숙성기간을 절약할 수 있을 거라고요. 웃기지 않았나요? 아, 아직 사진이 나오기엔 약한 미소네요.

좋습니다. 그럼 사진은 그만두고 이런저런 얘기나 해볼까요? 그런 사진을 가지고 편집부에 가면 전 일자리를 잃고 생크림이나 만들어야 할 테니 말이에요. 자, 지금 한 번만 더 카메라를 다뤄 볼게요. 손을 그렇게 내려놓으시고요. 앉은 자세도 좋아요. 어제는 제 동료 1명이 아주 이상한 사건을 조사하게 됐어요. 그 생각이 갑자기 나네요. 그러니까 외무부의 어떤 직원이 말입니다. 오후에 가위로 큰 편지 봉투를 열려고 했어요. 그 봉투는 최신 고속 접착기로 야무지게 봉합되어 있었고요. 가위 끝으로 클립을 느슨

하게 해서 봉투를 열려고 하던 찰나에 가위가 미끄러지면서 엄지
손가락의 불룩한 부분에 박혔지 뭐예요. 그가 비명을 지르자 동
료들이 그를 응급실로 데려갔어요. 의사가 알코올 소독을 해주고
알코올이 휘발되지 않도록 붕대로 감아 주고는 이제 집에 돌아가
도 좋다고 했어요.

　그래서 그는 집으로 돌아갔죠. 저녁까지도 그는 손가락에 감각
이 없었어요. 처음에는 상처가 욱신거렸죠. 그러다가 갑자기 화
장실에 가고 싶어졌어요. 화장실 변기에 앉아서 상처를 한 번 보
려고 붕대를 벗겨 봐야겠다고 생각했죠. 붕대를 풀고 봤더니 상
처는 나은 것 같았어요. 그는 붕대를 변기에 휙 던지고는 볼일이
끝났으니 습관대로 담배도 따라 버렸어요. 그때 불길이 확 솟구
쳤어요. 그가 놀라서 소리를 지르자 부인이 곧장 구급차를 불렀
어요. 구급대원들이 와서 남자를 들것에 눕히고 벨트로 고정시켰
어요. 그들이 문 밖으로 뛰어나가 계단을 내려가려 할 때 한 사람
이 다가와 무슨 일이냐고 물었지요. 부인은 그들 뒤를 따라가며
사정을 얘기해 줬어요. 그 얘길 듣게 된 구급대원 중 한 명이 너
무 심하게 웃는 바람에 계단에서 넘어져 다리가 부러지고 말았지
뭡니까? 그래서 구급차가 한 대 더 와야 했어요."

　마침내 피아니스트도 활짝 미소 지을 수밖에 없었다. 막 활짝
미소 지었을 때 사진작가는 셔터를 두 번 눌렀다.

"아, 이게 바로 원하던 겁니다. 멋져요. 더 찍을 필요 없겠네요."

"아, 벌써 끝났어요?"

피아니스트가 물었다.

"예, 끝났습니다. 의뢰인도 아주 만족하실 것 같네요. 세계적 명성을 얻게 된 작곡가의 멋진 초상이라."

사진작가는 장비들을 주섬주섬 챙겼다.

"사진작가님, 식사하고 가시겠습니까? 주방은 20분 뒤에 열지만 먼저 뭐라도 대접하고 싶군요."

자보가 말했다.

"친절은 감사합니다만 유감스럽게도 제가 좀 바쁘답니다. 현상소에 이걸 빨리 가져다줘야 해서요. 또 다른 약속도 있고요."

"그럼 나중에 사진을 하나 받아볼 수 있을까요?"

자보가 물었다.

"네, 네 물론이죠. 그래도 신문기사에 실린 사진을 오려서 액자에 넣는 걸 사람들은 더 좋아하죠. 그게 더 멋진 기록으로 남으니까요. 그렇게 해드릴게요. 신문에서 오려낸 것처럼 사진을 찍어서 현상한 후에 확대해 드리죠. 그러면 신문보다 더 오랫동안 유지되거든요. 이 모든 걸 원가로 해드릴 수 있어요. 그럼 이만 실례하겠습니다. 여기 주소는 가지고 있습니다."

"사람들에게 그런 일이 일어나다니, 정말 이상해요."

사진작가가 떠나고 나자 피아니스트가 말했다.

"무슨 말이에요?"

자보가 물었다.

"외무부 직원 말이에요."

"그게 진짜 일어난 일이라고 믿는단 말이에요?"

"아, 당신은 믿지 않아요?"

"이보시오, 피아니스트 양반. 그거야 사진 때문에 당신을 웃게 하려고 지어낸 유머예요. 사진사들은 늘 그렇답니다. 직업으로 카메라를 잡은 이후로 항상 그렇죠. 그때부터 그들은 실제로 보이는 것과는 다르게 보이도록 찍으려고 하죠. 사진작가는 그냥 사람들의 상상에 맞도록 피사체를 꾸며 내거든요. 아주 초창기의 사진사들은 검은 천 아래로 기어들기 전에 항상 이렇게 말했어요. '거기 작고 둥근 것을 주시하세요. 곧 새 한 마리가 지나갈 겁니다.' 그러고는 셔터를 찰칵 누르고 '고마워요, 끝났습니다.' 라고 하죠. 새는 결코 나오지 않아요. 결코 새가 날아오른 적이 없지요. 그렇지만 누구나 처음에는 그걸 믿는단 말이에요. 수십 년 동안 지나간 새라고는 한 마리도 없어요. 사람들이 그때 무슨 생각을 했을까요?"

"글쎄요."

"아마 언젠가는 새 한 마리가 날아오를 거라고 생각했을 거예

요. 60년이 지나고 나서야 나는 새는 없다는 소문이 나돌기 시작
했어요. 왜냐하면 그건 유리 조각이고 거기에서 새가 날아오를
수는 없기 때문이죠. 자, 이제 그들은 사람들을 웃게 하려고 더
재미있는 얘기를 하기 시작했어요. 부다페스트의 사진작가들은
사진을 찍기 전 손님들에게 할 얘기들을 교환하는 게 분명해요.
그리고 당신은 외무부 직원 얘기에 걸려든 거고요."

"그렇지만 사진작가들은 왜 사람들이 항상 미소 짓기를 바라는
거예요? 전 전혀 웃을 기분이 아니었어요. 그깟 사진 한 장을 위
해 제가 웃어야 하냐고요?"

"하하. 그건 누구도 웃을 일이 없기 때문이에요. 웃고 살기에는
사람들이 너무 진지하지요. 거리를 한번 보세요. 저기 사람들은
사방팔방으로 진지한 표정을 짓고 다니잖아요. 삶이 너무 진지하
기 때문이죠. 실수로 거리에서 웃으면 곧장 비밀경찰에 체포되
어 왜 웃는지, 무엇을 감추고 있는지 취조당하는 그런 나라들도
있지요. 웃는 사람을 무정부주의자로 여기거든요. 사람들은 그가
마음속으로 코 아래에 짧은 수염을 지닌 제국의 수상을 향해 폭
탄을 던지고는 시체가 된 모습을 눈앞에 그리느라 웃는다고 생각
할지도 몰라요. 공개적으로 미소 짓는 사람은 관계당국의 눈에
띌 거예요. 사람들은 그저 오페레타나 영화관, 아니면 웃어도 되
는 극장이라 명시된 곳에서만 웃어야 해요. 웃다가도 밖으로 나

오면 금세 다시 진지해져야 하죠. 그렇지 않으면 의심받을 테니까요. 웃는 사람은 뭔가 은밀히 꾸미고 있다고 보기 때문이에요."

"그렇지만 즐거워서 미소 짓는 사람들도 있잖아요. 그리고 저처럼 잘 웃지 않는 사람도 있고요. 뭐가 어떻게 된 건지 머릿속이 너무 혼란스러워요."

피아니스트가 말했다.

"그래서 당신이 신문을 향해 미소 지어야 하는 거예요. 거기서야 문제없지. 그러면 이렇게 생각할 거예요. 아하, 누구나 웃을 수 있다니 이 얼마나 행복한 나란가? 비밀경찰도 개의치 않을 거예요. 사진작가가 웃긴 거니까요. 그러니까 피아니스트 양반, 지독한 시기에는 말이에요. 하긴 지독하지 않은 시간이 언제 있었나요 뭐. 그것이 견딜 수 있을 정도로 지독한가, 견딜 수 없을 정도로 지독한가, 그 차이만 있을 뿐이죠. 지독한 시기에는 웃을 일이 없어요. 그렇지만 누구도 그걸 티를 내서는 안 돼요. 그러니까 사람들이 사진과 신문을 향해 웃어 줘야 한단 말이에요. 그러면 누구나 생각하겠죠. 저 사람은 왜 웃는 걸까? 왜 행복해 보이는 거지? 그러면서 동시에 그의 기분은 이상해지겠죠. 자신에게는 모든 것이 끔찍한데도 신문 속의 그 사람은 그렇지 않아 보이니까요. 그것이 사람과 민족들 사이를 갈라놓는단 말이에요, 아시겠어요?"

"이해하려고 노력하는데 잘 안 되네요. 자보, 제가 작곡한 노래와 함께 세상을 떠난 사람들에 대해서는 읽지 않았나요?"

"물론 읽었죠. 당신은 저녁에야 연주를 하는데, 우리는 이미 점심 때 재료가 남아나지 않을 만큼 장사를 했거든요. 하지만 노래 때문에 목을 맨다고요? 당신이 그 멜로디를 가지고 무얼 어쨌단 말입니까? 당신은 그저 그들이 세상과 이별하는 순간을 아름답게 만들어 준 거예요. 당신은 그 노래로 그들을 편안히 해주려고 스튜디오에서 아름답게 녹음했다고요. 당신은 모두를 편하게 해줬어요.

이제 내가 당신에게 하나 물어볼게요. 죽음을 선고받은 사람은 마지막으로 정말 훌륭한 식사를 바라기도 해요. 생애에서 가장 멋진 식사요. 사람들이 그의 목을 치거나 줄에 매달기 전에 말이에요. 그렇다고 그 요리사가 사형 집행에 책임이 있는 걸까요, 아니면 관청일까요? 그 요리사는 분명 책임이 없단 말이에요. 아마도 그는 오이 샐러드를 곁들인 송아지 커틀릿과 사과를 넣은 붉은 양배추 절임, 후식으로 생크림을 곁들인 사과 롤파이, 마지막으로 오렌지 리큐르를 준비했을 겁니다. 주문한 음식들이 누구를 위한 것인지조차 모를 거예요. 법률고문관을 위한 음식일 수도 있겠지요. 매우 고상한 식사니까요. 그러니까 거기까지 당신은 골머리를 썩을 필요가 없어요. 당신은 단지 아름다운 곡을 작곡했을 뿐이니까. 남의 자살까지 신경 쓸 필요가 없다고요, 피아니스트 양반. 그럼 내일 저녁에 봅시다. 난 주방에 가봐야겠어요."

피아니스트의 사진은 이틀 후 헝가리와 오스트리아의 신문에, 그다음 날에는 프라하와 독일 제국의 신문에, 또 그다음 날에는 런던과 파리 그리고 로마의 대중지에 차례로 실렸다.

"이 사진 속의 미소 짓는 사람이 헝가리에서 자살 유행을 불러일으킨 '우울한 일요일의 노래'의 작곡자이다. 음반이 판매된 이후로 헝가리에서만 이미 46명이 자살했으며, 프라하에서 12명, 빈 14명, 베를린 3명, 런던 7명, 파리 13명, 로마 2명이 자살했다. 그리고 그 숫자는 매일 늘어나고 있다."

런던에서 300만 부가 팔려 나간 신문에는 다음과 같이 보도했다.

"마법 같은 그의 음악을 듣는 동안 거의 100명의 사람이 자살을 한 초유의 사건이 일어나고 있다."

미국에서는 음반이 아직 발매되지 않아 그 소식이 기사화되지는 않았다. 미국 음반회사들은 유럽에서의 성공을 우선 지켜보고자 했다. 미국은 유럽에서 멀리 떨어진 데다가 상황이 매우 달랐기 때문이다. 발매를 결정하기 전, 일단 이 곡에 대한 여성과 노병 단체의 반응을 시험해 보고 몇몇 노동조합의 의견을 들어본 후, 경찰과 정신과 의사와 논의하는 것이 경제적으로 보였기 때문이다.

베를린, 프라하, 빈, 런던, 파리, 로마, 부쿠레슈티, 베오그라드, 소피아, 브뤼셀, 아테네, 바르샤바, 헬싱키, 스톡홀름, 오슬로, 코펜하겐에서도 작곡가의 사진이 신문에 실렸다. 이 나라들에서 음반이 팔리는 것과 비례해 자살률 역시 엄청나게 늘어났다. 베를린에서는 이러한 자살에 대해 보도하는 것이 즉각 금지되었지만 음반의 판매는 계속되었다. 절망적인 상황에 있는 유대인들이 주로 이 음반을 듣는다는 사실이 밝혀졌기 때문이다.

로마에서도 보도가 금지되었는데, 알프스 저 너머에 있는 게르마니아 형제들의 모범을 즐겨 따랐기 때문이다. 외화를 벌 수 있었기 때문에 오스트리아 정부는 개의치 않았으며, 마드리드에서는 교회가 나서서 이 음반의 판매 금지를 통과시켰다. 또한 음반의 구입, 판매, 상연과 청취를 죽음의 악행이라고 선언했다. 교회 측에서 지원한 장군이 민중에 대항한 시민전쟁에서 막 승리를 거두고 있었기 때문이었다.

파리에서는 보수민중정당이 이 졸작에 반대하는 조처를 요구했다. 그러나 문화부 장관이 프랑스는 자유의 의미를 잘 인식하고 있으며, 전 세계가 그를 본받기 위해 프랑스를 주시하고 있다고 개인적으로 설득했기 때문에 그들의 반대는 수포로 돌아갔다. 또한 문화부 장관은 프랑스가 오히려 더 신경 써야 하는 것은 매독이며, 그것은 자신의 역할이 아니라고 항변했다. 그는 건강복지부 장관을 좋아하지 않았다.

자보의 레스토랑은 점심에도 손님으로 붐볐고 저녁에도 만석이었다. 피아니스트가 그 곡을 연주할 때면 사람들은 브라보를 외쳤다. 때때로 젊은 여성들은 레이스 손수건으로 눈물을 닦아냈으며 때로는 남자들도 뺨 위로 눈물을 흘렸다.

모두들 이 아름다운 노래에 왜 가사가 없냐고 물었다. 피아니스트는 그 곡의 멜로디가 텍스트와 잘 어울리지 않는다고 답했다. 그의 생각으로는 너무 많은 음이 들어 있어 가사가 드러나지 않을 것만 같았다.

빈에 있는 린트스트룀 음반회사의 노바크는 이 뒤늦은 성공에 깜짝 놀랐다. 슈비츠, 스노보다, 슈밀 모두 놀라움을 감추지 못하며 그들이 이 곡을 발견한 그 자리에 함께 있었다는 것과 자신들이 일조했다는 사실 그리고 세계적 성공을 거두었다는 것에 뿌듯해했다.

노바크는 원래 계획했던 것보다 악보의 판매를 늦췄다. 그것은 사업적으로 합당한 결정이었다. 우선 음반으로 톡톡히 이윤을 내야 했다.

"뒤늦게 놀라운 반응입니다."

슈밀이 말했다.

"정말 뜨겁군요."

스노보다가 말했다.

"난 뭔가 느낌이 있었어요. 내가 그때 부다페스트에서 우리가 그 레스토랑에 가야 한다고 결정했을 때 말이에요. 물론 전세 마차를 타고 다른 곳에 갈 수도 있었겠지만. 난 그때 무언가를 예감했지요. 내가 말했잖아요. 곧장 그 레스토랑으로 가자고요. 외관상으로도 제법 괜찮아 보였지요. 아, 피아니스트에게 작곡한 곡을 하나 더 연주해 달라고 부탁한 후에 내가 말하지 않았던가요? 이 곡 아주 괜찮은데. 감이 좋아! 하고 내가 그랬죠. 역시 틀리지 않았어요. 우린 대성공을 거뒀어요. 해냈다고요."

세 남자는 모두 고개를 끄덕이며 노바크의 말이 전적으로 옳다고 동의했다.

"하지만 아일랜드와 포르투갈에서는 그 곡이 인기를 끌 조짐이 없어요. 이상하군요."

슈비츠가 말했다.

"아일랜드에서는 신앙 고백이 너무 세서 아름다운 노래가 설 자리가 없어요. 스페인에서는 서로 싸우느라 바빠서 그런 노래는 사람들에게 방해만 될 뿐이고요. 마드리드를 스페인 문화의 중심으로 보기 때문에 남미의 발전이 지체되고 있어요. 스페인의 시민전쟁은 남미에서 쿠데타나 테러를 유발할 거예요. 거기서는 노래보다는 탱고나 룸바가 더 인기 있지요. 혹시 쿠데타가 일어나지 않는다면, 이른 저녁에는 그곳에서도 노래가 효과를 발휘할지 모르지만요.

게다가 포르투갈에서는 빈곤 때문에 토지 소유자들이나 겨우 음반을 구매할 정도예요. 음반 레이블에 굳이 포르투갈어를 써 넣을 필요는 없어요."

슈밀이 말했다.

"그러나 다행스럽게도, 여러분. 우리에겐 유럽이 있지 않습니까? 우리의 역사를 담고 있는 대륙, 모든 인류 문화의 발상지인 이곳에서 그 곡이 제대로 마력을 펼치고 있으니 얼마나 좋은 일입니까?"

노바크가 말했다.

크리스마스 일주일 전, 피아니스트는 내무부의 안전 및 공공질서 담당부서로 소환 당했다. 수요일 11시에 3층 34호 방에서 심문을 받을 테니 각종 서류를 가지고 동행 없이 출석하라는 것이었다.

피아니스트는 수줍음이 많은 데다 조심스럽고 음악만 아는 사람이었다. 지시, 소환, 명령, 관공서의 규정과 폭력의 세계는 그에게 낯설기만 했다. 그들은 공포와 전율을 뜻했다. 피아니스트는 그 세계 사람들의 횡포에 홀로 던져졌다. 그는 그들의 언어를 말하지도, 이해하지도 못했다. 그들 또한 그의 언어를 이해하지 못했다.

"자, 그들이 뭘 원할까요? 아마도 당신의 서명이 담긴 음반을 원하겠죠. 그들이 뭘 요구하겠어요? 비싼 식사를 할 형편이 못 되니, 예술가를 직접 관청에서 만나보고 얘기를 나누려고 하는 거겠죠. 그들이 다른 무얼 원하겠어요? 피아니스트 양반, 위협을 행하는 사람들이 있지요. 사람들이 그들 앞에서 작아지고 겁을 먹으면 그들은 신이 나지요. 그들은 식은땀을 보면서 더 흥분할 거예요. 그런 위협을 거부하는 방법도 있어요. 거기서 말하는 모든 것이 아무것도 아니라는 듯 행동하면 돼요. 그러면 그들은 지루해지지요. 친절하게 그들의 눈을 바라보고 고개를 끄덕이면서 '아하' 하면 돼요. 그러니까 깊은 인상을 남기면 안 돼요. 아시겠소, 피아니스트 양반. 낚시꾼은 싱싱한 지렁이를 바늘에 걸어 냇가에 드리우죠. 낚시꾼이 '내가 이런 지렁이를 가지고 뭘 하는 거지?' 하고 바라보고만 있으면 낚시꾼은 결코 물고기를 잡을 수가 없어요. 관청의 폭력적인 나리들이 꿰어 놓은 지렁이를 바라보기만 하고 물지는 마세요. 그러면 그들은 아무것도 잡지 못할 거예요."

자보가 말했다.

"당신은 쉽게 말하지만 전 그런 사람들 앞에 서면 두려워요. 살인에 굶주린 보병처럼 책상이라는 참호에 웅크리고 앉아 무기를 겨누고 있는 사람들 말이에요."

피아니스트가 말했다.

"좋아요. 그럼 내가 예를 하나 더 들어 볼게요. 한 독일 사람한테서 최근에 들은 이야기예요. 위대한 문명국가, 오래된 전통, 존경할 만하고 유순한 사람들, 그들은 특히 개를 사랑하죠. 왜냐하면 개들은 충성스럽고 항상 복종하기 때문이에요. 그게 독일의 미덕이죠.

그들이 한 유대인을 데려왔어요. 그는 아주 단순한 사람이었죠. 뮌헨 근처 어디에서 수공업에 종사하는 그를 강제수용소에 집어넣었어요. 갈색 유니폼을 입은 사람들이 그를 흠씬 두들겨 패고 죽기 직전까지 때렸죠. 그가 도망을 갈 수 없도록 하기 위해서 말이에요. 그곳에는 무릎까지 오는 긴 장화를 신고 어깨띠에 혁대를 차고 말끔한 유니폼을 입은 수용소장이 있었어요. 그는 수용소에서 승마 채찍을 들고 돌아다니면서 긴 장화에다 대고 불안하게 때렸어요. 게다가 의안을 하고 있었고요. 그는 오직 자신의 조국만이 생산해 낼 수 있는 우수한 물품들을 선전하고자 했어요. 아시겠죠? 그런 사람들이 있단 말이에요. 그 수용소장은 그런 기분을 느낄 때 누군가와 딱 마주치게 되면, 그에게 곧장 조국의 우수함을 떠벌리려고 했죠.

그런데 수용소장이 내게 얘기를 해준 그 수공업자와 우연히 마주쳤는데 다짜고짜 이렇게 말했대요. '너 유대인 돼지새끼, 지금부터 내가 독일의 수공업이 어떤 것인지 보여 주지. 좋은 물건이 어떤 건지 너희가 알 수 있도록 말이야. 내 눈 하나가 독일제 의안인데 엄청 고품질 제품이라서 실제 눈하고 거의 구별이 안 된단 말이야. 네 놈이 한 번 보고 어느 쪽 눈이 의안인지 알아맞힐 수 있으면 가도 좋아. 단 맞추지 못하면 저 선반 위에 엎드려서 30대를 맞을 줄 알아. 자 시작해!'

척추측만증이 있던 수공업자는 아래에서부터 그 거대한 지배자의 금발 머리 얼굴을 올려다보더니 망설임 없이 말했죠. '왼쪽 눈입니다, 돌격대장님!' 그러자 수용소장이 놀라서 말했죠. '어떻게 알았지, 돼지새끼야?' '그게, 돌격대장님. 그 눈은 선량해 보이더라고요.'

이보시오, 피아니스트 양반, 이런 방법으로 위협을 피할 수 있는 거예요. 당신도 그렇게 할 수 있어요. 그렇게 말해 봐요."

피아니스트가 내무부를 방문했을 때, 머릿속에는 그 선량해 보이는 의안과 찌를 물지 않는 잉어에 대한 생각이 가득 찼다. 그곳은 높은 기둥이 있는 인상적인 석조 건물이었다.

입구에서 피아니스트는 소환장과 서류들을 보여 주었고, 보초
는 그를 멋진 옥외계단을 지나 3층에 있는 34호실로 데려갔다.

그곳에는 여비서가 있었다. 그녀는 뛰어난 외모에 어울리는 모
든 재능을 갖추고 있었지만, 이곳에서 20년 전부터 일하고 있었
다. 관공서의 사무실에는 알다시피 봄꽃이 피지 않으며, 선인장
따위만이 자라고 있을 뿐이었다. 그녀는 깨끗한 안경 너머로 소
환된 피아니스트를 자세히 살펴보고는, 일어나서 소환인이 왔음
을 알리겠다고 말했다.

피아니스트가 익히 예상했던 상황이었다. 그는 물려고 덤벼들
생각이 없는 잉어와 독일인 장교의 선량한 의안도 잊어버리고 상
상에서 빠져나왔다. 그저 추위가 느껴질 뿐이었다.

"들어가셔도 됩니다."

비서가 말했다.

"감사합니다."

피아니스트가 말했다.

어두운 양복을 입은 다섯 남자들, 엄청난 크기의 책상. 모든 것
이 어둡고 음산했다.

"자, 자."

책상 뒤에 앉아 있던 한 남자가 말했다. 서류를 넘기는 모습이

신의 서기인 양 보였다. 다른 한 사람이 헛기침을 했다.

피아니스트의 귓가에서 폭포가 미친 듯이 울부짖었다. 그 소리는 필니츠(드레스덴의 한 구역) 폭포라기보다는 빅토리아와 나이아가라를 합쳐 놓은 것 같았다.

"자, 친애하는 양반. 이거야말로 멋진 일이구먼."

신의 서기가 말했다.

"그렇게 말할 수도 있지. 자, 건강복지부 담당관의 의견을 한번 들어봅시다."

주위에 서 있던 남자가 말했다.

"좋소. 그러니까 헝가리에서는 지난 8주 동안 평소의 1년치에 해당하는 많은 사람들이 자살을 했소. 여기 그 숫자가 제시되어 있소. 이는 명백히 증명된 사실이오. 이 사람들의 93.6 퍼센트가 자살 결정을 내릴 때 어떤 곡의 도움을 받았는지, 그 노래의 제목은 우울한 일요일의 노래로, 여기 서 있는 이 사람이 작곡하고 연주해서 음반으로 판매되고 있소. 이는 이전에 없었던 기현상이며 나라 전체에 불안감이 팽배해지고 있소."

건강복지부 담당관이 말했다.

"외국도 마찬가지입니다."

외무부 담당관이 말했다.

"외무부 쪽 의견은 나중에 들어보기로 합시다. 이 일은 많은 사람에게 심각한 영향을 끼쳤습니다. 이제 안전부 담당관의 말을 들어보고 싶군요."

이 구경거리의 주인 역을 맡고 있는 것으로 보이는 신의 서기가 말했다.

"에, 흠. 안전부 인력들은 이 사건으로 인해 어찌할 바를 모르고 있습니다. 왜냐하면 도나우 강에 뛰어드는 사람은 상황에 따라 구출할 수 있지만, 이 노래를 틀어 놓고 자신의 집에서 목숨을 끊는 사람은 어떻게 도와줄 방법이 없으니까요."

"매우 흥미롭군요. 저도 그렇게 생각합니다. 이제 학회에서 존경받는 교수님의 의견을 들어보고 싶습니다. 곡의 멜로디를 감정해 보셨나요?"

신의 서기가 말했다.

"네. 현대적인 음악학의 방식에 따라 철저하게 시험하고 감정했습니다. 그러나 거기에는 어떤 숨겨진 비밀의 흔적도 발견되지 않았습니다. 암호로 만든 음정으로 전달되어 사람들을, 말하자면 복종하도록 만드는 악마적인 신호 같은 것은 없습니다. 이 음악을 들은 전문가들에 따르면 일종의 멜랑콜리한 분위기가 명백히 규명되기는 했지만, 이는 일반적인 단조의 연속에 지나지 않습니다. 저는 이 곡을 여러 번 듣고 결국 삶의 무게에 저항하지 못한 한 전도유망한 대학생의 손실을 유감스럽게 생각하는 바입니다."

음대 교수가 말했다.

"흠. 당신의 제자 중의 한 명도 그랬군요."

신의 서기가 말했다.

"유감스럽게도 그렇습니다. 그 부모는 도저히 위로할 수 없을 정도로 깊은 슬픔에 잠겨 있습니다. 학회의 교수단은 부모의 고통을 충분히 이해하는 바입니다."

"네, 괴로워 보이는군요."

앉아 있는 사람이 생각에 잠긴 듯 말했다.

피아니스트는 자신이 사실 이곳에 필요치 않은 듯한 인상을 받았지만 어떤 말도 하지 않았다.

"네, 그럼 외무부 담당관의 말을 들어보기로 합시다."

다시 신의 서기가 말했다.

"외교적 반향은 충격적입니다. 헝가리로부터 퍼져 나간 이 전염병 같은 유행 때문에 우리 대표단은 어디에서나 비난받는 처지가 되었고, 우리의 명성 또한 국제적으로 손상을 입었습니다. 바티칸의 대주교는 우리 대표에게 이 유행에 끝을 내지 못하는 것이 이해가 되지 않는다고 이미 여러 차례 질책한 바 있습니다."

"네네. 존경하는 대주교께서 그 때문에 저에게 이미 여러 번 전화하셨죠. 교황의 입장은 잘 알고 있어요. 다른 나라에서도 달가

워하지 않고요. 그렇지 않나요? 재정 담당관의 말을 짧게 들어보기로 하죠. 정말 짧게 부탁합니다, 친애하는 동지."

"네. 간단하게 평가해 보더라도 자살로 삶을 마감한 사람들 때문에 발생한 세금 손실이 상당합니다. 평균 예상 수명이 37.4세라고 볼 때, 자살로 인한 사망자들의 평균 수명은 27.6세에 불과합니다. 사망한 사람들로 인해 39억 1,100만 펜거(헝가리의 옛 화폐)의 수입 손실이 발생했습니다. 이는 지금까지 자살한 사람의 숫자만을 고려한 것입니다."

"그래요. 상당히 심각한 일이에요. 이제 장본인께서 무슨 할 말이 있는지 들어봅시다. 성, 이름, 출생지 부다페스트, 모든 진술이 맞습니까, 피아니스트 양반?"

신의 서기가 서류를 넘겨보며 중얼거렸다.

"네."

피아니스트가 말했다.

"그렇군. 당신은 헝가리인이요?"

신의 서기는 가죽의자에 몸을 길게 기대고 손가락을 가슴 앞에 포개고는 위아래로 흔들며 물었다.

"네, 그렇습니다."

"아, 그러니까 슬로바키아도, 크로아티아도, 세르비아도, 슈바벤도, 오스트리아도 아니고 헝가리란 말이지. 유대인도 아니고?"

"아닙니다, 헝가리인입니다."

"그렇다면 이거 재미있구먼. 헝가리인이라."

그는 질문을 하며 다른 사람들을 바라보았다.

"여러분, 이런 걸 생각이나 해보셨습니까?"

그는 그저 그렇게 말했을 뿐 대답을 기대하지는 않았다.

"그러면 집시인가?"

"아닙니다. 저는 평범한 헝가리인입니다."

"그렇군. 집시도 아니라. 이거 재미있구먼, 집시가 아니란 말이지. 난 당신이 집시일 거라고 생각했는데 말이오, 당신은 헝가리인이구먼. 아버지도 헝가리인입니까?"

"네. 그렇습니다."

"흠. 그러면 조부는, 외조부는 어떤가? 유대인도 아니고, 크로아티아인도 아니고, 오스트리아인이나 슈바벤 사람이나 뭐 그런 건 아니오?"

"아닙니다, 모두가 헝가리 사람입니다."

"그렇군. 확실한가요?"

"네. 확실합니다."

"대학에서 공부했습니까, 아니면 다른 음식점에서 피아노를 배웠습니까?"

"음악을 전공했습니다만 6학기째에 학업을 중단해야 했습니다. 부모님이 돌아가셔서 생활비를 마련해야 했기 때문입니다."

"아, 이것 보시오. 중퇴한 대학생이라. 성적이나 평가는 보통 어땠습니까?"

"장학금을 신청할 수도 있었죠. 영재 장학금이. 그렇지만 사회에 부담을 주고 싶지 않아 포기했습니다."

"아, 이것 보시오. 헝가리인이고 사회에 부담을 주고 싶지 않았다. 그렇지만 지금 사회에 부담을 주고 있지 않소? 말해 보시오. 어떻게 이 노래를 만들게 된 겁니까? 어떻게 된 거요?"

신의 서기가 몸을 앞으로 숙이며 다그쳤다.

"어느 날 저녁 멜로디가 그냥 떠올랐습니다. 그냥 그렇게 떠올라서 건반으로 한 번 두드려 보고 다시 연주를 하자, 식당 주인인 자보 씨가 듣고는 정말 매력적인 곡이라며 누구의 곡이냐고 묻기에 제 곡이라고 답했죠. 그는 다시 한 번 연주해 달라고 했습니다."

"그렇군, 자보라. 그의 마음에 들었군. 그래. 그는 아직 살아 있나요?"

"네. 그는 아직 살아 있습니다. 친절한 사람입니다."

"그래. 알겠어. 친절한 사람이구면. 그 자보라는 사람은 도대체 어떤 사람인가요?"

신의 서기가 집요하게 물었다.

"제가 저녁마다 피아노를 연주하는 레스토랑의 주인입니다. 아주 유명한 레스토랑입니다."

"그렇군. 유명한 레스토랑이라. 당신은 원래 자유사상가인가요? 혹시 프리메이슨 비밀결사 단원일 수도 있고. 어떤 종파에 속하죠? 불교 신자나 아니면······."

"저는 가톨릭 신자입니다."

"아, 가톨릭이라. 그렇지만 매번 성당에 나가는 건 아니겠죠?"

"매번 나가지는 않습니다."

"그럴 거라고 생각했지. 1년에 몇 번이나 고해성사를 합니까?"

"한 번 정도입니다."

"그렇군. 1년에 한 번이라. 자, 내 생각에는 좀 과장인 것 같군. 열여덟 살 때 마지막으로 면죄 받지 않았나? 아니면 내가 잘못 알고 있는 건가?"

"스물세 살이었습니다."

"악마나 뭐 그런 걸 믿나요?"

"아닙니다. 단지 사랑의 신을 믿을 뿐입니다. 악마의 존재는 믿지만 혐오할 뿐입니다."

"그래, 악마는 혐오해야지. 그래, 그건 맞아. 더 이상 질문할 것이 없군. 모든 것이 명확해. 아, 잠깐, 아니지, 하나만 더. 사람들이 당신의 노래 때문에 자살한다는 소식을 계속해서 들으면 어떤 기분이 듭니까? 자, 말씀해 보시죠."

피아니스트는 바닥을 보았다.

"그 모든 사람들을 생각하면 제가 혐오스럽게 느껴집니다. 그 소식이 저를 아주 우울하게 만듭니다. 그렇지만 그들은 제 노래 때문이 아니라, 제 노래와 함께 죽었다고 생각합니다. 혹시라도 제 노래가 그들에게 마지막 기쁨을 주지는 않았을까 하고요. 죽음을 선고받고 마지막 식사를 주문하는 사람처럼 말입니다. 그러면 그는 제일 좋아했던 음식을 차려 달라고 하니까요."

"그거 정말 대단하군. 마지막 기쁨이라고! 사형 집행인을 위한 성찬 같은 뭐 그런 건가? 자 그러니까, 이건 정말 파렴치하구먼. 자, 그만둡시다. 내 생각은 이미 정해졌어요."

죽음의 서기가 벌떡 일어났다. 그는 책상의자를 밀어 두고는 몸을 똑바로 세우고서 말했다.

"이로써 우울한 일요일의 노래는 헝가리 독립국 지역에서 금지 곡이 되었습니다. 모든 음반을 몰수해야 합니다. 만약 인쇄된 악보가 판매되고 있을 경우, 마찬가지로 손해배상 없이 몰수할 것입니다. 연주회장에서의 공연도 금지됩니다. 이 곡을 어떤 형태로든 반입하거나, 음반이나 다른 악기로 연주하거나, 외국 예술가에게 연주시키는 것도 모두 금지할 것입니다. 자, 다른 질문 있나요?"

"잠시만요. 그럼 이제 손님들을 위해서도 그 곡을 더 이상 연주하지 못한다는 말입니까?"

"잠깐. 결국 당신이 작곡가죠. 우리가 작곡가의 연주까지 금지할 수는 없지요. 그러니까 다시 명령하겠습니다. 당신은 그 레스토랑에서 저녁에 연주를 해도 좋습니다. 단지 식사하는 손님이 요청했을 경우에 한해서 말입니다. 혹시 당신이 그 곡을 연주하는 동안 손님이 권총으로 머리를 쏜다면, 즉시 레스토랑의 문을 닫고 당신의 연주도 금지시킬 겁니다. 자, 이상입니다. 감사합니다. 명령은 지금 즉시 실행될 것이며, 여러분은 이제 자기 부서에 이 명령을 전달하십시오."

4

웨이터 주시…… 그는 존경할 만하다. 기념비를 세워 줘야 마땅한 인물이다.

청동으로 만든 대리석 대좌 위에 철자를 새긴 그 이름, 주시. 이런 경우에는 활자라고 불러야겠다. 그는 '한 인간'이었기에 기념비가 바쳐졌다.

'참으로'라는 말을 덧붙일 수도 있겠지만, 누군가가 한 인간이라면 참된 인간성은 재능으로 사용했을 테니까 '참으로'를 군이 덧붙일 필요가 없다. 그렇지 않으면 기념비를 바라보는 사람마다 '왜 참으로라는 말을 덧붙였을까? 혹시 사실과 다른 구석이 있는 건 아닐까?' 하고 의심의 눈초리를 보낼 것이다.

기념비는 보통 '참으로'라는 말이 잘 어울리는, 기념할 만한 사람들을 위해 세우는 것이다. 그러지 않으면 '뭐야, 하필이면 저런 놈의 기념비를 세워 줬다고? 그는 산전수전 다 겪은 교활한 개처럼 양심 없는 놈이야.'라고 손가락질 당할 것이다.

몇몇 작가들의 예외를 제외하고 대부분의 기념비는 역 광장이나 대학 앞 또는 무기 저장고 앞에 세우지 않고 눈에 잘 띄지 않는 샛길에다 세운다.

국립오페라극장이나 국회의사당 또는 총리 관저 앞에 '14구역에 있는 자보의 레스토랑에서 일했던 웨이터 주시', 그 아래에 '그는 한 인간이었다.'라고 쓰인 기념비를 세운다면 어떻게 될까? 끊임없이 끔찍한 것들을 만들어 내는 교수들, 군수산업을 위해 일했던 과학자들 그리고 최고지휘관들은 조국의 명예를 위해 수천 명을 죽음으로 몰고 간 그들의 위신이 더럽혀졌다고 분노할 것이다. 고귀한 가문의 후손들 역시 경악할 것이다. 그들의 선조들은 최고지휘관에게 명령을 내리는 사람들이었고, 후손들은 낮은 위치에서 명령을 받드는 사람일 뿐이다. 조국의 명예는 고귀한 선조가 생각한 것이니 그들이야말로 역 광장에 동상을 세우기에 적합한 사람들이다.

붉은 빛이 도는 금발머리에 긴 얼굴의 주시, 그는 참으로 선량한 인간이었다. 그는 자보와 함께 피아니스트의 장례식에 갔다. 그러지 않으면 누구도 장례식에 가지 않았을 테니까. 자보는 피

아니스트를 위해 품위 있는 묘지도 구입했다. 자살한 작곡가는
축복받은 땅에 묻힐 수 없었기 때문이다.

"가장 고귀한 사람이 이곳에서 쉬어야만 해요."

자보는 주시와 함께 피아니스트의 장례를 치렀다. 레스토랑은
3일 동안 문을 닫았고 입구에 상중喪中이라는 표시를 두었다.

"자보 씨, 제 생각에 이제 새 피아니스트를 찾아봐야 할 것 같
아요. 손님들은 피아노 연주에 익숙해져 있어요. 레스토랑에서
피아노 소리가 사라지지 않도록 해야죠. 피아노가 레스토랑의 손
님들에게 조금이나마 위로가 되고 인생을 즐기도록 도와줄지도
몰라요. 손님들은 음악을 들으며 현재를 더 생각하게 되고 미래
에 닥칠 끔찍한 일 따위에는 관심을 덜 가질 거예요."

주시의 말은 받아들여졌다.

금발의 총각 피아니스트가 찾아와서 6주간 레스토랑에서 일했
다. 그는 우울한 일요일의 노래 같은 감상적인 노래보다는, 헨리
홀이나 시드 립튼 같은 스윙밴드에 더 끌린다고 했다. 그는 캐럴
깁슨스 같은 밴드 연주를 꿈꿨다.

"당신의 미래에 축복이 있기를."

새로운 피아니스트와 헤어질 때 자보가 말했다. 헨리 홀이나
시드 립튼, 캐럴 깁슨스 또는 류 스톤을 싫어해서 그랬던 것은 아

니었다. 단지 그들은 고인이 된 피아니스트처럼 심금을 울리는 연주를 할 수 없을 것만 같았다.

또 다른 피아니스트가 왔다. 조용한 사람이었던 그는 한 달 반을 연주했다. 그러나 우울한 일요일의 노래를 연주해야 할 때면, 그는 마치 레몬을 깨문 것 같은 얼굴로 그 노래를 신청한 손님에게 욕설을 퍼부었다. 주시는 그에 대해 다시 생각하게 되었고 자보 역시 마찬가지였다. 처음에 피아니스트는 러시아어로 욕을 해댔다. 그것까진 괜찮았다. 그것이 어머니를 욕되게 하는 것이었더라도 러시아어를 이해할 사람은 없었다. 성이 안 찼는지 그는 곧 페르시아어로 욕을 해댔다.

욕설 대회가 있다면, 민중 자유 욕설 부문에서 한 국가가 모든 메달을 휩쓰는 이변도 생겼을 것이다. 한 국가의 독보적인 지위가 다른 나라들의 기를 꺾어 저절로 기권하는 사태를 낳을 수도 있을 것이다. 그로 인해 페르시아인이 욕설 대회에서 절대 강자로 남을 것이다. 러시아인들이 단지 어머니를 욕되게 했다면, 페르시아인들은 먼 친척 아니 더 변태적인 욕설도 마다하지 않았다.

일본인들은 무조건 기권할 것이다. 왜냐하면 그들의 가장 끔찍한 욕설은 기껏해야 누가 원숭이라거나 누구한테서 버터 냄새가 난다는 수위에 불과하기 때문이다.

자보의 레스토랑에서 한 페르시아인이 막 자두를 곁들인 칠면조 소시지를 먹으려고 할 때, 피아니스트가 하는 욕설을 듣는 엄청난 사태가 벌어지고 말았다. 손님은 남페르시아의 운하노동자나 입에 올릴 음담패설을 전혀 예상치 못했다. 겨우 진정한 후에 그는 자보에게 음식을 먹다가 엄청난 충격을 받은 원인을 설명했다. 자보는 피아니스트에게 내일부터 다른 곳을 알아보라고 했다.

얼마 후, 흔치 않게 길고 넙적한 얼굴을 한 피아니스트가 찾아왔다. 그는 미동조차 없는 표정을 하고 있어서 몇몇 손님들은 그를 남몰래 '프랑켄슈타인 건반쟁이'라고 불렀다. 그러나 그는 믿음직스러웠고 우울한 일요일의 노래를 손님들의 마음에 들게 연주했다. 그는 다른 곡도 무리 없이 잘 연주했고, 실내 사중주나 빅밴드를 원하지도 않았으며 콘서트홀에서 솔로 파트를 맡고자 하는 꿈도 없이 성실하고 꾸준히 연주했다.

손님들은 거의 매일 우울한 일요일의 노래를 연주해 달라고 요청했다. 이 노래가 자기 나라에서 엄청 유명하다고 말하는 외국 손님들도 있었다. 그런 외국 손님들에게 그곳에서 발매된 음반을 구해 달라는 내국인 손님도 있었다. 플라텐 호수라고도 불리는 발라톤 호숫가(중부유럽에서 가장 큰 호수)에 위치한 티하니 출신의 한 부유한 손님은, 줄곧 우울증에 시달리고 있는데 그의 유일한 상속인인 조카에게 오래전에 이 음반을 구해 달라고 했으며, 그것이 그의 절박한 소망이라고 했다.

우울한 일요일의 노래는 영국에서 대성공을 거두며 놀라운 판매량을 자랑했다. 그와 반대로 아일랜드에서는 참패했다. 독일인이 오스트리아를 점령(합병)했을 때 빈에서도 그 노래의 인기는 대단했다. 체코슬로바키아와 빈은 이 곡을 듣기 위해 경쟁을 벌일 정도였다. 바르샤바에서도 우울 증세를 보이는 주민들 사이에서 대단한 성공을 거두었으며 프랑스에서는 이 아름다운 노래와 함께 삶과 작별하지 않는 것이 치욕이라고 여길 정도였다. 스칸디나비아 국가들도 다른 유럽과 비슷한 반응을 보였다. 가장 놀라운 것은 차후에 미국에서도 이 곡이 엄청나게 유행했다는 점이다. 헝가리인들이 많이 살고 있던 클리블랜드나 필라델피아 같은 도시들이 크게 열광했고, 동유럽 이민자들이 살고 있던 뉴욕에서도 대단한 호응이 있었다.

오히려 몇 세대 전부터 미국에 쭉 살고 있던 사람들은 이 노래에 미적지근한 반응을 보였다. 처음에는 부다페스트 출신 작곡가의 피아노 연주만이 판매되었기 때문이다. 마음에서부터 우러나오는 연주는 욕심 없이 겸허하게 들렸고 유럽에 대한 추억을 지닌 사람들의 흥미를 끌었다.

러시아의 자작나무 스텝 지역, 헝가리의 목초지, 체코슬로바키아의 부드럽게 구부러진 언덕, 폼머린과 메클렌부르크의 평야, 브란덴부르크의 소나무 지대, 오스트리아의 언덕, 크로아티아와 유럽, 그 밖의 다른 지역에서 카우보이의 나라로 이주해 온 사람들이 영혼이라 부를 수 있는 무언가를 최소한 두 세대 동안 유지해 왔다는 것은 정말 놀라운 일이었다. 그들의 가치관은 대부분 변했으며 겨우 명맥을 유지하던 영혼 대신 은행 자산만 붙들고 있을 뿐이었다. 하지만 아직 두 세대는 상냥하게 서로 키스할 만큼 동포의 삶에 살가운 관심을 가졌다. 그 후의 세대는 자신에게만 관심을 쏟았고 통장 계좌를 보며 흡족해했을 뿐이다.

우울한 일요일의 노래가 다르게 편곡되어 연주되었더니 비로소 진정한 미국인 사회에 다다를 수 있었다. 바이올린을 연주하는 가운데 색소폰이 흐느껴 울었다. 남성 중창단이 아카펠라로 부른 버전도 있었다. 시카고의 한 음반 회사에서는 노랫말을 붙여 테너가 부르기도 했다. 몇 소절마다 테너는 입을 뾰족하게 내밀고 "글루우우우미 썬데이", "글루우우우미 썬데이" 또 한 번 "글루우우우미 썬데이" 하고 독백 같은 노래를 했다. 무거운 우울이 토착화된 이민 3세대의 마음을 흔들어 놓았다.

로스앤젤레스의 한 시민이 14층 창문에서 떨어졌을 때, 군 보안관들은 특급 엘리베이터를 타고 재빠르게 올라가 그 사람의 아파트로 돌진했다. 그들은 문제의 노래가 턴테이블에서 돌아가는 것을 발견했고 사망자가 죽음을 택한 이유에 대한 실마리를 남겨 놓지 않은 경우에도 자살이라고 기록했다. 검시원들은 그 음반이 발견되었다는 것을 자살에 대한 가장 확실한 상황 증거로 여겼으며, 사망 원인에 자살이라고 기록하고 도장 찍고 서명했다.

여섯 명의 클래식 연주가로 구성된 솔트레이크 시티의 심포니 오케스트라가 그 노래를 취입했고 막대한 수입을 올렸다. 버지니아 시립 심포니 오케스트라도 자극을 받아 65명의 음악가들을 모아 그 곡을 취입했다. 스케일은 점점 커졌다. 사우스 브롱크스 신코페이터는 유명한 음악가 열두 명과 함께 뉴저지 교향악단 단원 70명 모두를 빌렸다. 사우스 브롱크스 신코페이터는 뉴욕에서 인기 있는 스윙밴드로, 라이트 세제 회사의 후원을 받고 있었다. 이 음반 또한 큰 성공을 거두었다. 비평가들은 스윙밴드와 오케스트라 간에 대단히 흥미로운 음악적 교류가 일어났다며 열광했다. 음반에 그 곡의 제목은 '프리덤 송'이라고 표기되었다.

1940년 스튜드베이커(미국의 마차 및 자동차 제조 회사) 홍보부에서는 새로운 자동차 모델의 발표를 위해 대규모 팡파르 밴드에게 그 노래의 첫 네 소절을 연주하도록 했다. 그것은 결코 나쁜 선택이 아니었다.

스튜드베이커 40의 앞좌석에 '글루미 선데이' 음반이 들어 있는 휴대용 축음기를 장착하고 허드슨 강까지 가거나 항구 또는 물가로 운전하는 것이 뉴욕과 보스턴 그리고 시카고, 애틀랜틱시티, 멤피스, 휴스턴, 로스앤젤레스에서까지 큰 인기를 얻었다.

그러나 이러한 소식들은 유럽으로 전해지지 못했다. 헝가리에도 그랬다. 결국 모든 것이 시작된 자보의 레스토랑에서도 이 소식은 몰랐다. 왜냐하면 유럽에서는 웨이터 주시를 기념할 만한 대사건인 전쟁이 일어났기 때문이다.

이러한 일들은 항상 별실에 모인 참모부, 사령부, 사무국, 내각, 거대 기업과 거대 은행의 이사진들이 결정한다. 그들은 민족의 국가적 자존심에 깊이 상처를 입었으며 악랄한 적으로부터 자신을 방어하도록 강요받고 있다는 데 합의했다. 한편 전쟁은 소비에 활기를 불어넣고 새로운 시장을 만들어 낸다. 전쟁은 그때까지 평화롭게 일상에 전념해 온 사람들의 삶에 현저한 변화를 일으킨다. 곤궁은 가고 질서가 지배하는 때가 된 것이다.

헝가리 정부는 독일의 우세 때문에 전투동맹에 가담하지 않기로 했다. 또한 독일인들에게 조금이라도 부합하고자 유대인들을 감금하려 했다. 하지만 아직 유대인들이 필요했기 때문에 완전히 수감해 버릴 수는 없었다. 집과 구역을 지정해서 많은 유대인들을 이사시켰으며 그들이 더 이상 재산을 소유하지 못하도록 했다. 더 중요한 것이 문제시되었던 그때, 그들이 재산으로 뭘 할 수 있었겠는가?

주시는 이 모든 것을 정확히 예견했다. 그는 무슨 일이 생길지 알고 있었다. 갈고리 십자가(나치의 상징)에서 고위직을 차지하고 있던 그의 삼촌 바라니 페렌츠는 가장 아끼는 조카에게 항상 충고해 왔다.

"주시, 유대인들에게서 뭔가 압류할 만한 것이 있는지 내가 제때에 알려줄 테니 늘 유의해라. 넌 네 인생을 위해 한몫 잡을 수 있어. 나를 믿고 따라라."

페렌츠는 어느 날 오후 주시를 당 사령부로 불러 방음 처리가 된 문을 닫고는 말했다.

"주시, 이제 14일 남았다. 그전의 모든 것은 합법적이다. 그러니 누구에게도 말하지 말고 거래를 해야 해. 거래를 말이야. 주시, 그러면 넌 진정한 남자가 되는 거야."

자보의 레스토랑은 평소와 다를 바 없는 저녁이었다. 딱히 눈여겨볼 만한 것 없는 저녁이었다. 관광객들이 예전처럼 오지 않은 지 이미 오래되었다. 식탁을 밝힐 초도 쉽게 살 수 없었고 세제가 부족했기 때문에 테이블보도 조심해서 다루어야 했다. 설탕도 더 이상 양껏 살 수 없었다.

단지 프랑켄슈타인 건반쟁이라는 별명의 피아니스트만은 변하지 않는 얼굴로 저녁마다 한 번씩 그 노래를 연주했다.

"영업이 끝난 후에 상의 좀 했으면 해요. 아주 중요한 일이에요."

주시가 자보에게 말했다.

"주시, 남아서 와인 한잔하자고. 문을 닫고 나서 그 상의 얘기를 하자고. 지하실에서 토카이 와인을 한 병 가져와야겠어. 12년산도 몇 병 있으니까. 괜찮겠지, 주시?"

마지막 손님이 가고 규정에 따라 레스토랑의 조명을 어둡게 했을 때 자보가 물었다.

자보는 신중하게 병을 따서 주시와 자기의 잔에 와인을 따랐다. 그들은 테스트를 위해 잔을 초에 가까이 대어 본 후 향을 맡았다.

"좋은 향이군. 안녕을 위해 건배, 주시."

"안녕을 위해, 자보 씨."

잔에서 입을 뗀 후 자보가 말했다.

"흠. 괜찮군."

"좋네요."

주시는 더 이상 어떤 말을 해야 할지 몰랐다. 그때 자보가 입을 열었다.

"내 생각에는, 이제 그들이 내 목을 조여 올 것 같군."

"당신과 상의하려고 하는 게 바로 그거예요. 제가 오늘 당 사령부에 들러 페렌츠 삼촌에게 들었어요. 그들이 이제 유대인들을 자리에서 끌어내린 후 죽이려 할 거래요. 전투동맹국들이 그런 주장을 한다고요."

"하지만, 주시. 유대인은 800만이 넘는다고. 그 많은 사람들을 어디로 데려가겠다는 거야? 나도 이미 그런 이야기는 들었어. 내 조카딸이 내게 팔레스타인으로 오라는 편지를 보냈지. 그 아이는 키부츠에 살고 있어. 나는 요리사이니까 그곳에서 좋은 기회를 잡을 수 있을 거라더군. 우리의 전투동맹들이 계속 요리를 먹고 맥주를 마시고 있다고. 기분이 좋아지면 맥주잔을 머리나 의자에 두들기고 있다나 뭐라나. 그 애가 뭐라는 건지 도통 모르겠어. 그렇지만 주시, 내가 팔레스타인의 키부츠에서 뭘 요리할 수 있겠나?"

"죄송하지만, 자보 씨, 키부츠가 뭔가요?"

"그건 이스라엘의 생활 공동체 같은 거야. 그곳에서는 모두가 들판에서 일하고, 한 집에서 자고, 한 부엌에서 만든 음식을 먹고, 같은 창구에서 돈을 받지. 팔레스타인 사람이나 영국 사람이 지나가면서 인사를 하지 않으면 총을 쏘아 죽이기도 해. 내가 팔레스타인에서 뭘 할 수 있겠나?"

"저는 누가 지나가다가 인사하지 않았다고 총을 쏘지는 못할 거예요."

"항상 소수가 뭔가를 생각해 낸다고. 질서, 시스템, 그것으로 인해 삶이 나아지도록 말이야. 나도 똑같이 그곳에 가서 만세를 외쳐야 하는 걸까. 그들이 머리를 짜낸 대로 살고 싶은 마음이 전혀 없는데도 말이야. 그들은 피곤한 사람들이야. 주시, 너무 피곤하다고. 그들은 위궤양을 앓고 있지. 그들은 계속해서 머리를 쥐어짜며 생각한다고. '당신이 생각해 낸 것은 인류를 위한 거대한 진보입니다, 각하. 곧장 달려가 분부하신 것을 처리하겠습니다. 그러면 위궤양도 좀 가라앉겠지요. 제가 차렷 자세를 취하고 있을 때 표정이 좀 누그러들지도 모르겠네요. 저는 기꺼이 친절한 아랍사람들, 버밍엄에서 온 사람을 쏘겠습니다. 아니면 귄츠부르크에서 온 유대인이나 홀슈타인에서 온 아리아인을 한 명 쏘지요. 중요한 건 위궤양이 나아지는 것입니다' 하고 말해야겠지."

"저도 그렇게 생각해요, 자보 씨. 저 역시 그렇게 생각한다고요. 이제 높으신 분들이 신문이나 라디오에서 자신을 떠벌리지 못하도록 해야 한다고요. 그렇지만 우리 함께 앉아서 상의를 좀 해봐야 해요. 그들은 항상 말하죠. '내가 없으면 대홍수가 닥치리.' 하지만 '당신들에게 대홍수가 닥치고 나면 비로소 우리가 있으리.' 라고 바꿔 말해야 해요."

"주시, 그거 참 좋은 말이야. 아주 똑똑해. 뭘 해야 한다고?"

"제 생각에는요. 제가 당신의 레스토랑을 사는 거예요, 자보 씨. 내일 곧장 공증을 하자고요. 당신은 이제 지배인이 되는 거예요, 자보 씨. 당신이 전략상 꼭 필요하다고 삼촌에게 전할게요. 그러면 당신은 삼촌에게서 이름과 주소가 있는 증명서를 받게 될 거고, 전략상 중요한 사람이 되고, 원하는 때 언제나 오고갈 수도 있어요. 당신의 모든 재산을 제 이름 앞으로 해주세요. 그러면 누구도 당신의 재산을 빼앗아 갈 수 없어요, 자보 씨. 당연히 그것은 당신의 소유니까요. 서류상으로만 바꾸는 거예요. 명의만 바뀌지 그 밖에 바뀌는 것은 하나도 없어요. 당신의 레스토랑이니까 당신 없이는 안 되죠. 이곳은 영원히 당신의 레스토랑으로 남을 것이고, 모든 영웅들이 죽음으로 승리를 거두고 나면, 우리는 공증인을 다시 찾아가면 돼요. 그럼 모든 것이 예전과 같아질 거예요."

"주시, 우리 그렇게 하세. 대홍수 후에는 우리가 살아남는 거야."

비크 여단장은 음악에 대한 사랑보다는 젊은 사업가 슈바르츠의 소개로 자보의 레스토랑을 방문했다.

복잡한 이야기지만, 비크 여단장이 부다페스트로 전근할 것을 명받았다는 사실은 이해해야만 한다. 명령은 이행해야 하는 것이니 달리 의심할 여지가 없다. 원칙 없이 질서는 불가능하다. 명령과 복종이 없다면 모든 것은 엉망진창이 된다. 새로운 질서는 원칙 없이는 오래된 질서로 옮아 갈 수 없으며, 새로운 질서는 더 많은 원칙과 명령 그리고 명령의 무조건적 이행을 필요로 한다.

명령을 받는 즉시 바로 행해야 한다. 부동자세로 서서 "명령을 이행하겠습니다."라고 말해야 한다. 명령은 정당하고 합법적이다. 모든 것이 그 자체로 올바르다. 명령을 받고 바로 이행하지 않는 것은 비합법적이다.

비크는 항상 그것을 염두에 두었다. 그를 진급시켜 준 새로운 독일의 질서는 그 자체로 온전히 합법적이었다. 혁명이나 반란, 시위 같은 불법 없이도 지도자는 합법적인 절차를 거쳐 수상으로 임명되었다. 또한 그는 민주적인 선거를 거쳐 독일 제국의 지도자가 되었다. 비크는 그것을 염두에 두어야만 했다.

그러나 그것이 다가 아니다. 민주적으로 선출된 국회의원 대다수가 자신의 파면을 감수하면서까지, 제국 수상에게 새로운 질서로 조국을 지배할 수 있도록 전권을 넘겨주자는 법에 찬성했다.

유대인들을 제거하는 것도 역시 합법적이었다. 모든 것이 공식적이었다. 유대인이 독일 여성을 바라보았다면 그것은 법적으로 명백히 독일인을 모욕한 것이었다. 인종, 피, 모든 근거, 아리아인, 이 모든 것들이 완벽하게 정당한 것이었다. 모든 명령 또한 법을 통해 완벽하게 고안된 장치였다. 그 점을 비크 여단장은 잘 알고 있었다.

전쟁 시에는 평화 시기에 일어나지 않던 많은 일들이 발생한다. 그렇다. 오래된 지혜에 따르면 그러하다. 비크는 명령을 하달받자마자 그것을 이행할 수 있었다. 그 명령들은 모두 합법적이었기 때문이다. 법에 저촉되는 것은 단지 미천한 범죄자나 그 비슷한 피조물들뿐이었다.

비크는 독일에게 점령당한 헝가리에서 명령을 받았다. 불필요한 형식적 절차를 따르느라 시간을 낭비해서는 안 되는 법이다. 헝가리 사람들은 오직 형식적으로만 약간의 지배권을 얻었고 나머지 모든 일에 대해서는 순응해야만 했다.

헝가리의 주요 산업을 움켜쥐고 있는 슈바르츠가의 재산 중 51 퍼센트를 몰수하라는 명령이 떨어졌다. 나머지 49퍼센트를 차지하고 있는 헝가리 정부가 알아채지 못하도록, 어떤 의구심도 갖지 못하도록 해야만 했다.

사업은 사업이다. 단 모든 것이 합법적이어야만 한다.

그것은 지당한 말이다. 물론 합법적인 일 외의 것들도 감행할 수 있다. 적법성이라는 것은 때때로 유동적이기 때문이다. 그렇기에 적법성은 훌륭하고 활기찬 것이다. 이 점은 제국의 지도자도 이미 인정했다.

그럼 51퍼센트를 어떻게 해야 할까?

너무나 간단하다. 먼저 용감하고 특출한 안전요원과 평판이 좋은 여단장들이 슈바르츠가의 모든 구성원을 '모셔 간다.' 69명의 사람들을 모두 테레진이나 아우슈비츠, 트레블린카의 수용소로 보낸다.

그다음에는 텅 빈 이들의 빌라를 점거함으로써 명예로워질 수 있다. 물론 심리적으로만 그러하다. 안드리스 거리에 자리한 집들의 실내 장식은 정말로 뛰어나다. 은, 골동품, 최고급 양탄자, 도자기, 오래된 최고급 시계들이 가득하다. 이 모든 물품들은 꼼꼼히 포장되고 목록에 철두철미하게 기록된다.

그러고 나서는 협상의 전권을 지닌, 슈바르츠가의 사람을 불러와 말하면 된다.

"중요한 순간입니다. 한때 고매한 분들이었지만, 지금은 모두 연행되어 버린 슈바르츠가의 사람들을 위해 뭔가를 할 수 있을 것 같습니다. 정확히 말하자면 서명을 좀 해야겠습니다. 그리고 지분을 얻기 위해 돈을 지불해야 할 것입니다. 그렇게 하면 가족 모두를 수용소에서 빼내고 제대로 옷을 입혀 합법적인 서류를 가지고 중립국인 포르투갈이나 스위스로 옮길 수 있습니다.

자, 탁자 위에 놓여 있습니다. 그 대장 놈은, 우리끼리 하는 말이지만 그러니까 폭군이죠, 정말 극악무도한 인간입니다. 유감스럽게도, 매우 유감이지만 우리는 그를 저지할 수가 없어요. 왜냐하면 결국에는 그 역시 당신들을 끝장내기 위해 명령을 이행할 거니까요. 이 일을 중단할 수도 있겠지만 그는 정말 잔악한 유대인 사냥꾼이거든요. 지금 참모부와 함께 마제스틱 호텔에 머물면서 밤낮없이 일하고 있지요.

뭐라고? 생각할 시간을 달라고요? 친애하는 슈바르츠 씨, 60명의 생사가 달린 문제입니다! 대장은 살기를 느끼면 자기를 멈출 수가 없어요. 그는 일정을 지켜야 하고 시간은 늘 모자라거든요. 여기 모든 계약서가 있고 이건 딱 25년 동안만 유효합니다. 그 후에는 모든 것들을 돌려받을 수 있습니다.

자, 부탁합니다. 재산관리협회가 매년 매상의 5퍼센트를 받는다는 조항을 봤습니까?

뭐라고요? 이익이 남느냐고요? 25년 후면 매년 매상의 5퍼센트를 지불해야 하는 회사는 엄청나게 빚을 져서 당신네 일가는 다시는 권리를 주장할 수 없고 결국 파산할 거라고요? 이봐요, 아우슈비츠의 굴뚝 앞에 모여 있는 사람들은 목숨을 부지해 보려고 온갖 위험을 감수하고 있는데, 당신은 여기서 협상을 하려는 거요? 당신에게는 고작 숫자가 문제요? 인간적인 가치 따위는 싹 잊어버린 겁니까? 세상에, 유대인의 습성에 대한 소문은 모두 사실이군요.

그래요. 당신네 가족들은 오래전에 세례를 받은 훌륭한 가톨릭 신자죠. 그렇지만 몸속에는, 그래요, 몸속에는 유대인의 피가 흐르고 있단 말입니다. 우리의 법도 그렇게 규정하고 있지요. 법률은 장난으로 만드는 게 아니거든요.

아, 좋아요, 그거야말로 이성적이지. 자, 이제 우리가 계속 진행할 수 있겠군요. 구입 가격은 6만 달러입니다. 자, 현금으로 받을 수 있을 거예요.

뭐라고요? 6,000만 달러는 될 거라고요?

내 말 좀 들어보세요, 나는 지금 당장이라도 수화기를 들고 '대장님, 협상은 실패입니다. 행동을 개시해도 좋습니다.'라고 말할 수 있단 말입니다.

아, 좋소, 60만 달러가 수용할 수 있는 금액이라고요? 그럴 줄 알았소. 좋아요. 모레 11시에 자녀들과 손자손녀들까지 포함해 모든 사람들이 부다케시 거리의 집에 모이면 됩니다. 각자 50킬로그램의 짐을 가져갈 수 있어요. 아우슈비츠에 있는 네 명은 어떻게 하냐고요? 그들도 물론 이쪽으로 오게 할 겁니다. 우리를 믿으세요. 여기 서명을 한 후에 빈으로 간 다음, 취리히로 가게 되어 있습니다. 돈은 출발 전에 현금으로 지급될 겁니다."

사업은 이렇게 하는 것이다!

비크 여단장은 어떻게 사업을 하는지 알았고, 사업을 잘 하기 위해서는 더 높은 위치를 차지해야 한다는 것도 알고 있었다.

비크는 서명하고 있는 슈바르츠 주니어에게 좋은 레스토랑에 대해 물어보았고 곧 흥미로운 피아노곡이 생겨난 자보의 레스토랑을 알게 되었다.

"아, 그래, 들어본 적 있지. 그래, 거기서 그 곡이 만들어졌다고?"

마제스틱 호텔에 머물던 대장은 가끔씩 비크의 거들먹거리는 태도에 불만을 품었다. 비크는 사업 파트너들에게 압박을 주려면 우선 추방과 관련된 업무를 빨리 처리해야 한다고 말했지만, 나중에는 상부의 특별 명령을 받았으며, 나치친위대를 위해서는 경제 관련 업무를 되도록 빨리 처리해야 한다고 둘러댔다. 그러고는 사람들을 급히 수용소에서 빼내려고 하는 것이다.

어쨌거나 비크 여단장은 자보의 레스토랑을 찾았다. 당시에는 이미 웨이터 주시가 주인이었으며, 자보는 전략상으로만 중요한, 가난한 유대인일 뿐이었다. 만약 비크가 레스토랑의 외관만 보았더라면 즉시 이곳으로 오자는 결정을 내리지 못했을 것이다.

하지만 슈바르츠 같은 사람들의 취향은 믿고 따르기에 나쁘지 않다. 그 노래는 여전히 유명했고, 레스토랑의 옛 주인 자보가 테이블에 내놓는 미트롤 역시 좋은 요리였다. 전반적으로 볼 때 그곳은 상당히 안락한 레스토랑이었다.

바쁜 하루 일과를 끝나고 나면 그곳에서 편히 쉴 수 있었다. 비크는 대장을 그곳으로 모시고 오고 싶은 마음이 가득했지만, 대장은 저녁이면 대체로 잔뜩 취해 있었다. 가끔은 인사불성 상태가 되기도 했다. 와인에 취하지 않을 때면 대장은 남작의 정열적인 딸, 이네이에게 취해 있었다.

'제거 작업'은 너무 힘들었기 때문에 대장은 술에 취하면 불쾌한 기분에 휩싸였다. 그래서 헝가리 전투 동지들에게 모든 유대계 헝가리인을 '파프리카 소스를 곁들인 다진 고기'로 만들어 버리겠다고 소리를 질렀는데 '파프리카 소스'라는 말은 매우 모욕적인 발언이었다(헝가리의 대표적인 요리인 굴라쉬는 파프리카스paprikás 라고 불린다).

대장은 광기에 사로잡힌 상태였다. 경제관념이라는 것이 있는 사람이라면 자기 돈을 잘 쓰지 않는 법이다. 그러나 대장은 여자 친구에게 공금으로 사준 농장으로 곤욕을 치렀고, 사건이 일단락되자 결국 사비를 털어 값을 치러야 했다.

반면 비크 여단장은 경제 전문가다웠다. 그것은 그 자체로 절대적인 계급이라 할 수 있다. 비크는 자보 같은 사람 또는 특별 허가를 받은 유대인 따위는 되고 싶지 않았다. 비크는 저 가난하고 병든 유대인보다 부유하고 건강한 아리아인이 얼마나 우월한지에 안심하는 편이었다.

비크는 대장에게 전화를 걸어 왜 유대인 자보가 아직까지 이렇게 좋은 레스토랑을 운영할 수 있는지 그의 참모진에게 알아봐 달라고 부탁하는 것을 의무로 여길 정도였다. 의무감은 도덕적으로 볼 때 양심보다 우선한다. 양심은 단지 세뇌된 기억력에 지나

지 않는다. 그러나 의무감은 내적 동기로 작용하는 동시에 정의
롭기도 하다. 반면 양심은 그렇지 않다.

비크에게는 전쟁에서 승리하는 것보다 전쟁 후 시대를 대비하
는 것이 더 중요한 문제였다.

이제 모든 사업은 독일의 미래인 전쟁 후를 대비해야 했다.

슈트라스부르크(스트라스부르). 아름다운 도시, 유서 깊은 대학,
괴테, 오래된 독일의 폐허……

비크 여단장이 슈바르츠 가문을 완전히 추방하고 계약에 따라
그들에게 일정 액수의 돈을 건넨 방식은 매우 교묘했다. 비크는
그들에게 계약서에서 합의한 60만 달러 대신 12만 달러만 주었
다. 슈바르츠도 아마 예감한 일일 것이다. 비크는 "현재로서는
더 이상의 돈을 줄 수가 없습니다."라고 잘라 말했다. 비크는 여
전히 사업가로서 정직하고 신뢰할 만한 사람으로 여겨진다.

그 후 비크는 프라하 출신의 슈네프케 여단장과 함께 슈트라스
부르크를 여행했다. 그들에게는 회의, 은행, 산업, 무역, 정당, 나
치친위대, 경제학자, 권위만이 존재했다. 그들은 모아놓은 생산
자금을 분배하고, 임박한 것으로 보이는 전쟁 후를 대비한 여러
계획을 짜기 시작했다. 즉 전쟁 후 자금을 즉시 흘려줘야 하는 회
사들의 목록을 작성했다. 스위스 240개, 프랑스 750개, 포르투갈

58개, 스페인 112개, 터키 35개, 아르헨티나 98개, 중부아메리카 46개······.

회사마다 집중 관리해야 할 생산자원은 이미 약정되어 있었다. 금, 은, 골동품, 양탄자, 진주, 금시계, 보석 그리고 외무부에서 관리하는 이탈리아 중앙은행, 네덜란드와 벨기에의 국립은행에서 관리하는 적립금 등 소위 니벨룽겐(고대 독일의 전설적인 왕족 니벨룽을 시조로 하는 초자연적인 난쟁이족)의 보물이 그것들이다. 우선적으로 독일 대사관에 대한 출자금을 상환하기로 결정되었다. 금 500만 마르크를 마드리드로, 금 300만 마르크를 앙카라로, 금 200만 마르크를 스톡홀름으로 송금하고, 추후에 이라크와 시리아에 투자하기 위해 총 1,600만 마르크의 금을 출자했다. 3,000만 마르크의 금은 자국에 은닉하기로 했는데 어느 개인 소유의 묘지에다 숨겼다. '청산 작업'이란 자금이나 자원을 운송하는 일이다. 가령 잘츠부르크 인근 지역인 푸쉴에서는 믿을 만한 사람이 즉시 매장한 후 가짜 서류를 만든다. 관 속에 죽은 사람 대신 귀중품을 넣어 두는 것이다. 믿을 만한 사람들은 대개 소수다. 또 다른 거점은 프리드리히하펜 근처의 리베나우, 이스뉘, 퓌센, 플뢴, 슐레스비히홀슈타인, 그리고 하일리겐슈테텐 등이었다. 도처에 깔린 개인 회사와 그 지점들은 개인 묘지의 비석에 이름과 출생지, 사망일자, 독일을 위해 전사했다는 표시를 새겨 넣고 관에 귀중품을 채웠다. 300~400개의 개인 소유 묘지들은 독일제국의 서쪽 공동묘지에 – 주의: 튀링겐과 하르츠에서 온 상자들은 반드시 서쪽에 도착해야만 한다 – 분배해서 관리하는 것이 낫겠다고 판단했다. 귀중품의 관리를 맡는 지역 은행가들은 중앙관청이 감시하고, 자원의 할당 작업은 서민경제에 중점을 두고 실시되었다.

슈트라스부르크는 미래를 위한 장기 투자의 상징이었다. 즉각 모든 것들이 빠르게 실시되는 곳이었다. 전철기轉轍機를 깔고 그 위로 미래라는 상자를 굴리면 되는 일이었다. 버스와 육군의 화물차를 조달하면 나치친위대의 경제분과 직원들은 안전한 수송을 맡았다.

자, 헝가리에서 아직 더 우려먹을 것이 있을까?

"자보!"

"네, 여단장님."

"이쪽으로 와 보라고. 아니, 여기 식탁에 앉아 봐! 뭐, 안 된다고? 내가 앉으라고 하면 당신은 그냥 앉는 거야, 알겠나?"

"네, 알겠습니다, 여단장님. 분부대로 하지요."

"자보, 들어봐. 잘 들으라고. 요즘 시대가 좋지 않다는 건 알고 있겠지."

"알고 있습니다, 여단장님. 대부분의 시대는 좋지 않은 법이지요."

"그래, 그럼 귀담아 들으라고. 내가 합법적으로 당신네 동족 몇몇을 구출해 낼 방법을 생각해 냈어. 무슨 말인지 이해하겠지? 구출해 낸다 말이야. 스위스나 뭐 그런 쪽으로."

"어떤 나라 사람을 말씀하시는 건가요? 헝가리인 말씀이세요?"

"유대인 말이야, 알겠어? 유대인을 말하는 거라고. 마늘을 처먹는 인간들, 탈무드 뭐 그런 거. 무슨 말인지 이해하겠지?"

"네, 여단장님, 무슨 말씀인지 이해합니다. 게토 출신의 정통파 유대인 같은 사람들 말씀이시죠."

"정통파든 아니든, 그건 내가 알 바 아니고. 그러나 그게 돈이 좀 든단 말이지. 아니면 죽음이야. 충분한 귀금속이 준비되어야 해. 보석, 은, 금 같은 것들. 없으면 화폐도 괜찮아. 프랑켄이나 달러라면 말이지. 파운드는 안 되고, 펜거(헝가리 화폐)나 제국 마르크는 물어볼 필요도 없이 안 돼. 프랑켄이나 달러만 현금으로. 그러면 내가 사람들을 빼낼 수 있어. 내가 지금 당신에게 말하는 건 일급 기밀이야. 대장이 헝가리 유대인들을 태워 굴뚝으로 내보내기로 결정했다는 걸 알려줘야겠네. 무슨 말인지 알겠지?"

"네, 여단장님. 하지만 무슨 말을 들었다고 해서 사람들의 말을 모두 믿어서는 안 되지요. 시대가 나쁘면 소문도 덩달아 지독해지기 마련이고, 결국에 사람들은 점쟁이의 말만 믿고서 카드점이나 별점을 보고 수정 구슬을 들여다보지요. 그러고는 언제쯤 귀인이 나타난다거나 어떤 방향이 길하다고 생각하죠."

"자보, 그렇게 실없는 말 하지 말게. 당신의 사투리가 신경 거슬려. 그리고 내 신경은 쇠약하다고. 기억해."

"죄송합니다, 여단장님. 분부대로 하겠습니다!"

"'네'라고만 말하게. 그거면 충분해."

"알겠습니다, 네, 여단장님."

"그러니까 당신이라고 예외가 아니란 말이야. 당신들 인종은 '나는 예외야' 하고 우쭐하는 게 특기란 말이지. 그렇지 않나, 자보? 인정해, 자보!"

"여단장님이 원하신다면 인정하지요. 하지만 전 그런 생각을 한 적이 한 번도 없습니다."

"당신네 인종은 개선이 안 된단 말이야, 자보. 고칠 수가 없어. 그러니까 말살이 필수불가결할 수밖에. 그건 당신들 책임이야."

"실례합니다, 여단장님. 말살이라뇨? 굴뚝으로 내보낸다는 걸 말씀하시는 겁니까? 멋진 말이군요. 비유적이에요. 입체적으로 상상할 수 있겠어요. 아래쪽에 한 명을 밀어 넣으면 위에서 연기가 되어 가볍게 떠오르는 거죠. 날개를 달고서요."

비크는 화가 나서 소리를 버럭 질렀다.

"날 바보 취급하는 건가, 자보! 날개를 달고 굴뚝에서 나오는 천사라도 되는 거야? 이봐, 우리가 있는 곳은 바로 지옥이야!"

그는 하얀 냅킨을 구겨서 탁자 위에 집어 던지고는 레드 와인을 단숨에 삼켜 버렸다.

그때야 비로소 자보는 말할 기회를 얻었다. 자보는 진심을 담아 말했다.

"여단장님은 제 손님이십니다, 단골손님이시지요. 저는 손님에게 무례해서는 안 됩니다. 여단장님께서 방금 말씀하신 바보 취급이라는 건 무례한 짓보다 더 나쁜 겁니다. 손님에게 악담을 한다거나 무례하게 굴거나 바보 취급을 하느니 차라리 레스토랑 문을 닫고 말겠습니다.

"알겠네, 자보. 잔을 다시 가득 채워 주게. 우리가 어디까지 말했지? 맞아, 당신의 불이익에 대해서 이야기했지. 그런 일이 있어선 안 돼."

"…… 여단장님께서 그렇게 말씀하신다면 그렇겠지요."

"그러니까 자보, 요점을 말하자면. 당신이 나를 필요로 하는 사람들을 찾아 주는 거야. 그렇지만 충분한 보석과 귀중품을 가지고 있어야 해. 그러면 내가 그 사람들을 합법적으로 빼주겠네. 자보라는 이름을 대장의 목록에 올려 주지. 그러면 내 동의 없이는 수송될 수 없네. 단 전제조건은, 탈출을 원하거나 그럴 능력이 충분한 사람들을 내게 보내 주는 거야. 이해했나, 자보? 한 가지 더 말해 주지. 대장은 확실한 규정을 가지고 있어. 유대인 1,000명 당 5톤 화물트럭의 보상품을 채워야 하지. 그걸 기초로 계산해 보면, 1인당 최소 1,000달러에 해당하는 보석, 외화, 귀중품 같은 걸 주어야 하네. 그렇지만 유대인협회가 개입해서는 안 돼. 왜냐하면 그건 이미 대장이 담당하고 있거든. 말하자면 우리는 대장을 비껴가야 한단 말이지. 내가 국제적인 대규모 사업에 대한 전권을 맡고 있거든."

"이해합니다, 여단장님. 그건 여단장님이 담당하셔야지요. 제가 안드리스 거리로 사람들을 보내겠습니다."

"그래, 그렇게 하도록 하게, 자보. 안드리스 거리로 저녁 6시에. 그전에는 절대 안 돼! 그리고 한 사람씩 와야 하네. 많아도 한 번에 세 명까지만 나타나야 해."

"여기저기에 한번 알아보겠습니다, 여단장님."

"믿어 보겠네, 자보. 당신을 한번 믿어 보겠다고. 내가 슈바르츠 일가 전체를 빼줬단 말이야, 모조리. 단지 다섯 명만 인질로 잡아 놓았네. 다른 사람들의 입을 막기 위해서 말이지. 모든 일이 잘 되면 당신 이름이 올라갈 대장의 특별목록에 그들 이름도 추가할 수 있어. 난 내가 무슨 말을 하는지 정확히 알고 있네. 내가 무슨 말을 하는지도 모른다고 생각하지 말게. 난 러시아에서 1942년 초에 충분히 보았네. 그건 내가 확실히 말해 줄 수 있지.

그때 제국 보안국 관청이 이동 가스실을 우리에게 보냈어. 내가 그 교통기관을 담당한 대장이었지. 사람들이 있는 밀폐된 작은 공간에 가스관을 넣어 연결시키는 거야. 30분쯤 걸어가 보면, 배기가스에 질식해서 죽은 사람들이 구덩이에 널브러져 있었지. 난 끔찍한 것들을 충분히 많이 보았다네. 내가 거길 책임지고 있었으니까 그들의 생사여탈권을 쥐고 있었던 셈이지."

모두 가고 난 저녁, 주시가 말했다.

"여단장이 제대로 활동하고 있네요. 수류탄이 아니라 냅킨을 던지니 차라리 다행이죠. 재미있는 게 뭐냐면요, 자보 씨. 여단장이 아리아인답게 행동하니까 손님 중에 누구도 그를 쳐다보지 않았다는 거예요. 그들은 그럴 거라고 예상하고 있었나 봐요. 재밌지 않아요?"

"그래, 정말이야, 주시. 그렇지만 아까 여단장이 힘에 넘쳐 매너에 어긋난 행동을 했을 때, 내게는 어떤 의문이 명료해졌다네. 내가 이제야 그 노래에 담긴 메시지를 이해하게 된 것 같아. 나는 오랫동안 골똘히 생각해 왔다네. 에스코피에 씨가 부야베스를 통해 말하고자 했던 것은 이해했지만, 우리 피아니스트가 작곡한 노래의 메시지는 과연 무엇일까? 항상 궁금했거든. 이제 그걸 이해할 수 있을 것 같아. 이보게, 주시, 그 노래는 인류가 도덕과 관습 그리고 예절에서 가장 저급한 상태에 이르렀다고 알려 주는 거야. 그런 저급한 상태에서 살아남으려고 발버둥 치느니 그전에 이별을 고하는 것이 차라리 더 낫다는 걸 말해 주는 거라고. 감방 변기통의 오물이 계속해서 머리 위로 쏟아져도 '그래 인생이 그런 거지, 뭐. 그래, 시대가 다르니까. 매일 변기통 오물을 머리부터 발끝까지 세 번씩 뒤집어쓰는 것보다 더 고약한 것도 많으니까 그냥 몸을 털면 돼. 모든 축복은 머리 위로 쏟아져 내리지. 냄새도 그렇게 심하게 나지는 않아. 매일 더러운 똥통을 세 번씩 뒤집어쓰면 냄새도 맡을 수 없어. 누구나 그런 냄새가 나니까. 이 모든 게 습관일 뿐이야'라고 말하는 대신에 말일세. 그러니까 주시, 자네가 지금은 잘 이해하지 못하더라도 괜찮아. 나도 그것을 이해하기까지 오랜 시간을 보냈지. 인간의 존엄성 없이는 살고자 하지 않는 사람들이 있네. 자신과 타인을 위한 존엄성 없이는 살 수 없단 말이지.

모두의 존엄성이 사라져 버리는 시대가 온다는 것을 예감한 그들은 그전에 세상을 떠나고 싶은 거야. 그들이 소중히 여기는 것, 바로 존엄성을 지키고 싶기 때문이지. 그것이 바로 그 노래가 던지는 메시지였어."

"당신을 이해할 수 있을 것 같아요, 자보 씨. 피아니스트의 곡은 여태까지 단지 예감만 했던 것을 사람들에게 말해 주고 있었군요. 현명한 사람이 다투지 않는 게 아니라 존엄한 사람이 다투지 않는 거예요."

비크 여단장이 1,603명의 헝가리 유대인에게 총 1,600만 달러의 돈을 받고 자유의 길을 열어 준 후, 자보는 어딘가로 수송되었다.

비크 여단장은 금과 보석을 넘겨받았고, 오랫동안 믿어 온 급사를 시켜 그의 사랑스러운 부인에게 전달하도록 했다. 그의 부인은 아름답고 순박한 주민들이 민족과 국가를 위하는 북독일 저지에 살고 있었다. 그곳에는 그녀 부모님의 작은 농가가 있었다.

비크 여단장의 부인은 먼 친척 세 명의 죽음을 매우 슬퍼했다. 공식 사망신고서와 함께 그들의 관이 어딘가에서 실려 왔고 소도시의 공동묘지에 매장되었다. 모두 공식적이어서 문제될 것은 없었다.

곧이어 소비에트 군대가 명목상 해방을 위해 헝가리의 수도로 접근해 왔다. 비크 여단장은 함께 근무하던 대장에게 전화를 걸어 레스토랑 주인인 자보가 보호대상자에 포함되어 있으니 특별대우에 속한다고 전달했고 대장도 즉시 그렇게 처리했다.

그 후 비크 여단장은 위험이 도사리고 있는 전후를 대비해야 한다는 생각에 안드리스 거리에 있는 자신의 거주지를 폐쇄했다.

그는 자신이 탈출을 중개해 줬던 사람들에게 뻐기곤 했다. 한 사람의 생명을 위해 1,000달러를 내는 것은 평균적이며 정당하고 합당한 거래라고 했다. 남은 생을 개월 수로 따져 보면 그렇다는 것이다.

27세의 헝가리 유대인이 출국을 위해 어림잡아 1,000달러를 지불하고 70세까지 살아남았다면, 43년 즉 516개월의 삶을 산 셈이다. 한 달에 불과 2달러도 안 되는 금액을 지불한 것이다. 한 달에 2달러라니 우유, 빵, 꿀, 살라미 같은 식료품 값도 안 되는 값이다. 게다가 그런 사람들은 때때로 마처(유대인들이 유월절에 먹는 이스트를 넣지 않은 빵)를 먹기도 하고 콘서트나 영화관에도 가지 않는가?

비크 여단장은 양심의 가책을 느낄 필요가 전혀 없었다. 그는 다수의 고객을(그는 그들을 고객으로 부르는 것을 좋아했다) 목숨을 걸고 자유의 몸이 되도록 도와줬다는 것에 자부심을 느꼈다. 그들은 일생 동안 자신에게 감사해야 한다고 생각했다. 그래서 그들에게 국제적인 법정에서 언제라도 맹세해 줄 수 있다는 사항에 서명하게 했다. 이 문서들 또한 그의 사랑스러운 부인이 사는 북독일 저지의 목가적인 마을로 보냈다.

자신의 교통비를 위해 다이아몬드 몇 캐럿과 진주 목걸이, 달러 뭉치가 가득 든 상자를 전달하던 한 여인이 눈물을 터뜨리자 그는 진심어린 위로를 해주었다. 그녀가 출국 후에 어떻게 새 인생을 시작해야 할지 주저하는 것 같았다. 그는 그녀에게 아량을 베풀어 1캐럿의 다이아몬드와 달러 한 뭉치를 돌려주었다. 정말 얇은 돈뭉치였다. 비크는 그 돈으로 새로운 곳에서 새 출발을 할 수 있을 거라고 격려했다. 그녀는 그의 양손에 입을 맞추고 그의 발아래 몸을 던지고는 광이 나게 닦은 장화의 목 부분에 꼭 매달렸다. 그는 승마 채찍으로 그녀의 등을 한 차례 내려치고 싶었지만 손에 채찍이 없었다.

"진정하고 일어나."

그녀는 장화의 목을 놓지 않고 닦은 가죽에 입을 맞추고 쓰다듬었다.

"당신이 내게 고마움을 증명하고 싶다면, 언젠가 내가 전범재판소에 서야 할 때 당신을 어떻게 구해 주었는지 증언하면 돼."

비크는 그 여인이 스위스로 갔다는 사실과 그녀의 이름을 기억해 두었다. 또한 부다페스트의 유대인협회장이 그녀의 삼촌이라는 것도 잊지 않았다. 비크는 그를 불러서, 지금까지 16,00명의 유대인을 구출해 낸 자신을 위해 도움이 되는 진술을 해줄 것인지 물었다. 유대인협회장은 어떤 경우라도 비크가 고귀한 용기를 내어 사람들을 구출해 줬는지 증명하겠다고 다짐했다.

안드리스 거리의 집들은 비워졌다. 그곳의 양탄자들은 모두 북

독일 저지로 옮겨갔고, 은촛대와 금, 보물도 마찬가지였다. 여단
장은 임무 완수를 만족해하며 그곳을 떠났다.

이제 조국의 서쪽에 자리 잡고 몇 달만 조용히 버티면 된다. 어
떤 지역을 미국 또는 영국이 정복하게 될지, 러시아는 어디까지
진격할지는 모두 공공연한 비밀이었다. 비크에게는 미국인들이
가장 중요했다. 그들은 돈과 상품을 갖춘 제대로 된 사업가들이
었다. 그러나 영국인들은 모호했다. 몇몇은 그에게 무의식적인
증오를 드러내기도 했다. 하지만 누가 그들을 나쁘다고 할 것인
가. 영국인들은 스포츠 정신으로 유명했고 패배자를 공정하게 다
루기로 정평이 나 있었다. 흑인이나 인도사람을 제외하면 그랬
다. 영국인들은 그들의 개에게는 언제나 친절했고 한없는 자비를
베풀었다. 게다가 그들은 유머 감각도 뛰어났다. 결국 그들 역시
게르만 인종이었다. 앵글로색슨도 결국 슐레스비히홀슈타인 지
역의 슐라이에 인접한 앙겔른에서 유래했다. 그들은 바다에 둘러
싸인 보수적인 족속이었다. 그들은 선량한 북방 게르만족으로 사
업 수완이 좋았다. 비크는 그들과 함께 유럽의 미래를 위한 사업
을 도모해야 했다.

결국 비크는 북독일의 항구도시에서 파산한 회사를 구입했다.
1948년 화폐개혁 이후였으므로 구매액도 괜찮았다. 그것은 북독
일 저지에 사는 친척의 이름으로 된 무덤 속의 돈의 일부에 지나

지 않았다.

비크는 동방무역에도 정통했다. 사람은 멀리 볼 줄 알아야 한다. 절대 근시안적이어서는 안 된다. 1934년에도 1944년을 보는 눈을 가져야 했다. 1944년에는 1954년을, 1935년에는 1945년을 볼 줄 알아야 했다. 삶은 다양하기 때문에 멀리 볼 줄 아는 자만이 살아남을 수 있다. 이것은 이미 다윈이 말한 바 있는 자연의 법칙이다. 누구도 그 법칙을 거스를 수는 없다.

미국인과 영국인을 심문할 때 뭔가 수상쩍어 보이긴 했지만 러시아인들은 아무것도 제시하지 못했다. 비크는 경제 전문가였다. 그에게는 관계식, 플러스와 마이너스, 경제적 필연성, 수요와 공급, 준법성, 사교성 그리고 생존의 법칙이 중요했다.

많은 고객들이 나서서 비크가 자기들을 구출해 줬다는 증언들은 매우 효과적이었다. 유대인협회장은 심문 때마다 동석할 일이 있었고 항상 비크에게 이로운 증언을 해줬다. 그런 심문에서는 때때로 머릿속이 하얘져서 무엇을 진술해야 할지 통 모를 때가 있다.

유대인협회장은 부다 구역과 페스트 구역의 훌륭한 정신을 간직한 사람이었다. 부다와 페스트 그리고 또 다른 수많은 곳의 나쁜 정신만 이어받은 자는 대장이었다. 그러나 그 잔인무도한 유대인 사냥꾼은 어느 날 자취를 감추었다.

"뭐 좋소, 대령. 이것을 조서에 기록해 주시오. 나는 늑대들과 함께 울부짖었다. 실제로 나는 늑대의 모습을 하고 있었다. 그러나 나는 피에 굶주린 다른 늑대들의 눈에 띄지 않는 변장을 하고 최소한의 희생자라도 구해 내기 위해 늑대의 모습을 했을 뿐이다. 다수의 늑대들에게 나를 드러내고 대항했어야 한다고 누구도 반박할 수 없을 것이다. 그러면 내 임무가 위태로워졌을 것이다.

여기, 물어보시오. 심문관, 내가 구출했던 사람들에게 말이오. 그들에게 물어보시오!

네, 슈바르츠 일가요, 뭐라고? 내가 그들에게 구매액의 일부만 지불했다고? 잘 들어보시오. 그 사람들은 당시 스위스로 가는 다리 위에서 10만 달러 이상을 지급받았소. 심문관, 10만 달러, 전쟁이 끝나갈 무렵에 말이오. 그런 그들을 굴뚝으로 날려 보내야겠소? 전 재산을 몰수당하고 피에 굶주린 대장에게 끌려가 가스실에서 숨져야 했냐고? 그들은 아직 살아 있고 10만 달러를 가질 수 있었다는 것에 내게 감사하고 있소. 위험을 부담한 건 나였으니까. 나는 그들의 목숨을 위해 내 목숨을 걸었소.

나는 나치친위대 기마부대의 소속이었소. 하지만 뉘른베르크의 전범 재판에서 나치친위대 기마부대는 범죄를 저지른 조직에 편입시켜서는 안 된다고 평결한 것을 참조하시오. 우리는 운동

선수였으며, 일이 끝난 후에 단지 승마를 하려 했던 사업가들이 었소. 우리는 너무 어렸고 개인 마장이나 마구간도 가지고 있지 않았기 때문에, 나치친위대 기마부대를 그저 스포츠클럽으로 이 용한 것뿐이오, 심문관.

유감스럽지만 난 당신의 계급을 모르오. 아, 대령, 만나서 반갑소. 나는 여단장이오. 나치친위대에서만 여단장이라 부르지. 이 해하겠지, 나치친위대의 기마부대, 그건 스포츠클럽이었다오. 나는 군복을 입은 장사꾼이었소, 알겠소? 내 사업을 하는 사업가 군인이자 상인이 된 기수였지. 승마클럽도 전쟁에 징발되도록 했소. 전쟁에서도 사고파는 장사꾼이 꼭 필요한 법이죠. 아, 대령, 이제야 이해하시는군."

5

"에리히 브뢰너트입니다. 저는 카를 아우구스트 슈네프케 회관의 진입로에 서 있습니다. 지금 이곳으로 대통령의 삼각기와 연방공화국의 삼각기를 단 연방대통령의 리무진이 오토바이 호위대의 에스코트를 받으며 서서히 들어오고 있습니다.

위병 군악대는 의전에 맞게 협주곡으로 편곡한 아이다의 '개선 행진곡'을 연주하고 있습니다. 대령이 연방대통령에게 경례를 하고, 대통령은 참석한 귀빈과 장성들에게 답례의 인사를 보냅니다.

영부인도 그 옆에 서 계십니다. 패션잡지 '텔레 시크'의 슈타인하우 편집장이 영부인께서 입으신 오늘의 의상에 대해 설명해 드리겠습니다."

"고마워요, 에리히. 이 의상은 록하임 퀴뛰르 스튜디오에서 제작된 것입니다. 디자이너 에겔리의 포르츠하임 작업실에서 만든 유리 레이스로 장식했고 소재는 태국산 비단입니다. 목까지 올라오는 원피스는 세련된 우아함을 강조했지요. 터키색과 퍼시픽블루 그리고 선샤인 옐로우 빛깔의 보석은 영부인의 취향을 따라 고른 것입니다. 중요한 국가 행사에서 단정하면서도 선명한 빛을 발합니다. 영부인께서는 '빛나게 등장해야만 한다'라는 말로 유명하시죠."

"고마워요. 연방대통령께서 슈네프케 회관의 계단을 올라가는 동안 수행원들이 군대식 인사를 하며 뒤따르고 있습니다. 아, 지금 연방대통령께서 회관에 들어서고 있다는 소식이 왔습니다. 이제 마이크를 넘겨야겠네요."

"고마워요, 에리히. 귀빈들이 모두 자리에서 일어나 갈채를 보내고 있습니다. 대통령께서는 인사를 하며 귀빈석을 향해 가고 계십니다. 빛나는 영부인이 그 뒤를 따르고 있습니다. 연방수상과 정부 관료들은 이미 귀빈석에 자리 잡고 있습니다.

이제 곧 연방공화국의 영예를 안게 될 그분이 도착하겠습니다. 연방대통령과 영부인께서 착석하셨습니다.

이 거대한 회관에 정적이 감돌고 있습니다. 위병대의 연주자들은 개회를 알리는 팡파르를 연주하고 있습니다.

드디어 식이 시작되었습니다. 저기 그분이 오고 있습니다. 겸손하면서도 꼿꼿한 모습입니다. 우리 조국이 다시 일어서고 민족의 영예를 되찾을 수 있도록 헌신해 온 자랑스러운 기업가의 모습입니다. 바로 한스 에버하르트 비크 박사입니다. 그는 미국의 대학에서 여덟 번이나 명예박사 학위를 받은 바 있으며, 하이델베르크, 마르부르크, 뮌스터 대학에서도 명예박사 학위를 수여했습니다. 또한 연방공화국에서 가장 큰 무역회사를 운영하고 있으며, 증권거래소의 의장인 동시에 연방무역협회의 대표이자 금융감사위원이기도 합니다.

비크 박사의 기업은 프랑스, 벨기에, 미국, 브라질, 아르헨티나, 스위스에 걸쳐 있으며 동유럽 국가들과의 무역과 극동무역에서도 독보적인 활동을 펼치고 있습니다. 영국, 남아프리카, 칠레, 이탈리아, 중동에도 회사를 경영하고 있는 그는 무엇보다 성실한 아버지이자 할아버지이기도 합니다. 그는 지금도 매일 아침 5시에 기상해서 자정까지 정력적으로 사업을 주관하고 있습니다……"

비크 여단장은 부다페스트 시간으로 자정 조금 전에 헝가리를 떠났다. 그전에 마제스틱 호텔에 묵고 있던 대장에게 들렀다. 마우트하우젠 수용소에 수감되어 있던 모이쉬 타지텔바움 박사의 석방 명령을 받아내기 위해서였다. 모이쉬 타지텔바움 박사의 친인척은 유대인협회에 가입되어 있었고 그는 슈바르츠와 한 패거리였다.

비크는 대장의 명령을 받아 박사를 마우트하우젠에서 빼내고 그에게 채비할 수 있는 여유를 주었다. 그 불쌍한 남자를 법을 어기면서까지 구출해 내느라 자기 목숨이 위태로운 뻔했다며 계속 주절거렸다.

"그러니까 그들이 나를 체포하면 난 곧장 궁지에 몰릴 거요, 친애하는 타지텔바움 박사. 이 야수들이 나를 꼼짝 못하게 바닥으로 끌어내릴 거란 말이요."

비크 여단장은 거듭 강조했다.

우려와는 달리 지옥에서 빠져나오게 된 타지텔바움 박사는 여단장의 말을 믿었다. 얼마 지나지 않아 비크 여단장이 미국인들에게 체포되었을 때 타지텔바움 박사는 그의 도움을 진술했고 증언은 당연히 유리하게 작용했다.

마우트하우젠의 끔찍한 모습이 아직도 눈앞에 생생한 가운데 비크와 동행했던 타지텔바움 박사는 미군 조사팀에게 비크 여단장이 자신을 구출해 주었다고 여러 차례 증언했다. 또한 비크는 자기 몸은 돌보지도 않고 그 일에 전념했을 뿐만 아니라 어떤 대가도 요구하지 않았다고 말했다.

"그 당시에 선하게 행동했던 사람은 오직 비크 씨뿐입니다."

체포된 비크는 지옥에서 빠져나올 수 있도록 도와준 사람들의 수많은 편지도 가지고 있었다. 모두 감동적인 진술을 포함하고 있어 제법 인상적이었다.

미국인들은 비크가 고객들을 넘겨주었던 스위스까지 조사했다. 스위스 쪽에서도 누구나 비크를 알았다. 스위스의 병영사령관이었던 붉은 턱수염의 남자도 비크를 알았다. 그는 비크의 고객들을 넘겨받을 때 앉아서 교섭하겠다며 두 개의 의자를 다리 위에 가져다 놓은 인물이다. 스위스 사람들은 우스꽝스러운 헬멧을 쓰는 것만 빼면 어딘가 모르게 독일인과 닮은 구석이 있다.

"이보시오. 그 대장은 유대인을 없애는 임무에 완전히 미쳐 있었소. 마지막으로 만났을 때 그는 내게 말했소. 수백만 유대인을 절멸시켰으니 이제 웃으면서 무덤에 들어가게 될 거라고. 진짜 그렇게 말했소. 그는 분명 자살했을 거요. 게다가 그는 거짓말에 능했소. 진지한 얼굴로 거짓말을 지어냈지. 사람들은 한참 지나서야 그가 거짓말을 했다는 걸 알아챘으니까. 그는 그런 인간이었단 말이오.

그는 분명 스스로 무덤에 들어갔을 거요. 그가 저지른 일들이란! 그래요, 조서에 서명을 하겠소, 물론이요. 그러니까 대위, 그 독일 군인은 모든 곳에서 용감하게 싸웠소. 모든 전선에서 공산주의 패거리에 맞서서 용감하게 말이오. 대위, 당신은 모르실 거요. 말과 채찍을 가지고 그들이 우리를 제압하던 순간을. 내 말을 믿으시오. 나는 장군이었으니까. 우리는 그들에게 승리한 적이 있어요. 그들이 우리 앞에 무릎을 꿇었소. 우리는 코카서스 지방도 손에 넣었지. 나폴레옹도 그렇게 멀리까지는 밀고 나가지 못했소. 아, 그는 모스크바를 점령했지. 우린 그러지 못했소만. 우리 동지들이 망원경으로 그곳을 보기는 했소. 똑똑히 말이오.

아, 이해하시오. 당신네 용감한 미군들도 언젠가는 동구 패거리에 대항해야 할 테니까 내가 이런 얘기를 미리 하는 것뿐이오. 동쪽에서 우리를 좀 더 자유롭게 놓아두었더라면 좋았을 텐데……. 그래요, 나도 인정해요, 이 유대인 문제. 매우 불쾌하지. 그렇지만 독일에서는 소수의 사람만이 알고 있었소.

나 말이오? 그래요, 난 그것에 대해서는 피상적으로만 알고 있었소. 전체에 대해서는 전혀 몰랐다오. 그런 건 상상할 수가 없지. 그거야말로 묵시록에나 나올 법한 이야기니까. 그런 건 미친 사람들만이 생각해 낼 수 있소. 그들 모두 정신병에 걸렸던 것이 틀림없소. 그러니까 내 말을 믿어도 좋소, 대위. 독일 군인은 매우 예의가 바르다오. 무슨 일이 일어났는지 최전선에서 알았더라면 모든 것이 달라졌을 거요. 그놈의 히틀러에게 전적인 책임이 있소, 그 보헤미아의 병장!(히틀러의 출생지, 북 오스트리아는 체코의 서부 지역인 보헤미아에 인접해 있음) 한 젊은 병장이 전쟁의 전 체제를 지휘하는 일을 감행했소. 그는 대학 공부도 못했소. 전쟁에 대해 최소한이라도 공부했더라면 나았을 텐데, 그 페인트공의 자식. 그래요, 대위, 질문하세요. 방금 질문하지 않았나요? 그래요, 왜 모든 민중이 뜨거운 눈물을 흘리며 '히틀러 만세'라고 외쳐 댔느냐? 그건 대답하기 어려운 문제요. 인간 속에 있던 악마적인 것이 뿜어져 나온 것이죠. 여자들은 그에게 환호했소, 그래. 여자들이요, 죄다 여자들이었다오. 여자들이 그를 뽑았소.

독일인 중 누군가는 반드시 책임을 져야지. 그래서 나는 여자들에게 책임이 있다고 생각하오. 아, 당신은 그렇게 생각하지 않소? 자, 내가 이런 말을 해도 된다면 말이오. 당신은 미국인이잖소. 당신은 유럽에 대해 잘 알지 못하오. 아, 당신 가족이 베를린 출신이라고요? 그럼 우리는 거의 한 민족이지 않소. 나도 베를린 출신이오. 오, 유감이오. 조부모님과 모든 친척들이 아우슈비츠에서 죽었다고요? 나야 그저 경제 문제를 담당했소. 나는 내 힘껏 유대인을 도왔소.

아, 괴링도 유대인에게 그런 제안을 했다고요? 아, 칼텐브루너도, 리벨트롭도, 그 외무부 장관 말이오? 그러면 그들 모두가 유대인을 도왔단 말이오? 보증서, 알겠소. 그들도 유대인을 도왔다는 보증서를 가지고 있었군요. 그런 걸 유대인 알리바이라고 하지요. 아하, 재미있군. 그렇지만 그들을 나와 비교할 수는 없소. 나야 경제 문제만 맡고 있었소. 순전히 경제적인 문제들 말이오. 당신네들은 그걸 전쟁 이코노미라고 하지 않소?

내 경우는 정말로 달랐소. 당신은 그저 내게 도움을 받은 유대인들이 쓴 수많은 편지들을 읽어 보기만 하면 되오. 나는 목숨을 걸고 타지텔바움 박사를 구출했고, 그건 그도 직접 확인해 주었소. 나는 2,000명에 가까운 유대인을 부다페스트에서 구출해 냈소. 그 대장은 그들 모두를 '특별 처리'하려고 했지. 그래요, 스페셜 트리트먼트 말이오. 유대인들이 얼마나 돈을 내야 했냐고요? 전혀, 아니 거의 낸 게 없소. 나는 그들이 출국 허가를 받을 수 있도록 여기저기의 사람들을 매수해야만 했소. 그건 굉장히 어려운, 그러니까 관료적인 절차였지. 거기에 그 여자도 있었소. 나에게 고마움의 표시로 보석과 달러뭉치를 주려던 여자 말이오. 나는 그것을 돌려주었소. 새로운 삶을 사는 데 그 돈이 필요할 거라고 말이오. 그녀는 스위스로 가면서 내게 감사했다오. 이름이 뭐였지? 그래, 그 여자 말이오. 아, 그녀가 직접 연락을 해서 그것을 확인해 줬소. 보시오, 예의 바른 유대인들도 있지 않소.

몇 사람들을 얼마 동안 속일 수 있을지는 몰라도 모든 사람을 계속해서 속일 수는 없다는 격언이 있지요. 계속해서라니……. 내가 하고 싶은 말은 그 악몽 같은 사건은 이제 지나갔다는 것이오. 몇 사람을 얼마 동안 속인 건 우리요. 자, 승리자로서 당신네들은 다르겠지요. 바이 빅티스^{Vae victis}('가엾은 패자여'라는 뜻의 라틴어)

그래, 라틴어를 할 줄 아시오? 오, 당신은 인문학 교육을 잘 받았군요. 내 말이 무슨 뜻인지 알겠지요, 대위. 교육을 받은 사람들은 서로를 알아보게 마련이죠. 같은 언어를 구사하니까.

당신은 아니라고요? 어떻게 그럴 수가 있소? 그래, 내가 무슨 말을 하겠소. 그러니까 내 생각으로는 독일 전체의 불행은 히틀러의 책임이오. 괴링과 괴벨스는 순수 아리안이었는지 아닌지조차 모른다오. 그리고 힘믈러, 보어만, 대장, 하이드리히, 칼텐브루너. 이들이 한 민족 전체를 불행으로 몰아넣었소.

네, 뭐라고요? 그들은 모두 죽었다고? 당연히 그들은 죽었소. 그것이 더 나쁘오. 악한에 미친 정신병자들이라고 내가 말하지 않았소. 완전히 돌았지. 그들이 그랬다오. 재판정에서 확인하지 않았소.

왜 죽은 사람만 책임자로 생각하냐고요? 그게 사실이니까 그렇소. 사실이 그렇다오.

회스? 뭐라고요, 회스? 그래요, 그자를 잘 알지. 그도 한때 부다페스트에 있었고 그자도 책임이 있소. 당연하지, 그가 아우슈비츠의 사령관이었소. 그자도 책임이 있고말고. 거기서 그는 게

으름을 피울 수가 없었소. 그래, 그도 지금은 다시 폴란드로 넘겨졌소. 회스, 그 대장처럼 잔인하기 짝이 없는 놈이었다오.

아, 그는 단지 순종적이고 우직한 독일 관료였을 뿐이라고요? 명령에 복종했을 뿐이라고요? 이보시오, 당신이 직접 회스를 심문했지 않소. 그가 우직한 인간이었다고? 회스는 오히려 나 같은 사람이었다고? 당신은 대체 왜 날 비난하는 거요? 당신이 날 질책할 확실한 이유라도 있소? 내가 유대인 학살자였소? 내가 유대인에게 일어난 일에 어떤 식으로든 책임을 져야 한다는 거요?

그래, 그걸 지금 알아내려는 것이지요.

자, 난 준비되어 있소. 그렇지만 당신은 잘못 짚은 거요. 나는 깨끗한 양심을 가지고 있고 결백하오. 나한테는 숨길 것이 아무것도 없소.

뭐, 올렌도르프? 그래요, 당연히 올렌도르프를 알지요. 안전분과 D, 남러시아. 그래, 그곳에 내가 임시로 파견된 적이 있소. 그렇지만 나는 기술 문제를 담당했을 뿐이오. 화물차나 뭐 그런 것들을 담당하는 수송 장교였단 말이오. 그래요, 나는 임시로 수송 차량과 기술 문제를 담당했고 수송 차량에 대한 보고서를 썼지요. 그것들을 투입할 때 단계적으로 어떤 결함이 일어날 수 있는지에 대해서 말이오. 그래요, 안전분과 D, 올렌도르프.

그래요, 다시 부다페스트로 갑시다. 아니, 대장과 관련된 일들은 나와는 전혀 관계가 없소. 오히려 우리는 라이벌이었지요. 나는 경제 문제에만 집중했고 그는 말살을 담당했소. 거기서 우리는 서로의 영역을 침해할 수 없었소. 그 남자는 경제 문제는 전혀 몰랐고 고집스럽게 그에게 제시된 길만을 걸어갔소. 게다가 입만 열면 거짓말을 하는 아주 작은 난쟁이였소. 아주 작았지. 하이드리히의 후임이었소.

그래요, 그렇지만 대위, 모두가 그랬다오. 국외에 있던 사람들을 이해하기란 어려울 거요.

슈트라스부르크 말이오? 그래요, 슈트라스부르크도 잘 알고 있어요. 아름답고 오래된 도시죠. 괴테도 젊은 시절에 그곳에 머무른 적이 있었고. 1944년 8월 슈트라스부르크에서 있었던 권위 있는 경제인들의 모임이요? 미안하오만 잘 모르겠소. 그것에 대해서는 아는 바가 없소, 아니, 전혀요.

고맙소. 조서에 서명하겠소.

우리는 이미 엄청나게 힘든 시절을 겪었다오."

"대통령이 영광스럽게도 날 위해 슈네프케 회관에서 86명이 자리하는 작은 규모의 연회를 열어 준다는군.

조명이 너무 밝아 눈이 부시긴 하지만 그래도 역사학자 만골트가 쓰고 빈 국립극장의 배우가 읽고 있는 이 연설은 멋지고 독특해.

그때는 내 생애 가장 최고의 나날이었지. 내 삶에는 멋진 날들이 많았어.

구금에서 풀려났을 때도 그렇고.

여기서 방금 받은 훈장의 다이아몬드는 진짜라고 의장청 공무원이 내게 말해 줬지. 4.5캐럿이야. 월계수 잎은 백금이지. 이런 것을 봐도 국가가 얼마나 견고하고 제대로 되었는지를 알아볼 수 있어. 성공적이고 명망 있는 국가, 그런 국가에는 도금 따위는 필요 없어. 그런 건 텔레비전에나 나오는 거야. 그럴싸해 보이는 것 말이지. 예전에는 크롬을 입힌 싸구려 보석 파편으로 십자훈장의 떡갈나무 잎을 만들었지. 그때는 보석상에 가서 이걸 얼마나 쳐 주겠냐고 물어볼 수도 없었어.

그렇지만 이 훈장은 언제든지 보석상에 가서 말할 수 있지. 이건 할아버지에게 물려받은 건데요. 저는 이제 더 이상 필요 없답니다. 그러면 그가 먼저 가격을 제시할걸. 그걸로 롤스로이스 한 대를 살 수도 있겠지만 여의치 않아도 벤틀리 한 대 정도는 살 수 있지. 롤스로이스의 아류 말이야. 그렇지만 그런 건 브리스톨에 있는 공장 이사들에게는 말해선 안 돼, 절대로(영국 브리스톨에 벤틀리 자동차의 본사가 있음). 그건 엄청난 모욕이거든. 그곳에서는 모든 부품을 수작업으로 만들지.

롤스로이스는 정말 환상적인 자동차야. 옛날 우리의 마이바흐나 미국의 뒤센버그 정도의 수준이거든.

다른 수용소로 이감되면서 베를린에서 일을 함께 했던 나치친위대 동료들을 다시 만난 적이 있지. 그 강직하고 뛰어난 외교관 말이지, 그는 독일 남자들이 먼 전장에서 독일을 위해 싸울 때, 자기도 고향의 나무 밑에 입만 벌리고 앉아 있지는 않겠다고 했지.

패전 후 우리가 수용소에서 다시 만났을 때 그가 나에게 말했어.

"이미 알고 있소, 친애하는 비크. 동쪽의 수용소에서 나치친위대의 방식으로 깨끗하게 사람들을 처리한 것 말이오."

내가 말했지.

"각하, 저 역시 당시 상황의 희생양이었다는 것을 인정하시지요. 그곳에서 일어난 일을 이제 더 이상 시인할 수 없습니다. 그때 우리는 큰 책임을 수행했을 뿐이니까요."

"그래, 큰 책임. 우리 모두가 오랫동안 책임을 져야 할 걸세."

"혹시 그 때문에 질책당하고 있습니까?"

"아니, 결코 아닐세. 사람들은 내 수하의 외교관들이 그단스크에 대한 폴란드 관료들과의 협상에서 실패한 것과 나치 군대의 전진 명령 전에 다른 협상을 지시한 것에 대해 질책했다네. 내가 전쟁을 준비했다고 비난했지. 무서운 일이야. 나는 단지 심각한 실수를 막으려 했을 뿐이네. 가능한 한 혹독하게 협상하고 어떤 경우에도 합의에 도달하지 않도록 지시를 내린 것은, 체코와 폴란드가 제안을 거절하게 해서 우리가 점령할 이유를 얻어 내기 위함이었어. 결과적으로 그 자체로는 옳았지. 당연히 내 내면의 의사에는 반대되는 것이었지만. 내 내면의 입장으로는 나는 결코 성공을 거둔 적이 없다네."

"그는 계속 항변했어. 용감한 남자였지만 5년형을 선고받았어. 전쟁을 준비했다는 이유로 전범戰犯이 되었지. 그때 그의 아들이 변호했지. 현재까지 그 아들은 높이 평가되고 있어. 그 아들도 내면으로는 우리 중의 한 명이었지. 그 아버지처럼 말이야.

그래, 그래. 다시 생각해 보니 오늘 저녁 이곳 회관에서 나는 우리가 승리했다는 확신을 얻었네. 그러나 그건 너무 힘겨운 승리였지.

슈네프케, 그도 당시 수용소에 앉아 있었지. 나중에 그 악마 같은 살해 계획의 희생양이 되었지만 말이야. 그렇지만 그의 이름이 이 회관을 화려하게 수놓고 있어. 나는 당연히 슈네프케의 미망인과 그의 장성한 아들들을 이 축제에 초대하도록 지시했지. 우리는 결국 전쟁동지였으니까. 당연히 초대를 지시했다고 의장청에서 말했어.

슈트라스부르크가 없었다면. 그래, 슈트라스부르크 회합 말이야. 그곳에서 우리의 미래를 위한 모든 것이 결정됐어. 지금 여기 현재를 위해서 말이야. 그건 현명한 모임이었어. 이성적인 경제인, 은행가, 기업인들로 구성되었지. 그리고 우리는 잠자코 있었어. 그래, 그렇게 해야만 우리는 전쟁이 끝난 후 짧은 시간 안에 우리에게 적대적이었던 국가들을 설득할 수 있었으니까.

미국인들은 그들의 유대인적 경제에도 불구하고 최대한 짧은 시간 안에 돈벌이를 할 이성을 되찾았지. 무역이 변화를 창조한 거야. 슈트라스부르크에서 적시에 투자할 것을 결정해 엄청난 도움을 주었어.

우리는 모두 일치단결했지. 전체 행정을 바로하고, 관료들은 다시 주권을 가졌고, 법정, 우체국, 철도 그리고 도시와 시골의 시장들, 경찰, 군대…… 단결 그리고 법 그리고 자유.

나는 명예 표창을 받았어. 나는 이 회관에서 전 세계로 퍼져 나가는 장엄한 교훈을 들었지. '과거에 눈을 감는 사람은 현재에도 눈이 멀었다.'라고.

대통령이 손을 내밀고 나는 고개를 숙였어.

박수갈채, 필하모니, 하모니의 진정한 왕, 고귀한 남작 폰 카라벤 넴시. 그도 우리 정당 소속이야. 내외적으로 우리에게 속하지 않는 사람은 이 나라에서 대통령 선서를 이행하기 위해 국민 앞에 설 수가 없지."

조국의 국가가 울려 퍼진다.

"방송까지 20초 남았습니다. 곧 카메라에 빨간 불이 들어올 겁니다."

"그렇군."

"카를 하이츠 제발덴입니다. 이곳에는 오늘 표창을 받으신 한스 에버하르트 비크 박사가 나와 계십니다. 비크 박사님, 축하드립니다."

"네, 감사합니다. 정말 감동적이네요. 슈네프케가 이 자리에 있을 수 있었으면 하는 생각이 듭니다. 존경받는 제 친구 슈네프케의 이름을 딴 회관에서 열린 이 축제는 정말 뜻 깊은 순간이군요. 가슴이 벅찹니다."

"자, 박사님께서 우리나라를 위해 애쓰신 일들이 조금이나마 이 자리에서 인정받은 셈입니다. 그건 박사님의 공적에 대한 감사의 표시라고 말할 수 있겠습니다."

"저는 그저 평화와 인류, 이 세상 모든 민족의 합의에 도움이 되는 일을 해왔을 뿐입니다. 전쟁의 폐허에서 다시 발견할 수 있었던 것은 우리에게 남은 정직하고 진실한 노동이었습니다. 우리는 완전한 무에서 새롭고 더 나은 세계를 세우는 것 외에는 다른 일을 하지 않았습니다. 더 새롭고 강한 국가 말입니다. 제게 이렇게 큰 영광이 주어진 오늘, 감사의 뜻을 표시하고 싶습니다. 저는 이 명예 표창을 모든 국민을 대신해 받겠습니다. 우리 세대 사람들의 손자손녀들을 대신해서요."

"감사합니다. 비크 박사님, 저희도 진심으로 축하를 드립니다."

"우리의 법조인과 법률학자들을 잊어서는 안 될 것입니다. 그들이 재건을 위해 어떻게 헌신했는지 말입니다. 당연히 우리는 충분한 대가를 지불했지요. 유명한 국제법 전문가가 지금 막 생각이 나는군요. 그는 극단화한 주관적 범인 이론을 제시했다더군요. 그건 시작에 불과합니다.

그는 히틀러에게 모든 책임이 있으며 법적으로 증명할 수 있다고 말했습니다. 전적으로 민주주의적일 뿐만 아니라 너무 명백해서 의심할 여지가 없다고요. 제가 그에게 일단 담배 한 대를 권했습니다. 이미 예감은 하고 있었지요.

그가 말하길, 라이프치히에 있는 독일제국 대법원에서의 이야기인데, 한 여자가 혼전에 임신을 했고 아이의 아버지는 자취를 감춘 상태였죠. 그녀는 아이를 원치 않았지만 아이가 태어났어요. 너무 화가 난 여자는 여동생에게 아이를 죽여 달라고 했어요. 그 여동생은 아이를 욕조에 익사시켰고요.

그래서 내가 물었죠. '친애하는 양반. 그게 우리 지도자와 무슨 상관입니까?'

그가 말했습니다. '기다려 보십시오. 누가 살인자로 판결을 받았다고 생각하십니까?'

'당연히 그 여동생이요. 그녀가 아이를 살해했잖소.'

'그게 아니었어요. 법원은 아이를 죽이지 않은 엄마에게 살인 판결을 내렸어요. 그녀는 아무 일도 한 바가 없죠. 그래요, 그렇지만 여동생은 그 행위에서 전혀 이득을 본 것이 없다고 재판관들이 판결을 내렸어요. 그 행위로 인해 이득을 본 것은 단지 엄마였죠. 선동자이면서도 아이를 죽이지 않은 사람이죠. 법원에서는 행위를 선동한 사람이 살인자라고 했습니다. 왜냐하면 일어난 모든 일이 그의 이해관계에서 발생했기 때문입니다. 그 행위의 집행자, 이 경우 그 여동생은 사욕이 없이 행위를 했기 때문에 범인이라는 질책에서 벗어날 수 있었지요. 보십시오, 일어난 모든 일은 지도자와 그의 사주 때문입니다. 추종자의 관심은 오로지 지도자에게 복종하는 것뿐이지요. 행위의 집행자가 사욕 없이 복종한 경우, 범인이라는 질책에서 벗어날 수가 있습니다. 그리고 우리 모두는 사욕 없이 복종한 것 외에 다른 일은 하지 않았잖아요?' 그 법률학자는 정말 그렇게 말했습니다.

우리는 그 뛰어난 국제법 전문가에게 스위스 계좌를 만들어 주었습니다. 결국 그는 우리 민주 국가의 근본이 되는 원칙을 발견한 셈이니까요. 그런 사람은 가치가 있다고 봐야죠.

그 훌륭한 이가 훗날 나를 멋지게 변호했습니다. 어느 멍청한 유대인 돼지가 내가 돈을 받고도 자기 친척을 헝가리에서 빼내 주지 않았다고 고소했을 때 말이죠. 그 고소인은 당연히 패배했죠. 그는 제대로 된 영수증 하나 제시할 수 없었으니까요."

"친애하는 비크 박사님, 감사의 인사를 전합니다. 헝가리 대사로서 제가 우리 정부의 이름으로 명예 표창을 수여하신 것에 축하 인사를 드릴 수 있게 된 것을 영광으로 생각합니다."

"고맙습니다, 친애하는 자글라시 박사, 진심으로 감사드립니다."

"우리 일등 서기장의 이름을 빌어 역시 축하 인사를 전해 드립니다. 그분이 꼭 전하라고 당부하셨습니다."

"감사합니다, 자글라시 박사. 부다페스트에 계신 분들께도 감사 인사를 전해 주시기 바랍니다. 당신과 부다페스트에 계신 분들이야말로 제가 불법과 독재자에 대항해 투쟁하는 일에 평생을 바쳤다는 것을 잘 알고 계시죠."

"그럼요, 비크 박사님. 물론입니다."

"내가 듣기로 민중공화국 헝가리를 대통령께서 방문한다고 합니다. 저도 그때 그리 갈 겁니다. 아마 나중에 또 뵐 수도 있겠군요."

"네, 그러길 고대하겠습니다. 비크 박사님."

"자, 그럼 이만."

"비크 여단장이 지금 우리에게 중요한가? 전혀 그렇지 않아.

그는 전쟁 후 헝가리와 외환사업을 하기 시작했어. 우리가 바닥을 치고 있었을 때 말이야. 그때 그는 우리에게서 싸게 사들이는 것으로 호화로운 생활을 시작했지. 우린 너무 큰 손해를 보았어. 완전히 뻘었다고들 했지. 설탕과 물 그리고 포도 농장 주인들이 추가로 공급했던 것들까지 대줘야 했으니까.

지불은 즉각 냉정하게 이루어졌어.

당연히 그 남자가 우리 블랙리스트에 올라 있었지. 그건 이미 너무도 오래전 일이야. 옛날 얘기라고. 이젠 누구도 그런 걸 얘기하지 않아. 몇몇 미친놈들만 빼고. 어디에나 그런 미친놈들이 있는 법이야. 그들에게는 이윤보다 명예와 양심이 문제가 되지.

그러니까 부다페스트에서 그 여단장이 무얼 한 거지? 그는 사업을 한 거야. 사업을 한 게 왜 나쁠까?

전 세계가 사업을 하지. 가장 좋은 건 제국주의적 전제조건 아래서 사업하는 거야. 내가 그 지독한 레닌 이야기에 웃을 수 없는 건, 그의 제국주의적 정의가 시민주의적 방식으로는 해롭고, 사회주의적 방식으로는 유용하기 때문이지. 정당한 전쟁에서는 수십만 명이 목숨을 잃지. 어린아이와 젖먹이를 안은 여인들, 지팡이에 의지하는 노인들이 죽어 나가. 무너진 집들 아래에는 정당한 자와 부정한 자, 책임이 있는 자와 책임이 없는 자들이 함께 묻히지. 그러면 부당한 전쟁에서는 무슨 일이 일어날까? 역시 수십만 명이 목숨을 잃지. 어린아이와 젖먹이를 안은 여인들, 지팡이에 의지하는 노인들이 죽어 나가. 무너진 집들 아래에는 정당한 자와 부정한 자, 책임이 있는 자와 책임이 없는 자들이 함께 묻히지. 그것이 정당한 전쟁과 부당한 전쟁의 차이 아닌 차이점이야. 그것이 민주주의적 제국주의와 사회주의적 제국주의의 차이 아닌 차이지.

제대로 된 사업을 해야 한다고들 외치지. 그것이 삶에 활력을 불어넣는다면서 말이야.

아니, 그 유명한 당수가 적대시하는 서쪽의 국가 수장을 국가 사냥대회에 초대해서 말했듯이, 삶은 그 자체로 삶이지. 삶은 엄연히 삶이란 말이야.

그렇지만 한 사람이 죽인 것은 다른 이를 먹여 살리기도 해. 사람은 그저 멧돼지 요리를 위한 좋은 레시피 하나만 알면 된다고. 예를 들어 멧돼지 굴라쉬 같은 것 말이야.

자, 외화 벌이를 위해 우리의 질 좋은 와인과 다양한 야채를 산 한 남자의 손을 뿌리쳐야 했을까? 단지 그의 손에 피가 묻었다는 이유로? 그를 우리 국가의 무역협회 조합원으로 가입시키는 것 따위는 아무 문제없지.

당연히 우리는 신중을 기해서 여단장 비크 때문에 입은 손해들을 목록화하기는 했지. 300만 달러. 이 금액을 공개하지는 않았어. 가치를 인정받은 사업 파트너이니 여단장에 대한 조사기록은 이미 오래전에 문서실 깊숙한 곳에 처박혔지. 광신적 종족 우월감이라는 항목에 따로 분류해 놓았을지는 모르지만. 그 옆에는 희곡 작가 슈트린트베르크의 광신적 종족 우월감에 대한 장광설도 놓여 있을 테고. 하지만 그런 낡아빠진 것들로 무엇을 할 수 있겠어?

비크가 헝가리에서 우리를 한 번 방문하고자 했던 게 문제가 되었지. 비크는 우리가 전혀 반대하지 않을 거라고 생각했던 모양이야.

수치스러운 사건이 벌어졌던 곳을 다시 찾아오겠다고 열 올리는 사람들이 어찌나 많은지, 참 미스터리한 일이야."

"대사가 한번은 존경받는 독일인을 알게 되었어. 그는 포병대를 지휘했는데 대포를 쏘아 사람들을 죽였던 놈이지. 스몰레스크를 공격할 때 적의 포병대가 그의 진지를 공격하는 바람에 다리하나가 떨어져 나갔다는 얘기를 참 줄기차게 했어. 그는 감쪽같은 의족을 차고서 매년 소비에트연방으로 여행을 한다는군. 그에게 해를 입힌 포병대 장교를 찾기 위해서 말이야.

대사가 그에게 물어봤어.

'실례지만, 도대체 왜 그 사람을 찾아 나서는 거죠?'

그가 말하길, '뭐, 제가 전쟁문서보관소마다 그 기록을 찾아봤고, 동구와 서구의 군 역사가에게 7월 23일 우리를 공격했던 포병대의 이름이 무엇이었는지를 물어봤지만 아무도 날 도와주지 못하더군요. 듣기로는, 당시 스몰렌스크에서 우리 건너편에 위치했던, 소비에트연방의 명령을 따르던 헝가리 망명자들일수도 있다더군요.'

'하지만 사실 헝가리 망명부대는 없었고 단지 체코슬로바키아와 폴란드 망명자들의 부대만 있었지요. 폴란드 부대는 재빠르게 테헤란을 넘어 빠져나가 버렸죠. 그들이 모든 만행을 저지른 것은 아닐 겁니다. 한 번 더 물어보겠습니다. 왜 그 남자와 대화를 나누고 싶어 하시는 겁니까? 왜 그를 만나려고 하세요?'

'아, 헝가리에는 망명자 부대가 없었다고요? 그거 흥미롭군요. 혹시 루마니아 부대도 없었나요?'

'제가 아는 한, 루마니아 부대도 없었습니다. 왜 그와 대화를 나누려고 하십니까?'

'그냥요, 그냥 사람 대 사람으로 만나보고 싶었어요. 그도 저처럼 포병대를 지휘한 장교로 전장에 있었죠. 제가 알고 싶은 건 그가 어떤 사람인가 하는 겁니다. 그가 어디 출신인지, 어떻게 성장했는지, 어떻게 군대에 들어오게 됐는지, 스탈린에 대해 어떻게 생각하는지, 지금은 어떻게 살고 있는지, 부인과 자녀는 있는지? 그가 무엇을 즐겨 먹는지, 꿈꾸던 것은 이루어졌는지? 이해하시겠죠? 그가 어떤 사람인지 궁금해서요.'

'당신의 다리를 돌려받으려는 건 아니고요?'

'아닙니다. 하하하. 당연히 아니지요. 서로 모르던 두 사람이 있었어요. 특정한 시대에 정해진 장소에서 서로를 쏘는 동일한 임무를 맡았지요. 서로를 본 적도 없고 알지도 못했고 들어본 적도 없는데 말입니다. 서로에게 적대감도 없었지만 단지 쾅 하고 포를 쏘아댄 것뿐이에요, 쾅.'

'왜 당신은 장교에게 그렇게 집착합니까? 다른 사람을 만나거나 우크라이나의 집단농장에 가서서 미안하다고 사과하거나, 스몰렌스크의 시립문서보관소, 문화의 집 혹은 지역 당수나 합작회사의 사장에게 가서 당시 일로 미안하다고 말씀을 하시죠. 왜 꼭 그 장교를 만나야 합니까? 소비에트연방의 포병대 노병협회에 가서서 강한 서풍이나 남풍이 불 때 탄도를 계산하는 법에 대해 말씀을 나누시지요.'

'그것도 재미있군요. 하지만 전 오로지 그 장교에 대해서만 알고 싶습니다. 그의 이름이 무엇인지, 그가 저녁에 어떤 텔레비전 프로를 즐겨 보는지, 그가 어떤 맥주를 마시는지 알고 싶어요.'

사람들은 비크에게 그가 부다페스트를 기어코 방문한다면, 그에게 깊은 원한을 품은 사람이 관청으로 달려오는 사태가 일어날 수도 있다고 최대한 정중히 말했다. 그러면 유감스럽게도 사회주의적 법치국가의 관청에서는 과거의 서류들을 뒤적일 수밖에 없을 테고 그러면 그의 안전이 위협받을 수 있다고 만류했다.

"불행하게도 그럴 수도 있다는 걸 받아들이셔야 합니다. 전쟁이 끝난 지 얼마 되지 않아 모든 게 뒤죽박죽이었으니까요. 스탈린 사상이 전 세계로 퍼졌고 그의 부하인 라코시는 헝가리를 통치하며 전범 목록을 만들었어요. 당신의 이름은 목록에서 윗자리를 차지하고 있어요. 그렇게 위에 자리한 사람을 빨리 끌어내릴 수는 없을 겁니다. 실제로 그런 일은 있을 수 없어요. 법은 법이니까요."

비크도 그런 정황은 잘 이해하고 있었다.

"나는 부다페스트 자체를 아주 잘 알아요. 그냥 그 피아니스트가 있었던 14구역의 레스토랑에 다시 한 번 가보고 싶을 뿐입니다. 그는 세계적으로 유명한 노래를 작곡했어요. 그 노래가 만들어진 그 장소에서 다시 들어보고 싶어요. 그곳에서는 왠지 그 곡에 더 가까워지는 기분이 들면서 집중하게 되니까요."

비크 같은 사람이 부다페스트에서 뭘 하려는 걸까?

단지 과거를 기억하기 위해서 패전의 열악한 환경에서 명예와 동경의 최고 높은 자리까지 올라섰단 말인가?

모두 시간낭비일 뿐이다.

구금에서 벗어난 비크는 나치에 반대하게 되었다. 그렇지만 나치를 반대한다는 것은 말도 안 되는 짓거리였다. 그는 들러리 정치인이 되었고 나치친위대 기마부대는 결코 범죄조직이나 테러단체가 아니라고 주장한 덕분에 다시 사업을 시작할 수 있었다.

날조한 친인척의 무덤들은 믿을 만한 사람들이 행정부 요직을 차지하고 있었기 때문에 더 이상 문제되지 않았다. 예전에 강제수용소에 갇혀 있던 사람들은 믿음직한 공무원에게 맞설 수 없는 존재였다. 비크는 나치당의 일원이었으나 그의 전력은 잊혀졌다.

뿐만 아니라 히틀러 시대의 나치당원들은 재고용되었다. 체제서열에서 다시 우위를 차지하면서 권력을 계속 유지할 수 있었다. 모든 아버지의 60퍼센트가 새로운 체제의 공무원들이 되었으며, 과거처럼 자신의 이해관계에 주의를 기울였다. 따라서 어떤 변화도 일어날 수 없었다.

"용감한 나라 이스라엘이든, 정치적으로 혐오할 만한 국가 소비에트연방이든, 내가 찾아간 곳에서는 계산이 항상 내 뜻대로 이루어지지. 어떤 곳에서든 나는 사람들과 단번에 좋은 관계를 맺을 수 있지. 무역이든 뭐든 우리는 즉시 서로를 이해하거든. 우리는 무엇이 중요한지를 잘 알고 있으니까. 마르크스는 우리와 전혀 상관없어. 레닌도 마찬가지고, 스탈린, 히틀러, 힌덴부르크, 아데나워, 모두 다 쓰레기야. 마오쩌둥, 카스트로, 바웬사(폴란드 전 대통령), 피노체트(아르헨티나 전 대통령), 보타(남아프리카의 정치가), 누구든 마찬가지야. 우리에게는 돈 버는 사업만이 중요하지.

이스라엘의 무역 파트너는 나와 아우슈비츠, 트레블린카, 유대인 말살에 대해서 논쟁할 생각은 추호도 없을걸. 거기서는 달러 환율, 지불 기한, 운송 조건, 정산이 문제일 뿐이지. 남아프리카 카프 지방의 파인애플을 대만의 파인애플로 대체하고, 이라크의 원유를 이란에 팔기 반대로 이란의 기름을 이라크에 팔기, 이런 것들이 요점이야. 아니면 내가 운송 금지된 컴퓨터를 어떻게 중국으로 옮겨 갈지가 문제지.

수출입 금지? 그건 웃지 못할 사건이야.

재수가 없을 때만 정부의 운송 금지 판결을 받는다고. 하지만 한편으로는 잘된 일이야. 더 비싸게 팔 수 있는 기회니까. 누구도 속여서는 안 돼. 에소(미국 석유 브랜드) 휘발유를 채운 독일 탱크

가 에소 휘발유를 채운 미국 탱크와 싸우는 셈이지. 인류는 무역
사무실에서 진정 국제화되고 있어. 인류는 권리를 쟁취하는 거야.
이제 유일한 국제 공용어는 돈의 언어지. 이 언어를 구사할 수 있
는 사람에게 감사해야 해. 그는 모든 명예를 얻을 수 있으니까."

"좋은 저녁입니다, 여러분. 지금 모든 채널에서 독일 방송을 중
계하고 있습니다.
일요일 저녁 방송 프로그램은 변경되었습니다. 방금 전 생방송
으로 보여 드렸던 축제의 일환으로 23시 30분에 카를 아우구스
트 슈네프케 회관의 공원에서 거행 중인 행사를 이어서 보내드리
겠습니다. 예정된 추리영화 '노인의 시간'은 조금 늦게 방영되겠
습니다. 프로그램의 시간 변동을 널리 양해해 주시기 바랍니다."

이제 슈트라스부르크에서 활동했던 이들은 얼마 남지 않았다.
풍부한 상상력을 지닌 은행가들에게 감사해야 한다. 그들 덕분
에 빠르고 안전하게 미래를 향해 돌진할 수 있었으므로. 그들은
모든 것을 이뤄냈다.
은행가들은 슈트라스부르크 시민들의 자본으로 기독교 구호
단체를 만들어 전범들의 변호사 수임료 지불을 고려했다. 이 모
든 것은 은행가들이 생각해 낸 것이다. 한 사람 한 사람이 독창적

인 에이스였다. 그중 하나는 히틀러를 지원해 주었다. 심지어 넉넉하게. 그는 점령한 나라들의 은행 자본을 가장 먼저 착취했다. 사람들은 그와 그의 기업에 대해 독일 탱크보다도 먼저 쳐들어 왔다고들 했다.

그는 소위 반대세력에 속하는 사람들과도 규칙적으로 만났다. 그는 모든 사건의 핵심에 있었지만 그에게는 아무런 일도 일어나지 않았지.

슈트라스부르크에서는, 그렇다, 그곳에도 그가 있었다. 그는 패배에도 놀라지 않았고, 얼마 지나지 않아 국가를 지탱할 새 정당을 구성할 만한 사람들도 모두 알아냈다. 그는 그들을 찾았고 골라내고 키웠다. 국가 이곳저곳의 요직을 차지할 사람들. 그가 그들을 찾고 골라내었고 키웠다.

"에리히 브뢰네르트입니다. 예고해 드린 대로 슈네프케 회관의 훈장 수여식을 이어서 중계하겠습니다.

이 기품 있고 인상적인 건축물인 슈네프케 회관의 테라스 앞에는 대규모 군악 오케스트라가 자리하고 있습니다. 육군, 공군, 해군 장교들을 향해 조명이 비춰집니다. 그들은 활활 타오르는 횃불을 들고 있군요. 빛이 반사돼 무대에 위엄을 더합니다. 지그프리트 하이데 장군의 명령을 받은 팀파니와 편종을 갖춘 군악대가 테라스를 향해 서 있습니다. 이곳에 곧 대통령과 오늘의 주인공이 모습을 나타낼 것입니다.

테라스에는 귀빈들이 자리해 있습니다. 그 사이사이로 수많은 텔레비전, 영화계 스타들과 감독들, 무엇보다 정부에 헌신하고 있는 아나운서들도 자리하고 있습니다.

이제 조명등이 켜지고 테라스 입구를 비추고 있습니다. 저기 연방대통령과 영부인 그리고 그녀의 왼쪽에 오늘의 주인공이 담소를 나누며 들어서고 있습니다. 그들이 난간에 섰습니다. 예식이 이제 시작되겠습니다.

전면 오른쪽에는 카를 아우구스트 슈네프케 여단장의 아드님인 하인리히 슈네프케 차관이 서 있습니다. 옆에는 체코슬로바키아 대사가, 다른 한편에는 예복을 입은 소비에트연방의 대사 그리고 축구 국가대표팀의 감독이 자리해 대화를 나누고 있습니다.

자, 지그프리트 하이데 장군이 지휘봉을 듭니다.”

6

이 모든 것을 간략하게 이야기할 수도 있었다. 즉 부다페스트에 한 레스토랑이 있었고, 그곳에서 전 세계적으로 유명해진 노래 하나가 탄생했으며, 그 곡을 작곡한 음악가는 자살을 했다. 이미 50년도 넘은 이야기이지만, 그때 이후로 그 레스토랑에서는 피아니스트들이 우울한 일요일의 노래를 연주하고 있다. 요즘에도 바다 건너 미국이나 서유럽에서 온 관광객들이 이 노래를 연주해 달라고 신청하며 1달러 지폐 한두 장의 팁을 피아니스트에게 건넨다. 클리블랜드에서 온 나이 든 관광객은 피아니스트에게 20달러짜리 지폐를 준 적도 있다.

레스토랑의 원래 주인인 자보는 죽었다. 당시 레스토랑을 찾던 비크 여단장이라는 손님은 아직도 살아 있으며 유명한 기업가가 되었다.

몇몇 세부사항을 빼고는 이것이 이야기의 전부다.

전쟁 직후에는 레스토랑이 문을 닫았다. 유리창 두 개가 충격으로 박살났으며, 나무판자로 깨진 창문을 못질해 두었다. 그 피아노, 플라이엘 그랜드 피아노는 누가 판자로 꼼꼼하게 덮어 두었다.

그 후 레스토랑은 한때 그곳에서 웨이터로 일했던 사람의 소유가 되었는데, 그에 대해서는 주시라는 이름만이 알려져 있다. 그는 소비에트군이 진군하며 쏜 포격에 목숨을 잃었다. 손님들이 농담처럼 '프랑켄슈타인 건반쟁이'라 불렀던 큰 얼굴의 인정 많은 피아니스트는 오스트리아로 피신했다. 그곳에서 그는 댄스홀을 갖춘 바의 문지기가 되었다. 그 바는 한때 음반과 관련된 일에 종사했으나 오스트리아가 독일에 합병된 후, 문화공보부에서 일했던 노바크라는 사람의 소유였다(이 표현에 대해서는 사과를 해야 한다. '합병'이라니!).

내게 합병은 이렇게 들린다. 배관공이 와서 세탁기나 식기세척기를 수도와 '연결'할 때(독일어 Anschluss는 합병과 연결이라는 의미를 동시에 지님) 벽을 뚫던 와중에 예상치 못했던 수도관을 건드려서 물이 부엌으로 흘러든다. 그는 주 수도는 어디에 있냐고 외치면서 이리저리 이 방 저 방을 뛰어다닌다. 다행히 유행에 뒤떨어진 옛날 돌바닥 부엌이라서 물을 빗자루로 쓸어 양동이에 담아 낼 수 있었다. 시간은 좀 오래 걸렸지만.

그런 것이 합병이다.

포병대와 보병대, 탱크와 기병대를 대동해서 다른 나라를 장악하는 것, 그런 폭력을 과연 합병이라 할 수 있을까?

한 번 더 반복하자면, 프랑켄슈타인 건반쟁이라 불리던 피아니스트는 오스트리아로 피신했고, 그곳에서 댄스홀이 딸린 바의 문지기가 되었다. 그 바는 문화공보부에서 일했던 노바크라는 사람의 소유였다.

노바크는 춤을 출 수 있는 나이트 바를 운영했다. 정기적으로 부기우기 대회가 열리는 빈에서 가장 유명한 곳이었다. 최고의 부기 댄서는 한때 나치친위대의 대장이었던 남자로, 전쟁 중 다리에 부상을 입었는데도 불구하고 춤을 출 때는 몸을 심하게 흔들어 댔다. 그는 모든 상을 휩쓸었다. 사장이었던 노바크는 그 부기 댄서를 좋아했다. 그는 입장료를 낼 필요도 없었고 음료도 공짜로 마셨다. 그의 인기는 대단해져서 때때로 소비에트군 장교들이 사복을 입고 와 그의 춤을 보며 그의 데카당스적 표현을 연구하고 싶어 할 정도였다.

나중에 나이트 바가 더 이상 돈벌이가 되지 않자 노바크는 다른 이들처럼 암거래를 시작했다. 다시 안정이 찾아올 무렵, 프랑켄슈타인 건반쟁이는 오스트리아의 담배공사에 지원했다. 그 후 중고악기를 파는 가게를 하나 열기는 했지만 연주는 하지 않았다. 헝가리도 더 이상 찾지 않았다.

노바크는 죽었고, 프랑켄슈타인 건반쟁이는 연금생활자가 되었으며, 중고 악기 가게는 그의 손자가 운영한다. 손자는 중고 드럼과 전자기타와 사운드 컴퓨터를 들여와 사업을 크게 벌였다. 이제 그는 흰색 캐딜락 스포츠카를 몰고 다닌다.

전후에는 상황이 그리 좋지 않았다. 14구역의 레스토랑은 철강공장 노동조합의 휴게실 대용으로 쓰였다. 노동조합에서는 조직원들을 위한 적당한 요양소를 구한 것이었다.

그 후 군델 식당의 지배인으로 일했던 투로스라는 남자가 레스토랑을 운영했다. 투로스는 이 식당이 우울한 일요일의 노래 때문에 유명해졌다는 것을 알고 있었고, 새 피아니스트를 영입해야 한다고 생각했다. 부다페스트의 다른 레스토랑에는 집시악단이 연주하고 있었지만 이 레스토랑은 세련되거나 고풍스럽지 않아도 피아노 하나로 그럭저럭 돌아갈 수 있었다. 이미 대단한 명성을 지니고 있었고 당시의 피아노도 아직 그대로였기 때문이다. 일부 가구도 뒤뜰에 있는 어느 집의 지하실에 보관되고 있었다.

투로스는 러시아인들이 밀고 들어와서 약탈해 간 식탁보와 냅킨 때문에 어려움을 겪었다. 많은 사람들이 그런 물건들을 훔쳐

갔다. 러시아인들은 그 대신에 러시아산 담배를 주었고 카자흐스탄에 있는 집이나 우크라이나로 식탁보와 냅킨을 보냈다. 몇 년 전 독일인들이 그곳의 식탁보를 약탈한 데 대한 되갚음이었다. 독일인들은 약탈한 식탁보를 작센이나 슐레스비히홀슈타인 또는 바텐의 집으로 보냈으나 대가로 담배를 주지는 않았다. 단지 총을 가지고 위협했을 뿐이었다.

그들에게는 "옛 제정 러시아 시대에 쓰였던 이 식탁보는 금발의 승자에게 선물로 드리는 게 좋겠다고 생각했습니다. 자, 여기 있습니다. 신의 가호가 있기를. 제가 뭔가 더 해드릴 일이 있다면 말씀해 주세요. 항상 도와드리겠습니다."라고 말하는 편이 나았다.

레스토랑의 뒤뜰에서는 흰색이나 빨간색 또는 녹색의 머리끈을 한 어린 소녀들이 놀곤 했다. 그 옆에서는 노인들이 앉아서 하늘을 바라보곤 했다. 그리고 일주일에 두 번씩 뒤뜰에 놓인 쓰레기통이 비워졌다.

투로스는 구미가 당기는 레스토랑을 운영하는 데 어려움을 겪었지만, 1956년 이후부터 형편이 훨씬 나아졌다. 서구에서 관광객들이 몰려왔는데 그중에는 독일의 서편에서 온 사람들도 있었다. 그들은 말쑥해 보였으며, 입을 열어 말하기 전에는 미국인과 비슷해 보였다.

서독 관광객들은 뻔뻔했고, 메뉴에 쓰여 있는 것이 동이 났다고 하면 화를 냈다.

"뭐야, 다 떨어졌다고?"

더 간단명료하게 말하자면. 그 레스토랑, 그 노래, 그 도시 그리고 비크라는 이름의 명망 있는 손님, 얼굴이 넙대대한 피아니스트는 아직 존재하지만, 주인인 자보, 웨이터 주시, 그 작곡가는 더 이상 없다. 비크가 자보에게, 자보가 비크에게 신세를 진 것에 대한 기억을 나눌 수 없으니 애석할 따름이다.

레스토랑의 새 주인인 투로스는 고매한 비크 박사가 자보의 레스토랑을 여전히 기억하고 있다는 사실을 알아챘다. 점점 더 많은 서구 관광객들이 몰려와 여기 이곳이 정말 독일어로는 '트뤼버 존탁'이라 불리고, 영어권에서는 '글루미 선데이'라고 불리는 그 유명한 노래가 나온 레스토랑인지를 물었다. 투로스는 그렇다고 확인해 주면서 손님들에게 자리가 괜찮은지 물어보았다. 손님들이 원하면 레스토랑의 피아니스트가 그 유명한 헝가리 노래를 기꺼이 연주해 줄 거라 말하기도 했다. 그러면 손님들은 답했다.

"아, 그러면 좋겠어요. 그리고 또 뭔가 특별한 게 있다고 하던데. 여기에 미트롤이라는 요리가 있다고 들었어요. 돼지고기에 마늘을 곁들여 버터에 구운 다음, 두들겨 펴서는 레몬즙을 뿌리고 익힌 햄과 단단한 치즈 한 장을 잘게 다져 채운 후 튀김옷을 입혀 튀기는 그 요리 말입니다. 그게 아직 있나요? 그렇다면 야채를 곁들여 3인분을 부탁해요. 그러니까 맥주 반죽을 입혀 튀긴 당근, 쪽파와 소금을 넣은 시큼한 생크림 소스를 곁들인 토마토 샐러드도요."

투로스는 이런 주문을 처음 들었을 때 말했다.

"예, 잠시만 기다려주십시오. 그 요리를 준비할 수 있는지 주방에 물어보겠습니다. 사실 이번 주에는 그 요리를 할 수 없지만 지금 곧 준비할 수 있는지 주방에 확인해 보겠습니다."

그는 주방으로 가서 총주방장인 졸탄에게 미트롤을 이런저런 식으로 요리해 주길 바라는 사람들이 있는데 대체 그게 어떤 요리냐고 물었다. 졸탄은 국자를 옆으로 치우고는 무슨 말인지 모르겠다는 듯 되물었다.

"에? 무슨 요리라고요? 이봐, 미클로스. 여기 수프 좀 맡게나. 내 책상을 한번 살펴봐야겠군요."

졸탄은 책상이라고 하기엔 좀 뭣한, 정산을 위한 타자기용 탁자에 다가가 앉았다.

"그러니까, 손님이 뭘 원한다고요?"

투로스는 손님이 원하는 요리를 다시 설명해 주었다.

"음, 그런 걸 원한다고요?"

"만들 수 있겠나?"

"그건 이탈리아 요리에요. 요리 아카데미에서 한 번 다뤄본 적이 있지요. 내가 그 요리를 만든 날 두통이 심했는데 아플 때는 레시피를 특히 잘 기억할 수 있거든요. 흠, 원하는 대로 만들어 줄 수 있을 것 같군요. 문제없어요. 3인분이요?"

"그래, 3인분."

"그리고 당근은 맥주 반죽을 입혀 튀긴다고요?"

"그래, 손님이 그렇게 말했어."

"데친 시금치 위에 미트롤을 얹어서 나가게 할게요. 그게 보기에 좋을 거예요."

"그렇게 해, 졸탄."

"사람들이 그 음식을 자주 주문하면, 메뉴에 자보 미트롤이라고 써두면 어떨까요? 괜찮겠지요, 투로스 씨?"

"좋은 생각이야, 졸탄."

투로스는 그 손님에게 다가가 말했다.

"우리 주방장이 특별히 손님들을 위해 그 요리를 준비하겠답니다. 그런데 어떻게 그 요리에 대해 알게 되셨는지요?"

"예전에 이곳에서 식사한 적이 있는 직장 상사가 그 요리를 추천해 주었지요."

손님 중 한 사람이 대답했다.

"아, 상당히 오래전 일이군요."

"아마 그럴 거요."

"모르는 분이지만 상사께 안부 전해 주세요."

투로스 씨가 말했다. 그렇게 해서 자보 미트롤이 메뉴에 오르게 되었다. 누군가가 아직도 레스토랑과 자보 그리고 미트롤을 기억하고 있는 것이다.

연방공화국이 최고의 명예훈장과 기념 상장을 수여한 비크 박사와 14구역 레스토랑의 옛 주인인 자보가 추억을 교환하기 위해 만날 수 없다는 것은 애석한 일이다. 정말로. 그렇다면 애석하다는 건 뭘까?

자보가 비크 여단장의 손짓 한 번에 연행되어 특별할 것 없는 특별 조치를 받은 후 어떤 장소에서 최후를 맞았기 때문에 애석한 것이다. 기독교적인 사고방식을 가졌더라면 그는 살아남았을지도 모를 일이다.

지리학적으로 말하자면, 그곳은 크라쿠프(17세기 초반에 바르샤바로 수도를 옮길 때까지 폴란드 왕국의 수도였음)와 아우슈비츠, 자토르(폴란드의 도시) 옆 갈리친(우크라이나 서부 지역)과 볼리니아 사이에 있었다. 예전에는 그렇게 칭해졌으나 나중에는 슐레지엔의 북부 지역인 카토비체로 불렸다.

나이가 지긋해진 두 사람이 한 번 만나 이렇게 대화할 수도 있지 않을까?

"그동안 어떻게 지내셨어요?"

왜 그럴 수 없는가? 그야 자보가 죽었기 때문이다. 그것은 확실한 사실이다. 가스실로 실려 간 다음 굴뚝으로 사라졌고, 그 후 그는 다른 사람들과 함께 보초병들이 미끄러지지 않도록 얼어붙은 수용소 길에 재로 뿌려졌다.

그곳에는 부다페스트의 마제스틱 호텔에 머물던 대장도 있었다. 유대인 처리를 담당했던, 지독한 냉혈한 대장……

그것이 무슨 상관이냐고? 살아남은 이와 만나게 된다는 것이 문제이다. 전혀 예상하지 못한 상황에서도 말이다.

대장 역시 어느 날 부다페스트를 떠나야만 했다. 비크 여단장이 떠난 후 승리를 거두고 있던 붉은 군대가 점점 더 다가왔기 때문이다. 대장은 부다페스트를 떠나 사랑하는 부인과 두 아들이 살고 있던 프라하로 가 그들을 오스트리아의 조용한 시골로 보냈다. 붉은 군대가 프라하로 진군하고 있었기 때문이다. 가족이 떠난 지 얼마 되지 않아 그는 테레진의 근무지로 가서 마지막으로 해결해야 할 일들을 살폈다.

대장이 장군의 상징인 광나는 장화를 신고 자보의 재가 뿌려진 그곳을 지나갔다. 진흙투성이였다. 모든 것이 혼란스러웠다. 그때 누더기를 걸친 두 사람이 그의 곁을 지나쳤다. 그들은 부서질 것 같은 양동이를 끌어올리고 있었다. 그것은 변기통으로 악취

나는 오물이 넘치면서 바닥을 적시고 있었다. 대장은 그 둘을 자세히 바라보았다. 대장은 부기 계산원들만큼이나 뛰어난 기억력을 지니고 있었다. 대장은 빠른 걸음으로 둘에게 다가갔다.

"멈춰."

둘은 깜짝 놀라 몸을 일으켰다. 대장이 한 사람에게 물었다.

"여기서 뭘 하는 건가?"

그러자 한 사람이 답했다.

"실례합니다만, 대장님. 똥을 퍼내고 있습니다."

"그래, 똥을 퍼내고 있군. 그리고 그쪽은?"

대장은 다른 이를 가리켰다. 그러자 한때 베를린 대학의 철학 교수였던 다니엘 나탄 박사가 답했다.

"역시 똥을 푸고 있습니다."

"그렇군, 그러면 계속 일하시오."

대장은 곧 사령부 가건물로 가서 따졌다.

"내가 저 밖에서 악명 높은 최고 랍비를 보았소. 철학 교수 한 명과 함께 있소. 그들이 여기서 똥을 푸고 있소. 그렇지만 내가 이미 18개월 전에 저 남자에게 특별 조치를 취하라고 전보로 지시하지 않았소, 그런데 왜 내 명령을 따르지 않은 거요?"

사령관은 답했다.

"저는 그런 명령을 받은 적이 없습니다. 두 명의 여단장이 전보로 받은 지시에 대해 살펴보았지만, 최고 랍비에 대한 특별 조치 지시는 없다고 보고했습니다. 늦었지만 지금 즉시 특별 조치를 취하겠습니다. 대장님."

대장은 곧 벤츠를 타고 그곳을 떠났다. 이미 18개월 전에 특별 조치가 취해져 재의 재가 되어 되었어야 할 그가 아직도 살아 있다니, 이상한 일이었다. 뭔가 더 특별한 일이 발생했다고 생각했다.

자보가 어느 날 비크 박사 앞에 나타나, "아, 당신을 다시 보다니 이거 재미난 일이군요, 여단장님, 어떻게 지내세요? 부인과 자제분들도 다 잘 지내시구요?"라고 말할 수는 없단 말인가? 그들이 대체 어디에서 만날 수 있을까? 그간 나이를 먹은 자보가 슈네프케 회관에서 훈장을 수여받은 비크 박사에게 다가가려 해도 그런 사람은 들여보내 주지도 않을 것이다. 그는 보안을 위해 쳐놓은 바리케이드를 통과할 수 없다.

자보는 헝가리인인 데다가 유대인이고 강제수용소에 수감되었던 전력이 있다. 게다가 헝가리는 공산주의 국가다. 현대 국가를 지배하는 관료들은 잠재적 반정부 인사와 격리되어야 하므로 그는 바리케이드를 넘어갈 수 없다.

바리케이드 같은 안전장치와 잠재적 반정부 인사라는 말에 유의해야 한다. 그것은 미묘한 단어들이다.

친애하는 자보는 연금 생활자의 궁색한 처지에서 벗어나기 위해 슈네프케 회관의 화장실 청소부가 될 수도 없을 것이다. 자보가 수용소의 굴뚝으로 내보내지지 않았더라도, 자보는 조국으로부터 아무것도 얻어내지 못했을 것이다. 연행된 날로부터 특정한 곳으로 보내지기까지 단지 35일, 수감일 하루당 1마르크 50페니히, 정확히 52마르크 50페니히를 받는 것만으로도 관대한 처사였을 것이다. 새로운 민주주의 국가의 헌법은 자보의 운명 따위는 고려하지 않았고 관료들을 살피느라 급급했다. 그 사실에 누구도 이의를 제기하지 않았다.

그러니 자보가 어떻게 비크를 만날 수 있단 말인가?

'어떻게' 그럴 수 있냐고? 어떤 상황에서는 '어떻게'가 전혀 중요하지 않다. 그것은 그저 부차적인 질문일 뿐이다. 두 사람이 우연히 만나게 될 거리 모퉁이의 포장, 둘이 살아온 날들의 햇수, 개월 수, 날수를 정확히 알려 줄 수 없다면 그 이야기를 진실이라고 할 수 없다. 하지만 계산기를 잘못 눌러 한 사람이 산 나날의 일수를 착각했다 하더라도, 길모퉁이에서 나이 든 두 사람이 만났다는 이야기가 완전히 거짓이라는 뜻은 아니다. 그 사람의 넥타이 색을 정확히 말할 수 없다는 이유로 사실이 부정되는 것은 아니다. 오히려 거짓이야말로 정확성과 확실성으로 꽁꽁 포장될 뿐이다.

정보가 충분함에도 불구하고 거짓들이 믿기지 않는다면, 그것이 학문적으로 증명된 것이라고 떠벌리면 된다. 그러면 거짓은 곧 학문과 진실로 통용된다. 의심하는 남자는 무례한 놈이 되며, 만약 여자라면 형편없는 계집이 된다. 무례한 놈과 형편없는 계집만이 수학, 물리, 화학의 측정 가능한 법칙이 역사, 철학, 법, 심리학, 정치학, 사회학의 측정 불가능한 법칙에 적용될 수 없다고 생각하기 때문이다.

학문이란 의심할 수 없는 것이 특징이다. 학문에 정통한 사람들은 무지는 견딜 수 없고 위험한 것 특히 인류 전체를 위협한다는 것도 잘 알고 있다.

그렇다면 자보와 막 훈장을 수여한 비크 박사가 어느 모퉁이에서 우연히 만난 상황에 대해서 과연 말할 수 없을까?

7

검은 벤츠가 멈춰 서더니 운전기사가 내려 주인을 위해 차문을 열었다. 한 노인이, 나이 든 이들이 늘 그러하듯 깊은 생각에 잠겨 길을 걷다가 여는 차문에 부딪치고 말았다.

"오, 미안합니다."

열린 자동차 문에 부딪친 노인이 말했다.

"좀 조심할 수 없소?"

차의 주인이 차에서 막 내리는 순간 운전기사는 눈치 빠르게 노인에게 소리를 질렀다.

"아이쿠, 당신이 여기서 도대체 뭘 하는 게요?"

차의 주인은 노인을 놀란 듯 바라보며 물었다.

"맙소사, 여단장님!"

"당신은 부다페스트 출신의 자보가 아니오? 아니면 내가 사람을 잘못 본 건가?"

"여단장님을 뵙자마자 곧 알아봤습니다. 이거야말로 우연이군요."

"이런 우연이 있나, 자보. 그러게 말이야. 약간 살이 찌긴 했지만 나도 당신을 바로 알아봤지. 그래, 무슨 생각에 잠겨 있었나?"

"뭐 그렇죠. 생각 속이 아니라면 어디 있겠습니까?"

"그래, 이거 정말 우연이로구만."

비크는 손목시계를 들여다보며 운전사 조지에게 말했다.

"더 필요한 건 없네. 여기서 기다리게. 아니, 잠시만, 조지. 4시쯤 약속이 있는데 별로 중요한 게 아니지. 카폰으로 사무실에 새로 약속을 잡으라고 말해 주게. 내가 지인을 만났다고."

비크는 자보를 향해 몸을 돌렸다.

"무슨 약속이라도 있나, 자보? 여기 어디 카페라도 가서 잠시 이야기를 나누면 어떤가. 자네를 여기서 만나다니, 이런 우연을 누가 생각이나 했겠어."

"약속 같은 건 없습니다. 커피 한 잔 할 시간은 있습니다."

"그래, 좋아. 카페로 가세. 잠깐, 조지, 우리가 여기 어디에 있는 건가? 여기에 아이히바움의 카페와 레스토랑이 있지 않나?"

"바로 저 모퉁이에 있습니다, 비크 박사님. 여기서부터 열 발짝 정도 가시면 됩니다."

"아 그래, 내가 그리로 가려고 했지. 어린 리카르도에게 인사를 하려고 말이야. 원래는 그 가게에서 내가 일을 좀 처리하려고 했는데, 시간은 충분해. 이리 오게, 자보. 우리 아이히바움의 카페로 가세나. 그 젊은이를 좀 돌봐 줘야 한다네. 예전 전투 동지의 아들이거든. 1945년 후 끔찍한 운명을 겪어야만 했던 친구의 아들이지. 뭐, 세상은 결코 공평하지 않으니까."

"아이히바움은 처형당하지 않았던가요?"

"그래, 그래. 그 사람이야. 아이들이 당시에 아주 어렸지. 그래서 우리 모두가 그 미망인과 아이들을 돌봤어. 모두 성실한 사람이 되었지. 리카르도가 막내인데, 아버지에게 아주 애착을 가지고 있었어. 그러니까 조지, 우리는 아이히바움에 갈 거야. 거기까지는 걸어가겠네, 조지, 괜찮아. 사무실에 소식만 전해 주게. 괜찮지, 자보?"

"괜찮고말고요."

두 노인은 아이히바움의 가게로 갔다. 리카르도 아이히바움은 비크 박사에게 공손히 인사했다. 비크 박사는 자보를 오래된 지인이라 소개했고, 젊은 리카르도 아이히바움은 자보에게 말했다.

"잘 오셨습니다. 제 삼촌의 친구는 저희 가족의 친구이기도 하죠."

"하하. 과장하지 말거라."

비크 박사가 말했다.

"그렇지만 라인하르트 삼촌, 과장이 아닌걸요."

젊은 리카르도가 마음이 상한 듯 말했다. 그는 두 노신사를 자리로 안내하고는 의자를 빼서 한 사람씩 자리에 앉는 것을 도와주었다.

"무엇을 드릴까요, 신사 여러분? 라인하르트 삼촌, 예전처럼 그 고급 샴페인을 한 잔 하시겠어요? 신사 분은 뭘 드릴까요?"

"내가 알기로, 자보는 분명 커피 한 잔과 바라크 팔린카(헝가리산 브랜디) 투 샷을 주문할 걸세. 오래된 일이지, 그렇지 않나, 자보?"

비크는 크게 웃으며 자보의 어깨를 툭툭 쳤다. 자보는 흠칫했다.

"자보가 헝가리인이거든. 알아두라고, 리카르도."

비크 박사가 말했다.

"아, 헝가리인이시군요."

리카르도가 말했다.

"자보는 부다페스트에 멋진 레스토랑을 하나 가지고 있었어. 세계적인 요리와 세련된 분위기를 갖춘 곳이었지. 아직도 그 레스토랑을 가지고 있나, 자보?"

"아닙니다, 여단장님. 그럴 수 없는 상황에 처해졌지요."

"아, 그 불쌍한 공산주의자들 말이지? 모든 것이 몰수되었어,

그렇지 않나? 국유화하고서 다시 분배하는 거지. 그 공산주의자들이 모든 것을 빼앗아 버렸어."

"그게, 공산주의자들이 그런 게 아닙니다. 당시에 당신과 관계 맺고 있던 그분들이 그런 거죠. 마제스틱 호텔의 그 신사 분들이요. 이 젊은 레스토랑 사장, 리카르도 씨의 아버지가 생각나는군요."

"아, 자네가 당시에 리카르도의 아버지를 알았나?"

"자세히는 모릅니다. 제가 특별 조치를 받기 위해 연행 당했을 때, 무슨 말인지 아시겠죠? 그때 제가 듣기로, 그분, 그러니까 이 청년 리카르도의 아버지께서 개인적으로 지시를 내려 특별 조치가 행해지는 거라고 했어요. 제가 듣기로는 말이죠. 지나가는 말로 한 전투 동지가 다른 전투 동지에게 그렇게 말하더군요. 나를 연행하려고 그분들이 왔을 때 이미 기분이 상당히 좋지 않은 상태였어요. 한 사람이 몇 차례 제 따귀를 때렸고, 다른 사람은 소총의 개머리판으로 제 등을 내리치는 데 신이 났지요. 그런 사람들은 자주 기분이 나빠지거든요. 불편한 업무들을 빨리 해치우고 싶어 하니까요.

그들은 다가올 퇴근시간과 전장 극장에서 상연되고 있는 자라 린더나 하인츠 륌만이 나오는 재미있는 영화 한 편을 생각하죠. 아니면 그 여자 마리카 뢰크가 나오는 영화요. 그녀는 헝가리인의 피에 파프리카가 들어 있다고 써달라며 신문기자들에게 부탁했다고 하죠. 전 모르겠어요. 피 속의 파프리카가 마이체나 Maizena(독일의 밀가루 브랜드)와 뭐가 다른지 말이에요. 마이체나는 요리를 진하게 만들죠."

"당신이 하는 말이 재미있구먼, 자보. 내가 나이를 먹었다는 걸 느껴. 당신한테서는 그게 전혀 안 느껴지는데 말이야. 정말로 미안하네. 당시의 그 일 말이야. 당신이 겪어야만 했던 일들. 정말 힘든 시기였구먼."

"여단장님께서는 소총과 주먹으로 의무를 이행한 그 사람들에 대해 분노하시면 안 됩니다. 아마 그때 전장 극장에서는 유창하게 외국어를 구사하던 헤스터 씨가 나오는 영화를 상영 중이었을 거예요. 아니면 베르너가 멋지게 휘파람을 불었기 때문에, 제 사건을 되도록 빨리 해치우려고 했을 거예요. 일상 업무에서 벗어나 영화 보기만을 고대했을 테니까요.

그건 아주 중요하지요. 그렇지 않으면 일상에서 즐거움을 전혀 찾을 수 없을 테니까요. 저녁마다 그 여배우를 보지 못한다면 말이에요. 맙소사, 사람들은 그녀를 제국의 시체라고 불렀죠. 항상 배역에 너무 빠져들었거든요. 그렇게 드라마틱하게 익사할 수 있다니 대단했죠. 유대인들은 그녀를 그렇게 모욕했어요. 아시겠죠? 그땐 그랬지요. 당시의 전투 동지들을 비난하지 마세요. 거리에 자동차가 많이 다니면 가축들이 다치지 않도록 길가로 재빨리 몰잖아요. 소나 돼지들이 다치지 않도록 한쪽으로 몰기 위해서는 힘차게 때려야 하지요. 가축들은 어차피 정육점에서 생을 마칠 거라는 걸 모르니까요."

"라인하르트 삼촌, 샴페인이요. 부다페스트에서 오신 선생님께는 바라크 팔린카를 곁들인 커피 한 잔, 여기 있습니다."

리카르도가 음료를 탁자 위에 놓고는 펑 하고 샴페인 병을 땄다. 리카르도는 자보에게 마치 명령처럼 편안한 시간을 보내라고 말했다.

"뭐 더 필요한 게 있나요?"

자보는 순간 손을 바지 솔기에 얹고 "점호, 수감자 A 454 761"라고 큰 소리로 외치며 일어나고 싶을 정도였다.

"건배하세나, 자보. 우리의 예상치 못한 재회를 위해."

"예, 감사합니다."

"아, 좋은 샴페인이야. 샴페인 들지 않겠나, 자보?"

비크가 잔을 내려놓으며 말했다.

"감사합니다, 여단장님. 저는 아주 특별한 일이 있을 때만 샴페인을 마셨지요. 커피 한 잔이면 족합니다."

자보가 특유의 겸손한 태도로 말했다.

"들어보게, 자보. 그 여단장 말이야. 그런 말은 이제 잊게나. 그건 이미 오래전 일이니까. 이제 옛날 계급 얘기는 하지 말자고."

"예, 무슨 말씀인지 이해합니다. 그건 사람들에게 혼란을 일으킬 수도 있고 때에 따라서는 창피하게 만들기도 하죠. 자제하도록 하겠습니다. 습관에서 즉시 벗어날 수는 없지만요. 하나 궁금한 것이 있습니다. 왜 예전 동료의 아들을 친애하는 리카르도 씨라고 부르시고, 그는 당신을 라인하르트라고 부르죠?"

"그건 옛날 습관이라네. 내가 전쟁 후에 많은 사람들을 도왔을 때, 그들은 나를 그냥 라인하르트라고 불렀지. 난 그들이 새로운 삶을 시작할 수 있도록 멀리 떠나는 것을 도와줬지."

"제 실언을 용서하세요. 당신이 원래는 다른 이름을 가지고 있으니까 잠깐 헷갈렸어요."

"괜찮네, 자보. 이제 자네 얘기를 좀 해보게. 그렇지만 부다페스트나 연행당할 때 거칠게 다뤄진 얘기는 그만두게. 전쟁 중에는 결코 존엄할 수가 없지. 때로는 거칠게 되기도 해. 요즘에는 뭘 하며 지내나? 어떻게 이쪽으로 오게 된 건가? 연금수급자 뭐 그런 건가? 분명 높은 연금을 받을 테지. 보상 같은 것 말이야. 그걸로 사는 건가?"

"보상금은, 그런 게 지불이 되었다 하더라고 더 이상 관심이 없습니다. 존경할 만한 문화를 가진, 당신의 존엄한 나라, 그곳 행정 관료들은 이방인의 삶을 망친 대가로 최대한에 대해 최소한의 손해배상을 지급하도록 계획했답니다. 누가 그 열심히 일한 공무원들을 심판해야 할까요? 누가 판사 앞에서 그들을 비판하고 싶어 할까요? 그들은 그들의 의무를 다했고, 아주 충실했죠. 그들은 영원히 그럴 거예요. 인간의 모든 사건 중심에는 명령이 있죠. 그들은 새로운 국가의 업무를 줄여 줬어요. 유용하지 않나요? 그렇다면 박사 장군님, 인간의 삶이 지닌 가치는 무엇입니까? 지나간 것들, 망쳐버린 것들은 무가치한 건가요?"

"자보, 인간의 삶에는 많은 가치가 있네!"

"제가 방금 그걸 말하려고 했어요. 한 신사가 기억하고 있는 14구역의 그 레스토랑 주방에서, 그는 아직 여단장이었지요. 요리사가 돼지고기 필레를 망쳐 버렸어요. 너무 오랫동안 기름에 튀기는 바람에 너무 딱딱해졌죠. 그렇다고 신발 밑창으로 깔 정도로 딱딱하지는 않았지만 손님에게 나갈 수는 없죠. 망쳤죠. 더 이상 가치가 없단 말입니다.

인간의 삶도 그것과 같습니다. 전투 동지들이 여기저기서 성공적으로 운영했던 그 샤워실로 들어가면 머리카락과 옷가지에 넣어 두었던 소지품들을 내주어야 했어요. 그러면 사람들은 더 이상 가치가 없어지죠. 굴뚝을 통과해 내보내지기 전에 남아 있던 금니들도 빼앗겼으니 말이에요. 그러니까 그것에 대해서는 어떤 보상을 요구해야 할까요? 연료가 된 대가와 강제 노동시간을 누군가에게 영수증으로 청구해, 예전에 살아 있던 사람들을 다시 평화로운 상태로 돌려놓을 수만 있다면 의미가 있겠죠. 그렇지만 당신의 관료나리들께서는 지금까지 그런 생각을 전혀 하지 못한 답니다."

"자보, 그렇게 모욕적으로 말하지 말게나. 그건 신을 부인하는 거고, 부끄러움을 모르는 것이기도 하다네. 나는 자네의 괴로움을 이해할 수 있네. 그렇지만 유대인들도 자신들의 괴로움에 책임을 져야 한다는 걸 인정하게나."

"그렇게 생각하시다니 좋습니다, 박사님. 살인의 책임이 항상 살해된 사람에게 있다는 것은 누구나 알고 있지요. 기꺼이 인정합니다. 그 밖에도 유대인들은, 물론 제 스스로는 저를 결코 유대인으로 생각하지 않았지만 그건 전혀 상관없어요. 전 그냥 바람직한 사람이 되어야 했죠. 전 바람직한 헝가리인, 바람직한 레스토랑 주인, 바람직한 납세자 말입니다. 그들이 한 사람에게 너무 많은 것을 요구하는 바람에 저는 그 모든 임무를 다할 수가 없었어요. 쏟아지는 요구 속에서 전 바람직한 인간이자 레스토랑 경영자가 되는 것을 포기했어요. 바람직한 유대인이 된다는 건 제 능력을 넘어서는 일이에요, 아시겠어요? 한 사람에게 너무 많은 규범이 요구된다는 것을요.

사람들은 항상 다른 이들이 규범을 지키기를 요구하죠. 시간이 지날수록 지켜야 할 규범은 점점 늘어나요. 계속해서 바람직하게

처신해야 하는 건 사람을 완전히 혼란에 빠뜨리는 일이예요. 그
땐 정말 모든 것이 어려워져요. 사람들은 계속해서 애매한 바람
직한 예들을 늘어놓죠. 그렇지만 그게 확실한지 아니면 단지 바
람직해 보이도록 만들어 놓은 것인지는 몰라요. 미쿨로프(체코 남
부의 도시)의 랍비 슈멜케를 한번 생각해 보세요. 그를 개인적으로
만나신 적은 없죠? 혹시 일 때문에 만나신 적이 있나요?"

"없네. 업무상으로도 만난 적이 없어. 그 랍비 말이야."

"어떤 사람이 미쿨로프 출신의 랍비 슈멜케의 문을 두드리며
헌금을 부탁했지요. 그는 너무 가난해 먹을 것 하나 없었고 집에
는 세 명의 굶주린 아이들과 소모성 질환을 앓고 있는 부인이 있
었어요. 그녀의 어머니도 의사가 필요했어요. 그런데도 랍비 슈
멜케는 큰 보석이 박힌 반지를 손가락에서 빼서 주었지요. 그에
게 신의 축복을 빌어 주기까지 했어요.

그때 슈멜케의 아내가 달려와서는 그 거지에게 뭘 줬냐고 소리
쳤지요. 보석이 박힌 반지를 주었다고 답했더니 아내는 그 값비
싼 반지는 보석만 해도 엄청난 가치가 있는 거라고 구박했어요.
랍비는 너무나 놀랐어요. 그는 그 거지를 찾으러 달려 나갔지요. 거
지를 따라잡았을 때 랍비는 기진맥진했어요. 그도 더 이상 젊은이
가 아니었거든요. 그가 남자에게 말하길, '내가 방금 당신에게 주
었던 반지가 엄청난 가치가 나간다는 걸 이제 알았소! 그러니까

그것을 팔 때는 꼭 좋은 가격을 받도록 하시오.'라고 말했답니다.

그러니까 슈멜케는 바람직한 유대인이었다고 할 수 있겠지요. 그러나 당신의 공무원들은, 어제 당신에게 큰 영예를 안겨준 공무원들 말입니다. 그 행사는 모든 채널을 통해 방송되었고 또 모든 사람들이 그걸 봐야 했죠. 다른 방송은 볼 수 없었거든요. 그러니까 당신은 그 소중한 나라의 공무원이 랍비 슈멜케처럼 행동할 수는 없을 거라는 사실을 인정할 겁니다. 그처럼 행동했다가는 관청에서 당장 쫓겨나겠지요. 그는 마치 유대인 취급을 받을 겁니다. 그래서 당신은 유대인들도 책임이 있다고 생각하는 거예요."

"놀랍구먼, 자보. 자네의 말솜씨는 정말 놀라워. 잔을 들어 자네에게 축복을 비는 걸 허락해 주게. 유쾌한 건배야. 정말 기쁘고 즐겁군. 자네를 이렇게 다시 보게 되다니. 계속 이야기해 보게. 커피 한 잔 더 할 텐가? 물론 내가 계산하는 걸세."

"감사합니다. 비크 박사님 같이 지체 높으신 분도 당신 나라의 방송국에서 열렬히 선전하는 사고방식에 감염되셨다는 것이 정말 흥미롭군요. 악취 제거제를 놓고 온 가족이 서로 갖겠다고 싸우는 당신네 나라 말입니다. 악취 제거제 하나에 흥분하며 싸우는 사람들은 분명 역겨운 냄새를 풍기며 아옹다옹 살 것 같군요.

참, 유대인에게 책임이 있다는 당신의 흥미로운 추측에 대해 제가 아직 답하지 않았군요. 물론 책임이 없지는 않을 겁니다. 골렘 같이 공격적인 유대인들도 있으니까요. 박사님, 아직 시간이 있나요?"

"내가 아까 약속을 취소하지 않았나. 시간이야 충분히 있네. 골렘, 그건 인간을 닮은 괴물 아닌가. 인간이 만들어낸 인간, 호몬쿨루스(괴테의 〈파우스트〉에 등장하는 인조인간)와는 다르지. 리카르도의 아버지는 항상 골렘에 관심이 있었어. 얼마간 프라하에 살았거든."

"그래요, 좋습니다. 그 대장님이 어떻게 그리로 왔었지요. 대장님의 좌우명은 '반드시 살아남아야 하는 건 아니다'vivere non necesse est'(고대 그리스의 주화에 새긴 말, 전체 문장은 '반드시 항해해야 하지만 반드시 살아야만 하는 건 아니다')였지요. 그래요, 꼭 그래야만 하는 건 아니지요. 모든 삶은 어느 날 죽어서 관에 드러눕긴 하지만요. 시체 위에 사람들은 명복을 빌지요. 사는 동안에는 그 사람에게 화만 냈으면서도 말이죠."

"아, 자보, 그 남자는 단지 자기 의무를 다했을 뿐이라네."

"그가 심장을 가지고 있었더라면 의무를 다하지 않았을 겁니다."

자보는 바라크 팔린카를 홀짝이고는 커피를 한 모금 마셨다. 잠시 후 말을 이었다.

"저는 랍비 뢰브(16세기의 유명한 랍비 유다 뢰브를 뜻함. 유대인을 돕기 위해 골렘을 만든 것으로 알려져 있음)에 대해 말하려고 했던 거예요. 프라하에 그의 교구가 있었지요. 당시 그곳에서는 외부 사람들이 게토에 사는 유대인을 때려죽이기 시작했어요. 그들에게 죄를 뒤집어씌우고 처형이라는 종교적 의식을 거행했지요. 중세와 크게 다르지 않았어요. 당신이 기병이 되기로 결정한 그때 말입니다. 프라하에 있던 랍비 뢰브의 교구에도 무자비한 시대가 찾아왔지요. 특히 부활절 축제 때는 게토 외부에 살던 주민들이 기독교적 사랑으로 유대인들을 습격해 죽였어요. 그건 광신자의 확고한 사랑에 지나지 않았어요. 그것에 대항해서 뭘 할 수 있겠어요?"

"자보! 나는 무장하고 출동해서 자신을 방어하고 적을 쓰러뜨리고 무기로써 존경을 얻는 것이라 답하겠네. 당연한 것 아닌가? 사람들은 항상 투입할 수 있는 군대와 언제라도 출동할 준비가 되어 있는 결연한 남자들을 필요로 한다네."

"그게 바로 유대인과의 차이입니다. 왜 유대인들은 그렇게 미움을 받았을까요? 사람들은 항상 새로운 증오의 대상을 찾아내지요. 더 이상 유대인을 미워할 수 없으면, 터키인, 흑인, 공산주의자, 스페인 사람, 실업자, 청소년, 아이 딸린 여자 그리고 노인 등을 찾아내죠. 누구를 죽여야 할지 모를 때는 떠오르는 사람을 표적으로 삼죠. 유대인들이 왜 그렇게 미웠을까요? 그들은 사는 동안 배움을 가장 큰 목표로 삼았어요. 그들은 배우고 또 배우고 밤을 새서 배웠어요. 그들이 다시 이주를 해야 할 때는 새로운 관습과 언어를 배웠고 생각하는 법을 배웠죠. 이제 랍비 뢰브 이야기를 할까요?"

"그래그래, 자보. 왜 우리가 배운 사람을 증오했지?"

"이미 말했어요. 더 많이 배운 사람은 생각하는 법을 안다고요. 다른 이들은 단지 외워서 말하는 법밖에 배우지 못해요. 오히려 생각하는 것을 비방하지요. 그것이 바로 당신네 나라의 최고 법률이죠. 당신의 정신적인 엘리트들은 방해꾼이자 거짓으로 꾸며대는 연기자들이에요. 모든 문화의 최고봉인 당신네 나라에서 가장 뛰어난 인물은 인기 좋은 퀴즈 프로그램의 우승자죠. 이제 랍비 뢰브에 대해 얘기해 볼게요. 그가 교구에 대항해 골렘을 만들었거든요. 골렘이 무슨 뜻인지 아시나요?"

"아니. 골렘이 무슨 뜻인가?"

"그건 형체가 없다는 뜻입니다. 형체가 없으니까 원하는 대로 변할 수 있어요. 그 후에는 씨앗이라 불렸고 나중에는 멍청이라고도 불렸어요. 그러니까 그건 형체 없는 멍청이라는 뜻이에요. 왜 그런 이름이 생겼는지 알 수 없지만요.

랍비 뢰브는 사위인 이삭 코엔과 제자인 아브라함 벤 세차르자와 함께 유대교회당의 다락 창고에 숨어서 초를 켜고 의논했죠.

골렘이 교구를 지켜 줄 거라는 소문이 퍼져 나가도록 했어요. 소문은 금세 퍼졌죠. 그리고 어떤 일이 일어났을까요? 그 형체 없는 바보, 희망의 씨앗은 초인이 된 겁니다! 그는 도시 전체에 두려움과 공포 분위기가 조성됐어요. 유대인의 지역에 아무도 마음대로 들어오지 못했죠.

위험을 느낀 베르티어 보텐 후작은 랍비 뢰브와 그 형제인 랍비 시나이에게 밤에 프라하 왕궁으로 와달라고 연락했어요. 황제인 루돌프 2세는 경의를 표하며 그들을 맞이했지요. 1590년 2월 23일, 그들이 어떤 논의를 했는지는 알 수 없지만, 랍비 뢰브는 골렘을 제거해야 했어요. 그가 확신시킨 공포 때문에 사람들이 평화로운 유대인에게 도끼를 쳐들려고 했기 때문이죠. 유대인들은 단지 황제에게로만 도망칠 수 있었어요.

랍비 뢰브는 황제에게 말했지요. 골렘에게 준 생명을 다시 앗아가겠다고요. 그러자 황제도 유대인 지역에 사는 주민들에게 악의를 품는 것을 금하겠다고 말했죠. 그는 국민들에게 명하여 유대인의 종교적 의식에 대해 이야기하거나 그들을 적대시하는 반란을 일으키는 것을 금지했어요.

그렇게 해서 겨우 화합이 이루어졌답니다. 그들은 각자 나름의 방식으로 프라하에서 평화로운 삶을 살 수 있었지요. 그 대장이 나타나기 전까지는 말이에요. 반드시 살아남아야 하는 것은 아니

다! vivire non necesse est

여단장님. 죄송합니다, 박사님. 무엇이 절 랍비 뢰브에게 그렇게 매료되게 했는지 아시겠지요? 그의 순수한 생각과 정신이 당신네 조직의 잔인한 행위에도 불구하고 승리를 거두었다는 겁니다. 생각 대 폭력, 생각이 승리합니다. 주여, 얼마나 대단한 소식인가요! 그것은 언어로도 인지할 수 있는 거예요. 무엇이 중요한 것인지 언어를 통해 알아낼 수 있는 것처럼요. 바보 같다던 생각, 형체 없는 것, 그런 것으로도 충분히 살인과 소유욕을 극복할 수 있지요.”

"대단히 흥미롭구먼, 자보. 그 골렘이 단지 하나의 아이디어일 뿐이라고? 기발하고 놀랍구먼. 그렇지만 이미 오래전 일이지.”

"친애하는 박사님께서 양해해 주셨으면 합니다. 오래된 것이라고 다 나쁜 것은 아닙니다. 새로운 것도 마찬가지예요. 피아니스트가 제 레스토랑에서 작곡했던 그 노래, 우울한 일요일의 노래에 담긴 메시지 말이에요. 존경하는 박사님께서도 제 레스토랑에서 관심 있게 그 곡을 경청하셨죠. 그 메시지는 바로 '존엄 없이 사는 것보다는 존엄 속에 죽는 것이 낫다'는 겁니다. 최고 명예 표창과는 비할 것이 아니지요. 죽음이 삶보다 나았던 시절이었으니까요. 그 사람들과 그들의 언어는 연기를 뿜어내는 굴뚝을 통해 내보내졌지요. 그것은 아름답고 존엄한 모습으로 기억될 겁니다."

"자네는 정말 이야기꾼이군. 어떻게 그리 재미나게 얘기를 할수 있나, 자보. 그렇지만 이 한 가지는 인정해야만 하네. 그 굴뚝이 없었더라면 유대인들은 결코 조국인 이스라엘을 세우지 못했을 거야. 그들은 우리에게 감사해야 하지. 그건 자네도 인정해야해. 우리가 당시에 그들을 그렇게 혹독하게 다루지 않았다면, 그들은 나라를 세우는 데 결코 온 힘을 기울이지 않았을 테니까. 그들은 필연적으로 나라를 세우려 했지. 그것도 좋은 점이지 않나. 모든 사건은 장점을 갖고 있지."

"그런데 말이지요, 박사님. 생각하는 법을 배우려고 하던 시대는 이미 지났어요. 언어와 생각의 시대는 이미 끝났죠. 그래도 언어는 일상에서 사용하고 있지만 생각은 그리 편치 않은 활동으로 여겨진단 말입니다. 덧없는 것으로요. 그래요! 생각이 없어서 세상은 망해가고 있어요."

"세상이 망한다는 건가?"

"세상은 존재한 이래 점차 멸망해 가고 있죠. 이미 수십만 년 전부터 쭉 망해가고 있어요, 매일이요. 이미 예언된 날짜도 있고요. 신자들은 그들의 재산을 팔았어요, 가축, 집, 주식과 차, 예정된 시간에 언덕 위로 올라가서 하늘을 향해 팔을 뻗고는, 경건한 기도를 올리며 은혜를 구했어요.

도대체 뭘 위해서죠? 달은 여전히 빛나고 구름은 평화롭게 흘러가고 밤의 새는 여전히 배고프고 박쥐들은 나방을 쫓으며 올빼미들은 울어댔지요. 유감스럽게도 이 세상은 멸망하지 않았어요. 신자들은 예언을 믿었지만 망연자실한 채 언덕에 서 있었죠, 집과 일 그리고 재산까지 모두 사라졌고요. 세계의 멸망만큼 믿을 수 없는 것도 없어요. 그러니까 요즘 사람들은 저녁마다 텔레비전의 움직이는 그림들 앞에 앉아서 말하죠. 모든 게 어차피 무의미한데 뭐. 뭘 선택하든 이미 모든 희망이 사라져 가는데 뭘. 사실은 세상이 멸망하지 않았기 때문에 그들은 사기를 당한 겁니다. 점점 더 역겨운 시대가 찾아오겠지만, 세상은 완전히 멸망하지는 않겠지요. 그러니까 사람들은 안락의자에 앉아 희망을 품고, 다시 배우기 시작하며 이렇게 말할 겁니다. '우리는 더 이상 어리석은 상태를 원하지 않아. 랍비 뢰브와 그의 골렘에 대한 생각이여, 영원하라!'

미쿨로프 출신의 랍비 슈멜케는 인간이었지만, 대통령과 수상 그리고 훈장 수여자는 모두 더러운 동물이지요."

"자보! 지금 나를 두고 하는 말인가?"

"그렇게 말씀하시다니 좋습니다. 순간순간 당신을 생각했다는 점을 인정하죠. 저는 자주 당신을 생각했습니다. 그렇지만 피아니스트와 에스코피에 씨에 대해 더 자주 생각했어요. 이제 저는 언어에 대해 생각하고 있지요. 양해 바랍니다. 정선된 언어, 정선된 창조물, 그 훌륭한 분류법, 그것들이 지닌 의미의 중요함에 대해 이제 저는 막 이해하기 시작한 것 같군요. 제가 에스코피에 씨와 피아니스트의 메시지를 이해하는 데는 시간이 제법 걸렸습니다. 저는 해골 철모를 쓴 사람들이 당시 즐겨 사용했던 말들에 대해서 의아해하곤 했지요. 여기저기 물어보고 나서야 비로소 모든 것이 일맥상통하는 것으로 들리더군요. 들어보십시오, 박사님. 제가 무엇을 알게 되었는지를.

사람은 언제나 누군가를 손아귀에 넣으려고 하지요. 이해하시죠? 목을 조른단 말입니다. 도처에서 사람들을 못질하려 하지요. 랍비 예수의 부드러운 손바닥과 좁은 발이 떠오르는군요. 사법기관에서는 두껍고 녹슨 못들을 내리쳐 십자가에 박죠. 모든 사람들이 막연하고 몽롱하게 생각한 것들에 대해 정말로, 자세히, 정확하게 딱 들어맞게 보여 주려고 하지요. 사람들은 수만 명의 인간을 죽이려 할 때 살인을 폭력에 대한 방어로 이용합니다. 그 대장님께서 '꼭 살아남아야 하는 것은 아니다'라는 좌우명에 따라 사람들을 가차 없이 굴뚝으로 내보냈듯이 말입니다. 수십만 명을 독살하려는 계획을 세우면서도 잔뜩 흥분된다고 말하죠. 한 사람이 다른 사람을 때려눕히고 약탈하면서도 그건 이윤의 극대화를 위한 것이니 처벌할 수 없는 일이라고 넘기죠. 인간은 단지 비용을 발생시키는 위험 인자에 지나지 않는다는 겁니다. 이 모든 것들은 단순한 언어가 아닌 메시지입니다, 박사님."

"그렇지만 자보, 내가 보기에는 자네가 지나치게 진지하게 받아들이는 것처럼 보이네만."

"이제, 저도 무언가를 진지하게 받아드려도 됩니다. 저는 이미 많은 경험을 했거든요. 제가 보고 들은 것에 대해 말해서는 안 될까요? 경험이야말로 무엇보다 중요한데도 사람들은 그 중요성을 아직 알아채지 못했을 뿐이죠.

언어에 대해 다시 한 번 말해 볼게요. 언어라는 건 이 세상에 존재하는 무기 중 가장 치명적인 것이죠. 언어는 쾅 하는 소리를 내며 폭발하지도 않고, 수천 마일 너머까지 방사능을 발생시키지도 않거든요. 돈을 주고 살 수 있도록 만들어지는 것도 아니며, 누구에게나 어디에나 무료로 제공되죠. 무기를 통해서는 나쁜 의도를 숨길 수 있지만 언어로는 절대 그럴 수 없죠. 말을 통해 누군가의 속셈을 알아차리게 되니까 그냥 듣기만 하면 돼요. 언어는 그 자체로 이미 메시지를 말해 주죠. 아이러니하게도 자신의 의도를 은닉하기 위해 사용하는 것도 언어입니다. 집단학살과 새로운 원정 계획을 머릿속에 그리면서도 평화에 대해 이야기하고, 공격성을 의도하면서도 방어에 대해 이야기하고, 다른 이들의 생명을 위협하면서도 안전에 대해 이야기하는 일들 말입니다.

요즘은 쓸모없는 사람을 구덩이에 던져 버리지는 않죠. 사람들은 그냥 건강한 채로 쪼그라드는 거예요. 건강이란 훌륭한 것입니다. 서른일곱이 되면 더 이상 지적 노동을 하기 어렵고, 마흔이 되면 희망을 가질 수 없을 정도로 늙은, 솎아내야 할 소외 그룹이죠. 당신네 나라의 사람들은 너무 많이 먹어서 건강을 위해 가끔 단식을 합니다. 물론 다른 나라 사람들도 단식을 하죠. 돈도 먹을 것도 없으니까요. 일부러 값비싼 다이어트를 할 필요가 없으니 불쌍한 그들은 오히려 기뻐해야 할 테지요."

"뭐 더 필요하신 게 있습니까?"
리카르도가 라인하르트 삼촌에게 아주 적절한 때에 물어왔다.
"아, 자보, 리카르도가 때마침 왔군. 더 마시겠나? 뭐 간단히 요기라도 하겠나?"
"감사합니다, 신사 분들."
"리카르도, 자보는 부다페스트에 유명한 레스토랑을 가지고 있었지. 정말 최고였어. 자보, 혹시 우리에게 돈벌이가 되는 레스토랑에 대해서 알려 줄 수 있겠나. 우리 리카르도가 출세하는 데 도움이 되는 충고를 말이야."
"뭐, 요즘 사람들에게는 요리가 아닌 요리의 환상을 제공해야만 한다는 건 이미 아시겠죠. 사기를 잘 친다면 잘 경영할 수 있어요. 값을 20배쯤 부풀릴 수도 있죠. 하지만 그러면 손님들이 많이 찾지는 않을 거예요. 그보다 덜 사기를 친다면 그러니까 100퍼센트쯤 값을 부풀린다면 손님들이 많이 찾을 겁니다.

잠시 생각 좀 해볼게요. 음, 요리는 값이 싸면서도 환상을 지니고 있어야 하죠. 액자를 예로 들어 볼까요? 요즘엔 빈 액자도 미술관 벽에 걸 수 있어요. 전 세계에서 그 액자 작품에 반해 이것은 반反 예술을 빗댄 진정한 예술이라고 격찬할 거예요. 당신은 기꺼이 거액을 치를 테고 그런 생각을 해낸 사람에게 달려들어 사인을 해달라고 조를 겁니다. 액자가 중요한 거예요. 닭? 닭은 이미 존재하는 거죠. 빵을 곁들인 다진 고기 요리도 그렇고요. 더 멋진 요리로 만들려면 치즈 조각을 올리고 값싼 샐러드 몇 장을 아래에 깔면 돼요. 그것만으로도 이미 고상해 보이고 풍성해 보이니까요. 그런 것은 이미 존재해요.

생각해 보세요, 아르헨티나 스타일의 스테이크 하우스를 여는 거예요. 값싸고 섬유질을 많이 포함한 고기는 여기저기에서 얻을 수 있지요. 당신은 그저 스테이크가 자유의 상징이라고 사람들에게 말하면 돼요. 모두 자유의 스테이크를 한 입 가득 씹어 보려 할 거예요. 평범한 스테이크하우스를 열고서 사람들에게 말하세요. 커다란 달 아래 자유가 넘쳐나고 햇살이 이마를 따갑게 비추는 아르헨티나와 텍사스의 모닥불 가에서는 그런 방식으로 고기

를 먹는 거라고 말입니다. 남미의 대초원, 대목장 같은 말로 홍보
하세요.

손님들이 나갈 때는 진짜 아르헨티나 스타일의 판초를 몸에 둘
러 주세요. 아시아나 폴란드에서 만들었다는 말은 하지 마세요.
웨이트리스와 웨이터들에게 챙이 넓은 모자와 목도리를 입히고,
아르헨티나 사람들도 당신의 레스토랑에서 먹는 것을 일상적으
로 먹는다고 믿게 만드세요. 인도에서 굶어죽은 소, 아프리카의
뉴(황소 비슷한 남아프리카산 영양의 일종), 호주 캥거루, 미국 버팔
로, 상상할 수 있는 모든 것이 접시 위에 오르는 거죠. 스테이크
하우스를 여세요!"

비크와 리카르도는 자보가 한마디 할 때마다, 특히 '자유를 한
입 가득 문다'라고 말하는 부분에서 열광하는 표정을 지었다. 그
들은 자보의 의견에 동의할 수밖에 없었다.

"그거 진짜 괜찮은 틈새시장이구만."

비크가 말했다.

"정말 현실성 있는 사업이군요. 라인하르트 삼촌. 삼촌 말이 맞
아요."

리카르도가 맞장구쳤다.

"한때 레스토랑을 경영했던 사람으로서 당신에게 조언하지요.
제가 말한 레스토랑은 외국 시장에서도 적합합니다. 하지만 그건

당신이 알아서 할 일이죠. 왜냐하면 저는 여단장님에게 메시지로 알려진 언어에 대해 얘기하던 중이거든요. 이제 말해도 괜찮을까요?"

"당연하죠. 조언에 감사드립니다. 말씀을 계속 나누시죠. 필요한 것 있으면 불러만 주시고요."

리카르도가 말했다.

"교육을 잘 받았군요. 조카 분 말입니다. 아시다시피 모든 교육은 복종을 위한 교육이지요. 어떤 목적을 위해 검열과 시험을 만들어 냈는지 아시나요? 목적 따위는 없어요. 초등학생이나 심리학 7학기 전공생으로서 복종하지 않거나, 강요한 주제를 무의미하게 되풀이하며 지껄이지 못하는 사람은 바보로 치부되고 직장에서 쫓겨나게 되죠. 그런 사람들은 공무원이 되지 못할 거예요. 다른 어떤 직업도 가질 수 없고요. 왜냐하면 모든 직업은 복종을 전제로 하니까요. 그 밖에는 다른 어떤 목적도 없어요. 이제 저는 언어와 메시지에 대해 말하고 싶습니다."

"그 스테이크 하우스는 정말 멋진 생각이네. 대단해. 한번 고려해 보겠네. 나중에 오픈 파티에 꼭 초대할 테니, 친애하는 자보, 참석해 주길 바라네."

"글쎄요. 박사님, 그 레스토랑에서 손님들이 원하는 것을 제공하세요. 그리고 그들을 환영해 주세요. 제대로 된 식사를 한다는 느낌을 주면 되는 거예요. 그러면 그들은 환호하며 최고의 만찬을 위한 앙상한 뼈다귀를 집어 들게 될 겁니다. 마치 축약어와 같은 거죠."

"축약어라. 그건 무슨 말인가, 자보?"

"축약어와 같다는 말입니다. 방금 전 이곳의 신문을 훑어봤지요. 한 국가의 무엇이 사람들에게 가장 중요한지를 알고 싶었거든요. 그리고 저는 우연히 어떤 결론에 이르렀는데 그만 깜짝 놀라고 말았습니다. 그것에 대해서 지금 말씀드리지요. 신문에는 VW, BJ, JW, WA, EZ, VB, TÖV, NSW, SSD, SF, AHK라는 축약어와 몇몇 숫자들이 쓰여 있었어요. 마치 첩보기관의 수상한 신호 같다는 생각이 들더군요. 사실 그것은 어떤 해에 만들어진 폴크스바겐이 판매되고 있다는 것, 첫 차량등록증이 언제 발행되었다는 것, 기본적으로 얼마 정도에 거래가 이루어진다는 것, 기술감독협회의 다음 점검은 언제라는 것, 안개용 라이트와 강철 개폐식 지붕, 트레일러는 클러치를 갖춘 차라는 내용이었어요."

"그렇겠군. 자네는 이곳에 살지 않으니까."

"그래서 제가 그것을 자세히 알아보려 한 겁니다. 이곳에서는 SA, SS, SDI, RSHA, NATO, SD, KV, AEG, MVV와 MDB가 무엇을 뜻하는지도 알게 되었어요. 이곳 사람들은 CSU와 DDR, NVA, SBZ, COMECON, EG, USA, HEW 그리고 HVV, HSV,

HJ, FDP, NSKK, RK, CDU, ARG, BRD, CSU, DKW, MBB, BMW, NSFK, DKP, AA, MDB, AIDS, CENTO, PM, PS라는 단어를 사용하지요. SED와 SPD, GAL, TH, UK, JEEP, HKL, RFSS, UDI, KPM, FAZ, ZDF, AZ, UZ, SZ, BR, HA 그리고 SW, JR, UK, KA, NKA, ND, ZK, TBC, BBC, TNF, US, USSR, TV, HR, WDR, DFB, FIFA 그리고 DTB, DNB, DPA, NPD, BASF 등등……."

"…… 하지만 나는 KA와 NKA를 제외한 모든 단어를 이해할 수 있어."

"그것 참 기쁘군요. KA^{Kapitalistisches Ausland}는 자본주의적 외국, NKA^{nicht-kapitalisches Ausland}는 비자본주의적 외국을 뜻하는데 사람들은 이런 말을 마구잡이로 쓰지요. 저는 다시 신문을 자세히 들여다보았습니다. SAS, IWF, EWS, FPÖ, ÖTV, SPÖ, DTI, KGB, BND, EKZ, BAB, HDW, TNT, UKW, KPI, KPF, CIA, OK, BO, VD, AWOL, ALDI, REWE, HASPA, DGB, GM, LTU, GEO, PS, ADAC, BP, FIAT, INFO, DEMO, ESSO, ABM, BR, RAF, LA, YUPI, LMAA와 맞닥뜨렸죠. 심지어 그것도 이미 줄여서 WAA, AKW, WHNS, NH, WHW, DAG, WB, LKW, SAT, SAD, NASA, PROMI, PKW, UNO, BGS, DB, IG, AG, SHAPE, BFBS, DTV, AFN, SALT, IBM, FKK……. 바로

그때 인간이 이런 방식으로 언어와 명칭, 개념들을 다룬다면, 그
것은 곧 훼손될지 모른다는 생각이 들더군요. 그런 사람들은 같
은 인간을 훼손하고 죽이는 데도 망설임이 없을 것 같다는 생각
도요. 축약어는 의사소통을 빨리 하기 위해 쓰이는 것이지요. 저
녁이 되면 사람들은 늘 텔레비전이라는 상자 앞에서 화려한 그림
들을 볼 수 있어요. 생생하게 움직이는 그림들이지요.

모든 것이 극도로 축약되어 삶을 모사하고 왜곡하는 겁니다.
그런 것들이 뼈 하나와 살 한 조각을 점점 대신하게 되는 거죠.
박사님, 원래 전 그저 요즘 세상이 어떤지, 우리가 서로를 보지
못한 이후 당신은 어떻게 지내는지 알아보려 했을 뿐이에요. 그
러면서 문득 언어와 개념들이 훼손되고 있다는 메시지를 깨닫게
되었죠. 아직도 모든 것이 과거의 방식을 답습하고 있지만 누구
나 그것에 불만은커녕 만족하고 있어요.

예전의 희생자들은 적어도 정신적으로 반항했습니다. 언제가
전범들은 대가를 치르리라 생각했고요. 하지만 저는 아무 일도
일어나지 않았다는 것을 알고 있지요. 당신은 진정 훌륭한 일을
했습니다. 정말 축하드리고 싶습니다."

"자보, 그래! 우리는 예전보다 모든 것을 훨씬 더 잘하고 있네!
우리는 실수를 통해 확실히 배웠고 그래서 기본 질서를 만들었
지. 질서를 유지하는 데 온 힘을 다해 일해야지. 수단과 방법을

가리지 않고 말이야.

그 점을 똑똑히 기억하게, 자보. 자네와 지성인들, 사상가 그리고 미식가들 모두 기억하라고! 우리는 우리의 모든 문제를, 과거에 우리에게 무거운 짐을 지웠던 모든 것들을 가장 인간적인 방식으로 풀어냈다는 것을 말이야.

지금까지 우리 길을 막아선 사람은 없애 버렸지. 그래, 우린 모든 것을 움켜쥐었네, 자보. 우리는 미디어를 장악했지. 모든 것이 우리 것이고 우리를 위해 일하고 있어. 그래, 신문, 잡지, 책 같은 활자는 물론 라디오와 텔레비전 방송들도 모두 마찬가지야. 그들은 개처럼 충성스러워. 뼈다귀를 하나 던져 주면 우리에게 감사해하며 킁킁대고 손을 핥으며 열렬히 지지하지.

빈민가의 인간들이 걸레 같은 자신의 처지를, 쇠약하고 여윈 자신의 모습을 깨닫고 소란을 떤다면, 우리는 미디어의 개들에게 즉시 명령을 내리지. 인류의 꿈과 환상을 더욱 화려하게 보여 주라고. 그러면 어른들은 더 이상 자기를 바라보지 않고 유리 달린 기계에만 집중한다고.

자보, 정신 차리고 귀를 기울이라고! 우린 우리의 실수를 통해 배웠어. 지도자의 원칙, 인종, 나치친위대의 책임자, 게슈타포 따위는 역겨운 것들이야. 버려야 할 쓰레기지. 시장을 정복하기 위한 기습 공격은 필요 없어. 시장이야 사면 되니까. 우리의 자본은 수백만 개의 대포, 수천 개의 로켓, 수백 개의 탄도 미사일보다 강력하거든. 이제 행진, 횃불, 곤봉 따위는 더 이상 필요치 않아.

자보, 우리는 중요한 교훈을 얻었지. 금발의 신들이 깨어났어. 생산되는 모든 것들이 우리 것이지. 노예가 과연 인간일까? 감정적 인본주의일 뿐이야. 노예가 없는 문화는 불가능해. 위대한 것을 만들어 내는 모든 문화는 노예를 필요로 한다고. 우리의 노예들이 복종하지 않으면 바로 해고하면 되는 거야. 하! 그들은 더 이상 총살되지 않고 단지 해고되는 거야. 우리는 이제 노예들을 산 채로 썩게 만들고 사회 네트워크의 구멍을 통해 내쫓아 버리면 돼. 저 아래에서 그들은 소리 없이 박살난다고. 우리에게는 아무 문제가 없어.

자보, 잘 들어! 너희들, 조용히 정렬해! 번호! 우리는 지도자에게 복종하지 않았다. 그래서 우리는 완벽한 통치권을 얻은 것이다. 우리 금발의 신들은 신의 작품이다. 검은 노예들은 신의 실패작이야. 듣기만 해, 자보! 팡파르가 울려 퍼지는 소리를 들어봐. 그들이 다가오는 소리를 들어보라고. 우리의 깃발이 어슴푸레한 안개를 헤치고 현재의 햇살 속으로 다가오고 있네…… 우리의 깃발이 점점 더 다가와서 펄럭인다고. 우리는 멋진 미래를 향해 나아가네. 자, 미덕의 깃발을 가지고 행진하는 거야……."

"삼촌, 라인하르트 삼촌! 무슨 말씀을 하시는 거예요?"

"…… 밤새워 곤경을 무찌르고 미래를 향한 자유의 깃발을 나부끼며…… 우리의 깃발이 저 앞에서 펄럭이네, 우리는 미래를 향해 행진하는 거야."

"삼촌! 무슨 일이에요? 어디 편찮으신가요? 의사를 부를까요?"

"어? 무슨 일이냐, 리카르도?"

"삼촌, 일어나요. 꿈을 꾸신 거예요. 뭐라고 계속 말씀하셨어요. 몸을 부르르 떨면서 신음했어요. 마치 꿈을 꾸는 것처럼요. 무슨 일이에요? 의사를 부를까요? 일단 물 한 잔 드세요."

"내가? 내가, 그래…… 리카르도, 내가 지금 어디에 있니?"

비크는 형벌과도 같은 꿈에서 깨어났다.

"삼촌, 여기 카페에 있잖아요. 저희 가게요."

비크 박사는 깜짝 놀라 주위를 둘러보고 반쯤 비워진 샴페인 잔을 내려다보았다. 잔에는 이슬이 맺혀 있었다.

"삼촌. 진한 커피 한 잔 만들어 드릴까요? 어제 행사 때문에 많이 피곤하신 것 같아요."

"리카르도, 자보는 어디 있지?"

"누구요?"

"자보, 그래, 자보! 내가 아까 그와 함께 이곳에 왔잖니, 자보와 함께. 부다페스트에서 알게 된 사람이지. 레스토랑을 하나 가지고 있었고."

"삼촌, 여기에 다른 사람은 없어요. 혼자 오셔서 좀 쉬고 싶다고 말씀하셨잖아요. 제가 커피나 샴페인을 원하시는지 물어보고 샴페인을 한 잔 가져다 드렸고요. 항상 마시던 걸로요."

"그래? 도대체 자보는 어디 있는 거냐? 분명 여기 있었는데. 우리는 긴 대화를 나누었어. 여기 이 자리에서. 너도 함께 말이다."

"삼촌. 여기 자보라는 사람은 없어요. 아무도 없다고요."

"리카르도, 자보는 부다페스트에 레스토랑을 하나 가지고 있었어. 내가 그때 마흔네 살이었을 때지. 거기에는 피아노가 한 대있었고, 피아니스트는 우울한 일요일의 노래를 작곡했지. 전 세계에 알려진 그 곡 말이야."

"라인하르트 삼촌, 무슨 말씀을 하시는지 알 수가 없네요. 일단 게오르크에게 집으로 모셔다 드리라고 할까요?"

"게오르크는 어디 있니?"

"주방에 앉아서 커피를 마시고 있어요."

"게오르크는 내가 자보와 함께 왔다는 걸 분명 알고 있을 거야. 자보는 길에서 내 차의 문에 부딪쳤어."

"삼촌, 혼자 오셨어요. 혼자 이 자리에 앉으셨고요. 나중에 게오르크가 들어와 박사님을 기다려야 한다고 말했어요. 그래서 제가 게오르크에게 주방에서 뭘 좀 먹으라고 했고요."

"확실한 거야, 리카르도?"

"그럼요, 삼촌. 확실해요. 절 믿지 못하시겠다면 게오르크에게 물어보세요."

"아, 내가 혼자서 들어왔다고? 스테이크 하우스에 대해 이야기 했을 때 너도 같이 있지 않았니?"

"스테이크 하우스요? 하하. 삼촌, 꿈도 사업적으로 꾸셨나 보네요."

긴 침묵이 흘렀다. 비크 박사는 조금씩 기운을 차리더니 갑자기 일어섰다.

"좋아! 그래, 리카르도. 우리는 이 커피하우스와 소박한 레스토랑을 좀 더 확실하고 탄탄하게 경영할 방법을 고민하곤 했지. 방금 아이디어가 떠올랐어. 아르헨티나 스타일의 스테이크 하우스를 여는 거야. 스테이크, 그릴, 목탄, 판초를 팔고. 레스토랑을 대목장처럼 보이도록 어둡게 칠한 들보로 장식하는 거지. 라 팜파스^{la pampas} 같은 이름을 붙이면 될 거야. 스테이크에서는 붉은 자유의 육즙이 곱게 흘러나오도록 연하게 만들어야 해."

"삼촌, 그거 정말 돈 될 것 같은데요. 여전히 사업의 촉이 대단하세요."

비크는 밖으로 나가며 중얼거렸다.

"이상한 일이군, 게오르크. 한 사람에게 잠깐 떠오른 작은 생각에 많은 사람들이 지대한 관심을 보이니까 말이야. 알 수 없는 일이야."

옮긴이의 말

'글루미 선데이'는 1935년 헝가리의 가수 레죄 세레스^{Rezső Seress}가 작곡한 곡으로, 당시 많은 청년들이 이 노래를 듣고 자살했다는 소문 때문에 '자살을 부르는 노래'라는 오명을 쓰게 되었다. 그 후 빌리 홀리데이 등 많은 가수들이 이 노래를 리메이크하여 불렀고 곧 세계적인 유명세를 타게 된다.

1993년 니크 바르코프는 이 노래를 모티브로 헝가리 부다페스트에서 레스토랑을 운영하는 한 유대인과 피아니스트에 대한 소설 〈우울한 일요일의 노래〉를 펴냈고, 독일의 감독 롤프 쉬벨은 2000년 이 소설을 바탕으로 동명의 영화를 제작해 전 세계적으로 큰 사랑을 받았다.

그러나 소설과 영화는 줄거리뿐만 아니라 내러티브의 방식에서도 많은 차이를 보인다. 영화에서는 한 여인과 두 남자의 삼각관계가 이야기의 구심점이 되는 반면, 소설에서는 이러한 러브스토리가 전혀 드러나지 않는다. 일로나는 피아니스트의 노래를 듣

고 자살한 명문가의 딸로 잠시 언급될 뿐이며 나치 시대의 정치
상이 이야기 전반에서 강조된다. 또한 영화에서는 레스토랑 주인
인 자보와 피아니스트 안드라스, 둘의 연인 일로나의 긴밀한 상
호작용을 통해 스토리가 전개되는 반면, 소설에서는 서술자와 자
보의 사고의 흐름이 주가 된다. 이러한 이야기 전개와 등장인물
의 차이는 영화와 소설의 장르적 차이로 인한 필연적 결과라 생
각된다.

'우울한 일요일의 노래'는 2차 세계 대전 중의 헝가리, 전쟁의
희생자 유대인 자보와 그를 핍박하는 나치 연대장, 비크의 이야
기를 중심으로 펼쳐진다. 소설보다 영화에서 더욱 적극적으로 묘
사된 피아니스트는 당시 전체주의 문화에서 이해받을 수 없었던
암울한 예술을 상징한다 말할 수 있을 것이다.
작가 니크 바르코프는 비크를 통해 전후 독일의 정치 경제 전
반에서 여전히 해결되지 못한 나치 잔재를 형상화했다. 나치는
흔히 2차 대전을 배경으로 한 영화와 소설에서 지도자에게 맹목
적 충성심을 보이는 전쟁광으로 묘사되는 것이 일반적이었지만,
비크는 나치 이념에 적극적으로 동조하기보다는 전쟁 와중에도
사리사욕을 챙기는 탐욕스러운 인간, 전후 자신의 입지를 위해
오히려 유대인을 탈출시키며 증언을 수집하는 집요하고 치밀한

인물로 묘사된다. 비크로 대변되는 구시대 나치들은 우리가 상상하듯 전범 재판을 통해 척결되지 못했으며, 오히려 전후 독일의 엘리트 지배 계층으로 복권되었다는 점을, 저자는 비크의 명예훈장 수여 장면을 통해 비판하고 있다. 영화에서 비크의 살해를 결말로 한 것과 결정적인 차이라 할 수 있다.

자보 역시 기존의 2차 대전을 소재로 한 영화에 나오는 핍박받는 유대인의 모습과는 다르다. 자보는 나치를 두려워하거나 도망가려 하지 않는다. 자보에게 요리란 피아니스트의 노래처럼 인간의 본질을 표현하는 예술이다. 그렇기에 그에게 자신의 레스토랑을 버리고 헝가리를 떠나 목숨을 구하는 일은 무의미하다. 자보는 피아니스트의 연주를 사랑하고 그가 작곡한 노래의 메시지를 이해하기 위해 소설의 말미까지 고민하는 모습을 보인다.

작가가 자보와 비크 두 인물의 대화를 통해 새로운 방식으로 전후 독일 사회를 비판하는 것은, 반세기가 지난 2차 대전의 폐단이 현대사회와 그 의식에까지 여전히 영향을 미치고 있다는 냉정한 시대 비판이자 경종이라고 할 수 있겠다.